完全版

佐川君からの手紙

唐十郎

河出書房新社

商務印書館

完全版・佐川君からの手紙◎目次

完全版・佐川君からの手紙

佐川君からの手紙——舞踏会の手帖

「叔父からもらった机の中に、貴方の手紙が入っています。この机の中には、ついこの間まで、スティーブンソンの『宝島』が一冊ありました。結核だった叔父が、国府台の療養所で読んだものらしく、『それから、ラムがひとびんと、よっほっほ』とある海賊達の歌が書かれてある頁には、血痰の泡が小さく染みておりました。この本は、今はどこかにいってしまいましたが、代りに、あなたからの手紙が二通仕舞ってあります。

佐川君。

サンテ刑務所の冬は厳しいでしょうか。

二ケ月余りも返事を書けなかったのは、あなたの手紙に捺された物々しい5という検閲スタンプに恐れをなしたわけではありません。『あこがれ』について、躊躇したせいでした。『あこがれ』は、初めての手紙に書かれているものです。『あこがれ』は、あなたが夢想した台本の名です。

この『あこがれ』は、あなたの、のっけからの挨拶よりもわたしを狼狽させました。

『……私は、この六月に、オランダ人の若い女性を殺し、その肉を喰って、パリ警察に逮捕された者です』という口上も、ブルーブラックのインクでしたためられただけなのに、飛び入ったあなたの姿が、玄関の前に揺らいでいるように思えました。でも、『あこがれ』という夢想の台本は、卓袱台に掛けた白いレースや、わたしの洗濯しようとしているシャツにも忍び寄ってきたのです。それは、あなたの『あこがれ』が白を見過ぎているせいでしょう。あなたから手紙を貰う前に、わたしも、ブーローニュの森に思いを馳せたことがあります。フランスに夕立があるかどうかは知りませんが、子供の背丈ほどしかないあなたが、その森で通り雨に遭う。昆虫採りの少年が森に迷い込んで、一瞬の雨に、大きな木の下で雨宿りをしている。こんな光景と重ね合してもらえればいいでしょう。そして、雨があがったのに、光は斜めに木の葉の間を縫っているのに、あなたはその木の下に蹲ったまま立ち上がれないでいる。耳を打つ通り雨の音を、濡れそぼつズボンの裾の冷たさを感じながらそこに居竦んでいる。ほの暗い森の中で、通り雨の時間を普通以上に味わっている。もしも、事件がそんな通り雨のようなものでしかないとしたらば、あなたは、日本でよく言われる『魔がさした』……『魔がさした』時間の中にいたのだろうと。

ただ、お手紙を頂いてから、あなたの引き起こした事件が、こんな通り雨のような朧げなものではないことを味わいました。異国に渡る前からあなたの抱いていた『あこがれ』は、いまいましくも理詰めの通り雨のようではありませんか。長年、あなたを苦しめ、振りまわし続けた『白い』肌の人への『あこがれ』は、異国の女性から見下ろされたことがあるわたしにも、分らないわけではありませんが、忍び寄る他人が、そのように『白い』人に限られ、あたかも、それしか眼中にないように見えると、やはりあなたは奇妙なガリバーだと思わざるをえません。目線が普通より下のあなたを、ガリバーと述べては失礼かもしれませんが、『こうなることを恐れていた。しかし、こうなることも察しがついていた』というあなたの手紙を読むに当って、これはやはり、ガリバーが、白い肌の巨人国を目指し、その航海図をつくってみせたものかと、独り合点をしてしまう始末です。

『ナイフを手に取って、彼女を後ろから刺そうとしました。しかし、彼女は私より優に二十センチ以上の上背があり、すんなりとはしていても、スポーツタイプのしっかりした体軀をしていました。私の非力な腕の中で倒すことなど不可能です。また、彼女がもがき苦しむ様を想像しただけで、ぞっとします。……』

……これは二度目の手紙の抜粋です。あなたが作った日本料理を食べた後、部屋の本棚の前に立ち、あなたに背を向けた彼女が、いかに巨きな人であったか、あなたは述べております。その瞬間、簞笥にしまってある銃を取って、その後ろ姿を射ち抜くイメージが、連続して、あなたの心を掠めたのですが、彼女が去ってからも浮び上がることの連想は、すべて、彼女の巨きな背中、そして、あなたはいつもその背後に立つという姿勢から始まっています。

ドイツ表現派の詩集を彼女に読んで貰ったある晩、その連想は、ここで、演じてみせる行為に出ましたね。彼女は机の前に坐り、あなたは後ろに立っている。……『彼女は警戒するということを知りませんでした。まったく予定通りの状況です』と述べられるように、俳優のエチュードがこれから始まろうとする静かな束の間、あなたはゆっくりと箪笥のところに行き、わずかにその戸を開いて、仕舞ってある銃の光沢を確かめました。しかし、この夜はその銃に手を差し伸べることさえせず、あえて中絶した形で彼女とは別れています。

次の週の初め、彼女は、またあなたのアパルトマンを訪問しました。この時、初めてあなたは銃を手にとり、こちらに背を向けている彼女に向って引き金を引いています。しかし、弾は出ませんでした。その後です。あなたがナイフを摑んで、彼女の背中に忍び寄ろうとした抜粋の件りは……。それさえも実現出来ず、彼女の去った後の部屋で、あなたは彼女の口をつけた紅茶を飲み、彼女の腰かけたベッドの一部の残り香を嗅ぎ、それから、銃を庭に向けて、もう一度引き金を引くと、今度は本当に弾がとびだしました。

これは二日目の夜です。彼女の背中を前に、何かを演じた二度目の演習の夜。そして、その夜から二日後、彼女はまた訪れ、それ以後、演習の必要はなくなりました。『いつか必ず、実現しようと決心していましたし、その実現をほとんど確信していました』というあなたの言葉は、この三日目の夜に形を成したのです。

ただ、ここで見逃してならないことは、この衝動に至った『心の流れ』の後にある、『もう一晩でも食事をしていれば、決して（！）やっていなかったでしょう』というあなたの追記です。あなたの作った日本料理をつまむ時、ハシの持ち方がはなはだ稚いとか、醬油の使い方がまるで見当違いの、ごく日常的な女の、取るに足りないしくじりを見たならば、『あこがれ』の頂点にいる女は、単なるあなたの隣人にしか映らなかったものを、あなたは巨きな背中からばかり忍び寄ったために、そんな、女の何でもない正面の姿に向い合えなかったということなのでしょうか。スカートのひだが、満員の京成電車の中でよじくれたようなものに見えたならば、パリの女と東京の女にどんな違いがあるのでしょう。

『ある程度、相手の人格化が、自分の心の中に出来上ってしまうと、そのようなことは出来ないと思っておりました』と、書かれたように、『あこがれ』の女が、隣人としての温度を漂わせたならば、あなたが実現させようとした対象は、脆くも崩れ去るということなのかもしれません。白い肌も、単なる絵の具の白です。そして、ガリバーは、巨人国に行ったのではなく、ただ、身長が何十センチか高い人の多い他人の土地に踏み入っただけのことでしかなかったのです。こうした心象は、一度ならずも、あなたの胸を過《よぎ》ったはずです。そして、『あこがれ』の人の、『あこがれていた』死体にかじりつく時、かなりの困難を感じたでしょう。『短かかったとはいえ、既に私の友人であり……西洋人の女性を征服したと言うより、一人の友達をなくしてしまったというイメージの方が強かったのです』と書かれた苦衷もさることながら、犯行に至る前のあなたは、もう一つの陽気な想像に、身を浸していたのですから……。この想像は、白い巨きな人の肉を喰うという『あこがれ』の反対側に置かれたもので、お父さんとあなたを繋ぐ裕福な家庭の反映なのかもしれませんが、それは、あの『分娩室』に飛び込む夢です。好きな女性と出会うと、その度に、結婚式のベルが鳴り、そして晴れて一家を持った後、あなたは『分娩室』に飛び込み、子供を産んだ後の妻の額に接吻をする。これを夢というよりも、もう一つの『妄想』という言葉で綴られておりましたが、この波風もたたぬ幸せな絵面が、箪笥を開けて銃を摑む前のあなたの頭の中を、五月の風のように流れていった。そしてその後に、二つの夜の演習と、一つの結着があり、死体を前に『失った』友人への苦衷でしめくくられる。犯行は、ここではサンドイッチになっております。しかも、肉をはさむパンの言葉の方が多過ぎます。そして、物体でしかなくなったその死体から、あなたが何を味わったのかについては、余り触れられておりません。『私の食欲を満たすべき』とあるにもかかわらず……。『いよいよ、その肉に喰らいついた時』とも書かれてあります。『餌食』という言葉も出てきます。

ここであなたは、急に幽霊のようになってしまうのです。恋を恋する人のように、人肉を喰うことを夢見る人肉嗜好者のように、意外なほどさりげなく、あなたは、二つのカバンを持ってブーローニュの森へ行きますね。『日のさんさんと照る中、多くの男女がその陽光の中で、抱擁し合う中、小さな、ひ弱な影がふーっと通り過ぎてゆく。もしよければ、二つのカバンを持って……という風に入ってゆくと、この感じは出るかも』と『あこがれ』の台本への、あなたならではの〈注〉を付けておられましたが、この影は余りにも頼りなく薄い気がいたします。それは、他人の肉を食べたとたんに、ガリバーというあなたが、巨人国を小人国に変えてしまったような、世間一般の通念を、わたしも感じてしまったからなのかもしれません。そのためか、ブーローニュの森を行くあなたは、とても巨きな人のように思われるのです。

話は変わりますが、六年前に、新宿花園神社で、『小人狩り』がありました。新宿三丁目のパンマ殺しが、丁度、小学生程の身長であったため、夏祭りの花園神社に張り込んだ警察は、小さな男を、目撃次第チェックしたのです。町の界隈にも、ランドセルを背負った小さな男のポスターが貼られ、『このくらいの男を怪しいと思ったら』と添え書きされておりました。しかし、祭りで賑わう神社の中で、いざ、小さな男を見つけようとすると、目立つどころか、百五十センチ内外の男は、あっちにも、こっちにも……。とりあえず、並以下は片端から尋問すると、その数は二百人を越したと聞きます。つまり、警察は、一寸法師を狙いながら、男度胸で言い古された、あの五尺の男まで捕えてしまったわけです。ノッポとチビに段差がある外国と違って、日本ではまだ、他人の背の高低を群れの中から見分けることは、至極困難であるということでしょうか。

反対に、わたしの知り合いで、或る映画助監督に、ガリバーという名の巨人がおります。エロダクションの万年助監で、もて余す身の丈を、自ら茶化してつけたアダナですが、こいつが花園神社で、俺だってガリバーだと名乗りをあげたら、あの『小人狩り』はさぞ混乱したでしょう。ある朝ガリバーが目覚めるためには、ガリバーを見下ろす群れがいなくてはなりません。あるいは、見上げる人影も。しかし、花園神社での光景を思い出すと、高い低いは曖昧模糊として、逆に妙な調和で重なり合ってる感じを受けます。高い低いの物差しを持ってこようとすると、その物差しさえ、煙に巻かれてしまう町、それが今いるわたしの町なのかもしれません。ここは、ガリバーが目覚めにくい町ということでしょうか。ガリバーが旅立てない町なのでしょうか。

それなら、あなたのいた町は、と考えます。その町の小さなアパルトマンで、あなたは、オランダの女性を射ち殺しました。そして、その死体の前に立ちました。窓を開ければ、空が見え、雲も浮んでいるでしょう。その時、あなたはオランダの女性よりも小さかったが、その時には、横たわっている人よりもずっと空に近かった。あなたがその時、ボウとしたように思います。なぜボウとしたのか、あなたには分らないでしょう。しかし、横たわっている人が、もう立ち上がらない。そしてあなたの方が、より空に近いということの変り様に、あなたは子供のように首をひねったのではないのか。

それから、ブーローニュに出かけて行くあなたは、部屋の黴臭い名残りや、後ろめたい蒼白さがつきまとっていても、横たわる人の前からそのままの移行線上で歩いてきたために、ブーローニュの森の高さにつり合った高さを悠々として保っている。『あこがれ』の台本を実演したあなたの最後はそのようにわたしには見える。しかもあなたの野心は、演じたものをもう一度、演じ直すことを狙っています。出来れば、これを映画にするチャンスがあったら、そんな折りには、『自作自演』をしたいとあなたは書いている。この衝動は、映画的というより、演劇的です。映画のフィルムに定着される演技というのは、リハーサルはあっても、映った時は一回性です。演劇の場合は、今夜演じて、明日も演じなければなりません。あなたは、それをやろうとしているのです。わたしに出来ることがあれば、協力を惜しみませんが、その場合、『あこがれ』という台本は大幅に書き変えることになるでしょう。ただ、自演は今のところ、不可能に近いと思われます。……では、今日はこれくらいで。予審判事、ブリュギエール氏へは、あなたに会いたい旨の手紙を書きました。もちろん、古い馴染みの友と称して」

佐川君から手紙が来たのは、ワイ君が新聞を送ったためだった。その新聞には、パリで起こったあの事件を、わたしがある映画会社で映画化することが書かれていた。去年の秋のことである。ワイ君はそれを、サンテ刑務所に送った。そのために、佐川君からの手紙は二通とも、ワイ君経由で送ってこられた。それまでわたしは、ワイ君を知らない。佐川君の手紙に添えられたワイ君のレターには、「初めまして」とあり、スウィフトを少しかじった映画評論家であることが述べられてあった。そして、ワイ君に会おうと思いながら、もう一ケ月余も経ってしまった。

それにしても、あの送られた新聞を、佐川君はどのようにして読んだのだろう。「人喰い」と呼ばれたあの事件を映画化するに当って、わたしはろくに事件のあらましも調べずに、ただ、わたしの祖母のことしか述べていないのだ。記者に、この事件を映画化する理由を聞かれた時、わたしは、昔、長崎で働いていた祖母を出したいと答えた。二十年前に死んだ祖母である。手紙の初め、机を貰った叔父のことにふれたが、この祖母は、結核だった叔父の母である。異国で起こった事件に、なぜわたしのおばあさんが首を突っ込まなければならないのか、記者はさぞかし面喰らったと思うが、この祖母が、佐川君の起こした事件を思う度、奇妙な輪郭をつくって現れるのである。

祖母は、死ぬ前に中気で寝たきりだった。だが、その寝姿が、いつか恐い話として聞かせてくれた長崎六神丸の伝えと一緒になって、ありもしない妄想にわたしを引き摺り込んだ。今では怪談に近い六神丸の伝えは、死体を前にして酒を飲む店の話である。そして、寝たきり姿の祖母を見るたびに、辺りが店の中のように見えてきた。

佐川君が向い合う白人の死体と、祖母の姿が重なったり、入れ替ったりして見えるこの妄想を、今では諌めがたいのだと、わたしは記者に語ったが、新聞の活字には、「おばあさんのことばかり言って、煙に巻いた」とあるところを見ると、まるで趣旨が通じなかったようである。しかも、こんなものが、佐川君に届いたのである。そのことを、もう少し詳しく、佐川君への手紙で説明しなければならなかったが、なぜか迂回してしまった。それは死体を前にした佐川君の気持ちが苦衷に満ちた文章で綴られていたせいだろう。今では、口承をたどることでしか調べられない長崎六神丸の話は、そんな佐川君の気持ちを逆撫ですることになりはしないか……そんな風に気を遣ったのに違いない。

六神丸と言えば、古いことを知ってる人は薬の名かと思うかもしれない。しかし、ここで言う六神丸は、店の名である。

下川耿史の『昭和性相史』の記述では、そこではよく死体が売買されたと言う。それればかりか、軽業師にしか出来ない体位を死体にやらせて、その前で酒を飲むとも……この話を読んだ時、際物じみて蒼くなるよりも、わたしはプッと噴き出した。そういうものに執着する酔っ払いが、奇怪な道化師に見えたからだ。また、下川氏の述べるところでは、生きている者を前にするよりも、ずっと心がなごむと、酔っ払いの心理が講釈されている。酔っ払う者は、わたし達の先祖だが、寝転がる死体は恐らく隣りの国の人だろう。そして、わたしの祖母が、いつかその店で働いていたように思えるのは、彼女が異国の血を通わせていたからでもなく、その店で厄介になったためでもない。そんな資料とわたしに聞かせた口振りとが混り合い、いつの間にか、わたしの妄想が、祖母をそこへ出張させたからなのだ。祖母は実際に、横須賀の毛唐宅で女中をしていたこともある女だが、その前は、そこらの港で水商売に足を突っ込んだこともあり、死ぬ前に、長崎の話をしていたところを見ると、長崎辺りもチョロチョロしていたのに違いない。六神丸の話も、そこら辺りで耳にしたのだろう。しかも、芝居を観に行くと、嫌いな役者に背を向けて、なるべく大きな音をたててせんべいをかじっていたというから、相当に茶目っ気があった女だ。この女が、六神丸で働いていたらどうなるだろうと、わたしの妄想の虫が蠢きだした。店がたてこんで、死体の数が足りない時などは、かり出されて死んだ真似などしていたのではないだろうか。草葉の陰の祖母には申し訳ないが、こうしてわたしの妄想が、祖母の体を長崎へ強引に出張させてしまったのである。そして、今でもわたしの妄想の中では、祖母はその店で働いているのだ。〈とまれ〉と、わたしはそこで走りかける何かの手綱を引き絞る。この思いを延長させてゆくと、佐川君はパリの人ではなく、六神丸の客になってしまうではないか。寝転がる人体に手を付けたことには変わりないが、パリと東シナ海の差は、気が遠くなる程に隔たっている。そこで、わたしは、佐川君の手紙をあの机の中に仕舞ったのだ。それは、叔父が大事にしていた机だが、国鉄アパートで祖母が寝たきりであった時、横に置かれていたものでもある。今では、その机の染みを見て、祖母の寝汗をかぐことも出来る。それがゆっくりと佐川君の手紙を抱き込み、重なりそうで離れてゆく何かを徐々に馴染ませてゆく。なにやら、まじないじみているが、古畳の上で、四つ足をもって構えている机が、わたしにはそんなふうに見えてならない。

机のことを伝える必要はないが、佐川君とのことを取り持ってくれたワイ君に、これらのことを知らせなければならないと思っていた矢先、ワイ君の方から電話がかかった。それは、遅れながらも佐川君に返事を書いた次の日である。祖母にまつわる妄想を、受話器の向うのワイ君に伝えようと思いながらも、それは後まわしにして、送られてきた手紙の中で、佐川君が自作自演の映画を作ろうとしていることを伝えた。自演は無理でしょうとワイ君も言った。去年の暮れに来た手紙でも「正月には帰れそうもありません」と、書かれてあり、ワイ君はその一行に大いに戸惑った、とも付け加えた。佐川君の楽天性は、初めて貰った十一月十二日の手紙の中にもある。十二月末には精神病院に送られる可能性があり、そうなると、一週間に一度は外出を許可されることもあると、彼自身の見通しをたてている。そして「その折りを利用して、映画製作に参与出来ればと、夢のようなことを考えています」と続き、次に「その犯人が主演するなどと、なんともおかしい〝妄想〟でしょうか」としめくくられている。そしてもう二月だ。こんなことを思いながら、わたしは受話器の向うのワイ君の声を聞いていた。木枯しが吹いている。こうして月日が経ってしまったこと自体、遠いサンテ刑務所で思い詰めてる佐川君に、徐々に、水をさすことになったように思える。

その電話があってから二日後、ワイ君から佐川君の手紙が届いた。わたしに宛てられたものではない。わたしが返信を出すことをためらった二ケ月余の間に、ワイ君に送られてきたものだ。それは、わたしに送られてきたものよりも、冷静なものだった。事件は、単にインスピレーションの材料にすぎず、その構想が出来上ってしまえば、自分の関与すべき事柄ではないのかもしれないと、のっけから述べられている。そして、誰にでも、自己劇化の本能があり、劇化あるいは映画化することによって、混沌としていたものが、明らかになるように思えるのだと書かれている。ただ、それからつづく「食人衝動」のあらましは、わたしが、二度目に貰った手紙の中身と同様である。それが、世間からタブー視されたものであるだけに、純粋衝動として、彼自身の中に頭をもたげたというさわりは、わたしに宛てられたものよりも、やや強調されている。それは、この頃、彼の耳にも伝わり始めた、マスコミ、週刊誌などにおける「卑小な解説」に、彼自身耐えられなかったせいだろう。愛情のもつれとか、セックスを迫って断られたというような「日常的な感情」から発したものではなく、一口に言えば、「食人衝動」であると力説しながら、もしも、病院に送られ、そこを出る日が来たならば、日本に帰るつもりはないと言う。日付けを見ると十二月のクリスマス・イブだ。手紙の終りには、四人仲間でクリスマス・パーティーをやったことが書かれている。パーティーの後にカッコが付き、そのカッコの中に、（本当はものを食う会）とある。いちいち、そんな文字を入れた理由が、わたしには分らない。佐川君のカニバリスムの蔓延化だろうか、それとも、茶目っ気かと思っても、このカッコの中に、こういう文字を挿入する佐川君の手付きを思うと、いくらか気は重くなる。そして、友人に持って来てもらったお寿司を呑み込むようにして食べた時の美味しさを忘れないと書いて、さようならである。

このことが、きっかけになったのだろうか。このことというのは、お寿司を味わった佐川君である。人の肉は、お寿司一個に匹敵するどんな味があったのか。佐川君に聞かなければならないと思いだした。そしてこれが、わたしの出す二通目の手紙になった。

「佐川君、予審判事ブリュギエール氏へ出した手紙はもう着いた頃だと思います。いろいろと手続きが多いようですが、お会いする日を心待ちにしております。多分、夏までには……。クランク・インが、今年の冬なので、秋までに台本を固めればいいのですが、その前に、シナリオ・ハンティングのため、ブーローニュ周辺を漁ってみなければなりません。それも、あなたにお会い出来る夏と重なればいいですね。

ところで、今日は聞きたいことが、二つあります。二通目の手紙の中で、あなたが、ドイツ表現派の詩集を、彼女に読んでもらったことが書かれてありますが、それは誰の、何という詩でしょうか。そういう微細なところから入り込むところに来ているこ とをお察し下さい。それから、もう一つは、箪笥から取り出した銃によって、彼女がもはや、あなたの友人ではなく、あなたを長年、苦しめ、振り回しつづけた衝動の対象として横たわった以後の風景です。あえて『人喰い』と、あなたが書かれたように、彼女の肉体に、どうやって向い合い、何をしたのか。あなたを立腹させる様々な報道を、ここで思い出させてしまったらば、勘弁願います。こう書きながらも、わたしのペンは、ちょいとためらっております。ただ、『腹の中をのぞいてやろうと思うならば』と書かれたあなたの言葉に勇気づけられて、ペンを摑んでおります。その体を、あなたはどのようにして食べたのか、そしてそれは、美味しかったのでしょうか。それを、今、『あこがれ』の台本を手直ししようとしているわたしに、つぶさに教えて下さい。お待ちしております。」

新聞や雑誌で報道された限りでは、ルネを射殺した後、彼は電動肉切り器で解体し、その肉片を皿に並べて、三十枚余のカラー写真を撮ったという。そのネガは、パリ警視庁に押収されて陽の目を見ることもないだろう。それ以外にも、現場での事々を、テープに取ったというものや、あるいは、肉片をスキヤキ風のナベにしていた記事は見かけたが、どこまでが、佐川君の自己劇化の記録で、どこら辺りから、尾ひれはひれと相成ったかは分らない。ある小雑誌に書いたワイ君の文章では、佐川君の撮影行為そのものが、文化的タブーの向うに置かれたようなもので、そこで何があったかは、星のようにばら撒かれた報道の数々の下に、もはや、見えなくなっているとある。標題も、「不在の中心点」と立てられ、彼の行為は、文化的視線の陥没地帯に埋め込まれてしまったと言うのだ。そこを、「教えて下さい」と書いた後、わたしは、もはやこれまでかという気になった。返信は来ないかもしれない。わたしには、ワイ君のような視点はない。佐川君より四歳年下のワイ君は、同じフランス文学をかじった同好として「不在の中心点」の終りに、佐川一政は、特別の召喚でも受けた中学生のようだと書いている。その中学生は、ある時、授業中の教室を後にして、それきり戻らなかったような……。紋切型の、あらゆる報道と解説は、常套的な社会の劇であり、佐川君とその事件に投げかけた眼差しの固定化でしかなく、向う岸に渡ってしまった一人の中学生を見届ける視力は、とうから失っていると結ばれている。この雑誌は恐らく、佐川君にも送られたことだろう。わたしには、このようなアプローチはない。わたしには、一介の、想像の祖母しかいない。その祖母が死んだ真似をして、海の向うの彼に近づき、「美味しかったでしょうか」と聞きたがっている。その底意はきっと、佐川君にも見抜かれるだろう。

そんな或る日に、映画会社から呼び出されて、そろそろ粗い物語を提出してくれと言われた。わたしには、皆目、見通しがつかなかったが、狙いとして、祖母と佐川君の事件をつなぐものしか考えられず、パリへ出張してゆく祖母の合図を今や待つばかりであると伝えたが、そんなものが映画になるかと一蹴された。では、あの事件は、どうやったら映画になるかと聞き返すと、あの事件が、誰にでも思い当るふしがあると思わせるようなものをと言われた。それは、具体的には、日本人が持つ「白人幻想」のことであった。天草四郎や、ペリー来日の時代と重なり、何代も肌の白い異国の女にあこがれたルーツを辿れというようなことであったが、その話を聞いた時、牛乳を飲み過ぎたような気になった。そういうルーツがもしあるならば、映画の題名は「黄色い狼の証明」ということになってしまうのではないか。

一ケ月経ったが、佐川君からの手紙はなかった。この間、わたしは一座の者と東京を発ち、春の巡業を南から始め、各地で三日間程の興行を済まし、関西を経て、東京に帰って来たのは、もう五月の十日だった。送られて来た手紙の束の中から、航空便の縁どりのついたものを漁ってみたが、サンテからのものは、見つからない。ただ、ワイ君から送られてきた一通の手紙によれば、佐川君がわたしの手紙をサンテで読み、その返答として、今、一つの小説を書きつづけていることが書かれてある。

それは「霧の中」という題名であった。

「佐川君、ワイ君から聞きました。『霧の中』が進行中であることを。これは、あるジャーナリストの質問に対して、あなたが答えるという形になると聞きましたが、この配慮は、当然至極のように思います。当事者のあなたが、直接、僕に、ある冷静さを保って、こうして寸断し、この辺りの肉はあちらよりも固く、甘みはいかほどのものであるかなどと、肉屋の調理人のように述べられることは、出来そうもなく、また、述べられたとしたら、奇怪な往復書簡になってしまうことは、僕には分っていました。

今、あえてそれを書かれたとしても、ペン先は妙に演技をするように、あるところが拡大し、あるところは触れずに……などという躊躇も出てくるでしょう。また、直接の文通でそんな事柄を述べられるとしたらば、ある意味では、あなたを窮地に落とし込む資料として残ってしまうこともあり得ます。それを、小説という虚構の形に置き換えて述べられることは、あなたにとって、確かに一番良い方法に思えます。

ただ、『霧の中』という題名はいたずらっぽい題ですね。あなたを追いかけること自体、霧の中に入り込むようなことになるわけですから。どうぞ、霧に巻かれても、カニバリスムの熱い思いは、霧に譲り渡さないで下さい。聞けば、高熱で苦しまれたようですが、今は大丈夫なのでしょうか。予審判事との最終査問前に、シャワー室で悪戯されて、ぬるま湯をかぶったのが原因のようですね。その高熱のために、最終査問では、思い通りのことが述べられず、もう一度やり直してもらうように働きかけていることも聞きました。

佐川君、僕への返事は、小説『霧の中』で述べられると思ってここでペンを擱きますが、一つ気がかりなことを付け加えさせていただきます。

その通りならば、これ以上書くこともなく、かえって、あなたのためにも良いことだと思うのですが、それは、はっきり申せば、肉の味です。カニバリスムの主食のことです。『霧の中』という題を聞いた時に、僕には、こんな感慨がふと呼び起こされたのです。あなたは、様々な報告があったように、彼女の肉体をカニバリスムの祭壇に置かれ、肉片を寸断して料理されたけれど、佐川君、あなたは今、その味を覚えていないのではないか。いや、それを口に入れた時も、あなたは、味覚などというものには、何の関心もなかったのではないか。つまり、この行為には官能がなく批評だけがあったのではないか。批評とは、カニバリスムをタブーとする周辺へのあなたの行為です。これは、霧を一つかき分けた僕の見方です。あなたの食べた肉には味は無かった、とやや独断的に言わせて下さい。そして祭りには参加出来ぬバカと、一蹴されることを待っております。」

これを出してから二週間後、やっと暑くなり始めた六月の頭に、住宅通信や広告ハガキの束の中に、佐川君からの手紙が紛れ込んでいた。三枚の便箋に書かれていた文字は、以前送られて来たものよりも大きかった。しかも訂正はない。心配事にメドがついたのか、字面が晴れればれとして見えた。文面は、予審判事に送った面会許可依頼を、彼も目を通したことから述べられ、行を変えて、「……お尋ねの件、それは別送のものの中にしたためた」と書いてある。逮捕までの経緯を、かなり細かく書いた、小説『霧の中』の抜粋に……。それが、この手紙と共に送ったのか、少し遅れて来るのかは分らない。また、手紙の後半では、あのルネという女性に読んでもらったドイツ表現派の詩のことが、かなり詳しく書かれてあった。それは、ジョナサンという作家の「アーベン」である。もしも必要ならば、わたしがパリに行った時、サン・ジェルマン・デ・プレの本屋で手に入れられるだろう、とある。表紙は白地に緑のふちが入り、黒字で『表現派詩集』と書かれたペーパーバックの小さな本。「因《ちな》みに」、この書店のすぐ近くに、彼女の住んでいた小さなアパルトマンもあることも付け加えられている。佐川君は、まさか、この本屋に行ったら、彼女のアパルトマンにも寄ってみなさいと言ってる訳ではないが、「因みに」などと書かれると、やはり、そそのかしているようにも思える。このサン・ジェルマンの本屋で、その本を漁る時、そのアパルトマンの方角を背中に感じるだろう。そして、寄らないまでも、見上げに行くかもしれない僕の資質を、佐川君はよく知っているのだ。

パリへ……。

その本屋のある町へ、やはり行ってみることになるのだろうか。あの事件があった初夏から一年がひとめぐり。なんとなく気持ちがその都へ傾いてゆきそうだ。

それから一週間経ったが、別送されたはずの『霧の中』の抜粋はまだ届かない。もう一度、手紙を読み直してみると、別送のようにまとめてみたと書かれてあるが、これと同時に今送るところだとは書かれていない。事件後に、セーヌにかかるポン・ヌフ橋の下へ、死体解体に使用した電気ノコギリを捨てに行き、夜空に打ち上げられたお祭り花火を、シャバの見納めのように見上げた思い出から始まり、そして既に述べた「アーベン」の詩がおさまる本と本屋に触れ、ある日、ブーローニュに近いアパルトマンで、事件は、昼の盛り、午後三時半に、レインコートを脱ぎすてて、ノースリーブの軽装でやって来た彼女を、眩しい程に見つめた時に起こった、と書かれている。そしてその後に、一行の空白がある。その空白を、溜め息混りでまたいで、別紙の原稿が思いのほか進まないとある。下書きは、既に出来ているのだが、それをなぞってゆくと、彼女のイメージが鮮やかに浮んで息苦しくなり、しばしば筆を擱かずにはいられない。そこで、「どうか、もう少しの猶予を下さい。」

ということは、これはまだ佐川君の手元にあるのだろう。

封筒を机の中に押し込めながら、『霧の中』が届くよりも先に、わたしの方が、この体の方がパリの「霧の中」へ着くことになるかもしれないと思った。新規に発行されたパスポートは、手紙の横に置いてある。後は旅行社に、目星を付けた日時を伝えればいいのだ。次の日も、また次の日も、部屋にゴロッと寝転がりながら、分厚い手紙の投函される音に耳を澄ましてみたが、重そうな小包みは、ワイ君から送られて来た書籍の束の他には、何もなかった。

しばらくワイ君の文章が載っている六冊の小雑誌をめくっていると、一つだけ、奇妙な絵が目についた。スウィフト作『ガリバー旅行記』におさめられた、グランヴィルの画であるが、ヤフーの国のヤフーの子供を抱いているガリバーの姿がそこにある。河童のような髪形をした子は、掴まれた手から逃れるように宙に足をばたつかせ、苦しまぎれに漏らした糞尿を、ガリバーの着衣にまで撒き散らしているのだ。添えられた独白は、ガリバーのものだろう。カッコの中に——観察したところ、この獣の子供は、胸もむかつくばかりに嫌な臭いがした。いたちにも、狐にも似た、いや、いっそうおぞましい悪臭だった、とある。この絵を挿入したワイ君の文章は、「香りをめぐる三つの楽章」と題され、香水などにまつわる清浄と健康の幻想から排除された、ドストエフスキーの登場人物論にふれ、近代ヨーロッパ人をびっくりさせた、ヤフーの国の臭気にまでさかのぼる。そして、臭気をめぐる考察は、わたしたちを生理学にではなく、誰が悪臭を放っているかを調査させるごとき命名の政治学へと引きずってゆくと述べられている。そのワイ君の観点から見ると、バラの匂いは香しくないと、冒頭で吐き捨てている言葉が痛快だった。臭気というものに、下半身抱き込まれているわたしたちにとって、バラの匂いは、ただ、苛立つばかりであると言う。なかんずく、写真で見る佐川君の顔と、ガリバーに抱きかかえられたヤフーの子供とが、酷似しているところを見れば、バラの中でも、白バラは、殊に苛立つ匂いを放ってみえることだろう。

もしかしたら、とわたしは座布団の上に坐り直した。佐川君が味わった肉の味は、この苛立ちの味ではないのか。喰っても喰っても、ヤフーが、白いバラの園の、白バラの花弁に頬をひっぱたかれるような長い苛立ちの追跡ではないのか。それは、わたしが出しそびれたあの手紙の中の、無味というようなものではない。彼の咀嚼は、もっとむごいものであったはずだ。もしかしたらば、花王石鹸を噛むようなものに近かったかもしれぬ。それを細く切って、鍋の中に白たきとまぶしたって、なんか、しっくりこないことは、佐川君は知っていただろう。そのしっくりこない味を思い出すことが、彼は恥かしいのだ。先日出した手紙の中で、あなたの行為には、官能がなく、批評だけがあったのではないかと書いたが、この批評さえ苦々しいものに身を晒したことになってくる。そして、この行為の手前に朗読されたジョナサンの「アーベン」とは、いかなる詩であり、音楽であったのか。ドイツ文学をやっている知人に電話をかけ、ドイツ表現派のジョナサンを知っているかと聞けば、ジョナサンは英語上の名で、ドイツ語ではヨナタンになると言う。しかも、ドイツの詩などまるで認めないフランス人が、それを仏語に訳す以上、余程、知られた者だろうが、見渡したところ、ヨナタンなど聞いたこともなく、「アーベン」などというドイツ語もないという答えであった。「アーベン」ではなく「アーベント」と言えば、「夕方」という意味になるが、一体全体、かような不正確なことを、どこの誰が言っているのかと逆に聞かれ、言葉をにごして、フランスに居るわたしの友人が、と付け加えると、「そいつは」と電話の向うでこう言う。「何か勘違いしてるんじゃねえか。」肉の味覚も、未だ「霧の中」だが、ルネというオランダの姉《ねえ》さんに読ませた「アーベン」も、こうして「霧の中」へかき消えそうだ。しかし、ドイツ表現派の運動に駆けつけたアメリカ人のジョナサンだって居たかもしれないし、「アーベン」だって、ドイツ語でもなく、英語でもない、一種の隠語かもしれない。だが、こういう夢想は、まるで語学に才なき者の妄想かもしれぬと、これ以上考えることをやめにした。

これは、ワイ君に聞いてやろう。そして、ワイ君も頭をひねったら、佐川君のせいではなく、つつもたせをしたワイ君の責任にしてやろう。こうしてわたしは、ワイ君のいる吉祥寺へ向った。時刻は、「アーベント」の夕方だ。さっきまでカンカン照りだったのが、約束の喫茶店を探して、駅ビル一周する頃には、なにやら降りだしそうな気配になってきた。店の名はニューロキシー。昔、浅草などにあったようなバタ臭いこの看板は、一周した元の位置、駅の改札口につづく階段の下に控えていた。がさつな、ろくに話も出来ないような店である。先に着いて、コーヒーカップを空にしてしまったワイ君は、立ち上がって「こっち、こっち」と、アゴに伸ばした山羊ひげをしごいた。初対面は、ついこの間のことだが、巡業から戻って小屋を建てている時に、このスウィフト学者は、厚いメガネに、若ひげをしごきながら、オンボロ幕をぐって現れた。その頭に今日は、ヘルメットがのっている。インドなら虎狩り、アフリカなら象狩りでよく見かける探検家のヘルメットだ。「変った帽子を」と、ちょいとさわらして貰うと、これで水をすくって飲むんだとワイ君は言う。帽子で水をすくって飲むのは、西部劇のカウボーイ・ハットです、と水を差すと、でも、あれではこんな風に枕には出来んでしょうと、空洞の半球体を耳の横に押し当てた。それから、すかさず、「僕、パリへ行きます。一週間後」と、ワイ君は言った。

先手はさらにつづいて、いろいろと書き込んだパリの地図をニューロキシーの中で拡げ始める。吉祥寺のパルコで買ってきたというその地図は、タテ・ヨコが二メートルずつで、これを拡げたために、わたしに注文を取りに来たウェイターの姿は、その向うにかき消えた。通路を通って帰ろうとする客も、そのパリのために向うの通路へと遠回りしてゆくのであった。こういう無茶者《むちゃもん》は、やはり、スウィフトの力によるのであろうか。それが畳まれるためには十分かの時間がかかったが、その間、わたしが覗き込むような仕種をしながら、折り畳もうとすると、「もっと、よく見て」と畳ませずに拡げてしまうのは、いつも彼であり、こういう気苦労がその十分の間に何回あったか分らない。

ただ、フランス語で佐川君の足取りを書き込んだその地図を見ながら、わたしは、パリというこの都がチェスの盤に似ていることにびっくりさせられた。新宿を二つ合せた程のこのフランスのメッカは、セーヌの動脈を真ん中に滴らせながら、一区二区と付けられた町の区画が、サン・ジェルマン周辺の最もごちゃごちゃとした町の中枢に、じょうごを辿るように巻き込まれてゆく。かつて、カルチエ・ラタンで、学生たちが舗石をはがしたという行為も、このチェス盤の区画をはがそうという衝動によるものではなかったか……。地図を畳んで向い合いながら、わたしは、ワイ君に、ジョナサンという表現派の詩人はいるかと聞いた。それは、ヨナタンと読むべきではないかと彼は言う。この程度は自明の理なのだ。「アーベン」というドイツ語がないこともあっさり頷いた。そこで、わたしは、肝心要の問題に移った。それは、佐川君が何故不明の詩人と詩を伝えることになったのかである。「その本は……」と、ワイ君は断定する。恐らく……間違いなく、ドイツ語の本である。何故ならば、ルノアールの「大いなる幻影」に出てくるドイツの役者にいかれて、あのドイツの役者は何という名であるのか教えてくれと、佐川君から手紙が来たことがあり、そこで推察すれば、佐川君はかねてよりドイツとドイツ表現派に関心を持ってはいるが、ドイツ語にはまるで通じない。ドイツ語に堪能なのはオランダ人のルネであり、そのためにドイツ語の本を買ってきて、ルネにドイツ語で朗読させたのだろう。しかも、一応朗読させてから、その大意をルネに聞いたはずである。詩人の名と詩の名も、ルネの口を通して佐川君の耳に入ったとすれば、「ジョナサン」も「アーベン」という音《おん》も、ルネの声を反芻しながら書き綴ったのに間違いなく、恐らく、ドイツ表現派の中に居たに違いないこの小詩人が、このように不正確に伝わってしまったのは、佐川君だけに責任があるとは言えない。

「それはやっぱり」と、もう残っているわけもない空のコップを口に当てながら、ワイ君は、わたしに言う。

「ルネが悪いんじゃないでしょうか。言ってみれば、あの女は、日本で言うと、アンアン、ノンノみたいな女ですよ」

そこでわたしは、そういう女だったんですか、と受け継ぐしかなかった。ルネを卑しめる相槌だと思いながら、そう頷くだけが精一杯だった。なぜだろう。アンアン、ノンノが瀧口修造に興味持ちますかと聞かれたように思えたからだ。

こうして、ジョナサンの「アーベン」は解読されぬまま凍結した。いつの日か、サン・ジェルマン通りの本屋に立って、その本を手にするまで……。

「ところで」と、途方にくれたわたしの顔を、ヘルメットを冠ったままの顔が覗き込む。

「どこまでが本当で、どこのところが嘘なんでしょうか」

「え？」

「どっか、眉唾もんだと嗅ぎ分けられませんか」

ジョナサンの「アーベン」がか、と聞き返すと、「佐川君からの手紙そのものが」とワイ君は言う。

「たとえば、その詩を読ませたやり口と言い、次の週の初めに再び訪れてきた彼女に向って、空《から》の銃の引き金を引いた話から、やおらナイフを摑んで忍び寄り、それも果たせず帰した後に、もう一度引き金を引くと、今度はパンッと実弾がとび出したなどというあの文章を、あなたは事実だとお思いですか?」

書き始めた小説ならともかく、それ以前の手紙だから、事実だろうとわたしは答えた。それに、こうした彼の行跡の列記の後に、必ず、悲喜こもごもの文章が現れる。それは現に、死体を前にした時、『西洋人の女性を〝征服〟したというより、一人の友達を〝失くしてしまった〟』と書かれたように、心の流れを辿ってみる時、拭いきることの出来ないフラッシュ・バックの事実だろうと。なるほど……と、ワイ君は頷いたものの、向い合うヘルメットの下の顔は灰色の霧に遠去かってゆくようだ。

「しかし、佐川君は、何も見ず知らずのあなたに手紙を出した訳じゃないんですよ。」ワイ君は何を言ってるのだろうか。わたしと佐川君は、見ず知らずの他人ではないか。「佐川君は恐らく、あなたを知ってます」と、ワイ君のヘルメットが前にしゃしゃり出る。「佐川君は、あなたの芝居をきっとどっかで見ているはずだ。となればですよ、佐川君は、あなたの作るだろう舞台を頭に浮べ、その舞台に這い上ってきながら、手紙を書いているのではないですか？」

本人が本人の仮面を被って、わたしに手紙を書いている。そんなことは、事件を起こした者のみならず、せっせとラブレターを書きつづける女学生にだってあることだ。確かに、自分の犯すだろう事件に、いくつかの布石を置き、そこを石蹴りしてゆく佐川君は、芝居がかっているが、これがあの日、あの場での佐川君の胸を、まぎれもなく去来したことは間違いなく、後々に至って芝居がかった色合いを上塗りしているようには思えない。この推量を、ワイ君に伝えようと思った時、突然わたしの前にいるスウィフト学者の帽子にジョナサンという男がのしかかって見えた。

「ジョナサンは、スウィフトのことじゃないだろうか」と、わたしは言った。

「なんですって？」

「スウィフトの頭の名はジョナサンだから、ジョナサン・スウィフト……」

「そんな混乱を、もしも僕の送ったジョナサン・スウィフトが起こしてしまったら……」

「え？」

「気味悪いことになりますよ」

ワイ君は話のぬかるみに落っこった自分を覚ますように、探検帽の中の顔を真直ぐに起こす。

「まるで、ルネは今、僕になったみたいじゃないですか?」

「ルネはあなただと?」

「だから、表現派の詩を暗い部屋で朗読した女性が、今やジョナサン・スウィフトを論じている僕になり、彼に、肉を取って喰われないにしても、僕の観念が喰いつくされるような気がしてきますよ」

わたしが黙っていると、ワイ君は喫茶店の椅子を後ろに蹴った。

「やはり、話に聞いてたように」

「ええ」

「あなたの誤読は際限ないですね。じゃ、お先にパリへ」

そこで店を出て人混みにまぎれた丸い帽子……その行方を気にしながら、ニューロキシーの椅子にわたしは長いこと坐っていた。

それから七夕を迎えた、あいにくの雨の日、一週間前の日付けでワイ君からのハガキが届いた。

「……まだ、I・S君には会っていません。手続きが予想していたより面倒です。こちらへ来られるなら、バカチョンカメラで顔の写真を二枚、それに弁護士の手紙を持参して下さい。着いたら、裁判所へ出頭して下さい。職業は、教師くらいがいいでしょう。こちらは緯度が高いためか、夜十時頃まで明るいままです。以上。思いついたことだけですが。ごきげんよう。P・S　今日は人類学博物館で、テン足の実物を見ました。パリ、サン・ジェルマン街にて。」

これを受け取った次の日、わたしはパリへ出発した。手紙を初めて貰った日から半年も経っている。その間の、ほぐしきれない答えを、パリの一週間の中で引き出さなければならない。しかも、行ったこともない都、見たこともない人々の間をかいくぐって、佐川君にわたしが近づいていることを伝えるのは、伝書バト式の手紙しかない。そこには電話もかけられない。逐一事細かにこちらの一部始終を伝えるしかないのだ。パリの風物をじっくり見る暇もなく、駆け走りで佐川君の足跡を追いながら、手紙はこうして繰りだした。

「七月九日！　佐川君、わたしです。わたしが、今、どこを歩いて来たかお分りですか。レンヌ街です。モンパルナスに近い、サン・ジェルマン通りにつながるレンヌの道です。あなたの手紙に、もしもその本屋に寄るならばと書かれた地図通り、Rue（通り）の標識を辿って、スタコラ、パリの陽射しを浴びて来ました。温度は二十五度、それでも湿度が低いためか、真昼の直射はなかなか厳しく、すれ違う金髪の鼻の頭には、うっすらと汗の玉が浮んでおります。ほとんどの女はブラジャーをつけておらず靴ひもを結び直すために屈んだ女の襟の中に、小さな三角錐の大理石を盗み見することも出来れば、目をそむけたくなるようなオッパイの怪物が、左右にそれを振り回しながら、『ドケ、ドケッ』とでも言ってるように進んで来ます。それでも立ちはだかると、近づく胸の辺には、かつて火星の運河と呼ばれたような青い静脈が透け透けで、この女、一皮むけば人体模型となんら変わることはないとあきらめ、そこで道をあけました。

あっ、すみません。

壁に囲まれたあなたに、のっけから、かくなる肉の話を書きつけて。

こちらに着いたのは、朝の十時です。空港のカウンターで見つけたホテルの名は、ボナパルト。そこに荷を運んでから、とりあえず、ボナパルトとは背と腹ほども近い、レンヌの道を、わたしはドイツ語専門の本屋を探して歩いてきました。幾つか寄った仏語専門の本屋から、それは多分、八十二番地のカリ〇×ではないかと教わりましたが、後は聞き分けられなかったので、これも日本人のせっかちで手前勝手な習性か、『カリガリ』と覚えることに決め『カリガリ』と何度も呟きながらやって来た次第です。

あっ、先程、すれ違う女性の胸について述べましたが、下半身について気がついたことを述べるならば、スカートが半分でジーパンが半分です。ジーパンに関して言えば、尻は大きく、柔らかそうに揺れていました。しかも、ベルトは何故かつけておりません。ただ、流行なのか、ベルト通しには、何の鍵か分りませんが、真鍮の鍵が三、四個、ジャラジャラしてます。これが、街角の café を駆けめぐっている姿は、鍵をつけた腰猫といった塩梅です。スカートは、町を吹き抜ける風に、いつもと変わらず、それなりに翻っております。ただ、つい今しがたのことですが、café から出て来た水色のスカートの、後ろのお尻の辺り、本物の小水が付いていることを発見しました。そのスカートは、店の奥から飛び出てくると、通り過ぎる誰かを追って駆け出してゆきました。目的の本屋は目の前なのに、そこで道を渡って、その café の中に入り、あのスカートがどこから出て来たのか確かめると、やはり、それは、トイレでありました。ごくつまらない発見です。

佐川君、なぜこのような話の迂回をわたしが述べて、なかなか目標に辿り着かないのかあなたにはもう感じられたことでしょう。

佐川君、わたしは教えられた通り、『カリガリ』と呟きながら、レンヌの道を歩いてきたと書きましたが、わたしは今、本屋の中にいるのです。『カリガリ』は『カリグラム』という看板の本屋に。既にわたしはそこにいて、幾つもの洋書の並んだ棚の下で、一冊の本を手にとり、そうしてあなたにメモをしています。

この本のことを、これから書こうと思っていますが、そこに発見したものについて述べるためには、もっと多くの、つまらない、オシッコや何だかんだの発見と、関わりなき幾つもの迂回をしてみたい気持ちで一杯です。

でも、これよりもっと肝心な報告が後につかえているので先へゆきます。

佐川君、その本を見つけました。あなたにとっては、一目瞭然、アホかと思うようなことでしょうが、東京であれだけテンテコ舞いした謎の詩人と詩が、一遍に片がついた次第です。言っときますが、佐川君、ドイツの書物に、やはり、ジョナサンなんていうアメリカ人はおりませんよ！　白いペーパーバックに緑色の幾何学的図の箱が色どりされて、その上に、表現派詩集と書かれ……ああ、これを、あなたも、このようにして、ここで手に取られたのか。それならば、ここから、舞踏会の手帖が始まったと言ってもいいでしょう。ルネと共に行ったカニバリスムの舞踏会です！

すみません。また迂回しました。佐川君、ジョナサンは、ヨハネスです。スペルは、ドイツ語でJohannesとあるために、ジョナスと読み憶えてしまいそうで、これにしたところで、『カリグラム』という店名を、『カリガリ』と記憶するわたしの習性とあまり差はありませんが、ジョナサンは、ヨハネス・ベッヒャーのことでした。そして、同時代の何人かの詩人に囲まれて、ヨハネス・ベッヒャーの冒頭の詩はやはり、『アーベン（ト）』に間違いありません。その綴りは、こうです。ABEND。以上!!　と言っても、これが夕方という意味か、何なのか、わたしにはまだ分りませんが、これに今二十何フランかの金を払って、わたしは本屋のウィンドウ越しに見えるかもしれないルネのアパルトマンを振り返っています。その住所はボナパルト通りの五十九番地。このレンヌの八十二番地からは、近いと言っても、ビルが邪魔して見えるわけもありません。でも、わたしには、そのアパルトマンの立ち姿や、ベランダ、そしてベランダの囲いに、黒い鉄の波紋様が打ち込まれて、鋭い忍び返しさえも、ブーローニュ方向に向って突き出ているのがよっく見えます。それは五階の建物です。屋根裏部屋のてっぺんには、焼き物の煙突が五本、この夏のため、煙も出さずに並んでいます。佐川君、そのアパルトマンは、なんという引き合せか、これから幾晩も泊まるわたしのホテルの隣りなんです！　これから、そのホテルへ戻ります。この本を持って……。」

「一時間後。佐川君、あわただしいたてつづけの手紙で恐縮です。これらを、絵ハガキに書いてます。café で買ったパリの絵ハガキです。それをサンテ刑務所に向って、わたしの今、吸っている空気の証しとします。でも、刑務所に観光用の絵ハガキが舞い込むなんて、やはり、おかしいでしょうか。書き終るまでに、ここから近い聖シュルピス堂の鐘が鳴るでしょう。その鐘の音が、戒めとして聞こえたら、絵ハガキは普通の手紙に書き替えます。

それまでは、このまま――。

今、ボナパルトの五階、隣接するルネの屋根裏部屋に最も肉薄出来る部屋で、あの詩を直訳しています。辞書は、古本屋で辛うじて見つけた博友社の独和辞典であります。これさえも、サン・ジェルマン通りに流れついた日本人の……ともかく、迂回は避けて。辞書をめくりましょう。
ABEND は夕方、あるいは一寸先は闇。

……私は、ある惑星の光の下に埋められている
横たわっていた、私は場所であり過去であり、いくつもの顔であった
私は預言者の嘆きを嘆き
犬の声、裁きの声であった

日は再び過ぎ、すでに
白い月の舟の遠い高みに錨をおろしている
やがて、月の光が、私の額をよじ登り
大きな未来の栄光が、激しく私を脅かす
私は苦難の時を、おまえを、もう存分に耐え忍んだ

私は囚われの身であり、怯え、汚れていた
私たちは、明るく澄んだ軌道の上を滑りまわった
私たちは、おまえたちにとって標的であった

か弱い胸から、荒れ狂う嵐にかき回されて、すでに
暖い息吹きが冷たい薄明りのなかを別れた今
朝陽と共に西へ発つ強き男を
私は喜んで称えよう

彼は血に腫れあがった獣を国で狩る
昼間中、町をむさぼり喰い
脳みそを飽くほど喰い
悪しき欲望をもって大地を引き裂いた獣

ここまで直訳した時、聖シュルピスの鐘が鳴りました。小さな字を並べた絵ハガキの余白も尽きました。乾いた空気に響いて、ボナパルト通りの屋根裏部屋に飛び込む鐘の音……。それは、戒めとして聞こえてくるどころか、いつか見た『ナイアガラ』

のラスト・シーンのように挑発的です。眠る女に会え、会え、この鐘の鳴る時間に、おまえは誰かに会うはずではなかったかと響く、あの音です。

そこで、絵ハガキの、どこかのお寺が映された表面につづけて書きます。

佐川君、『アーベン』の直訳はいかがなものでしょうか。横たわって、いつか、それは場所であり、過去であり、幾つもの顔であったとのたもう〈私〉とは何なのか、まだよく分りません。残りの一頁を完訳すれば、そこのところがもっと鮮明になるのでしょうが、ここまで訳して私の頭は、もはやクタクタです。しかも、ここでちょっと筆《ペン》を擱かなければならないのは、廊下の向うから、誰かがこちらへ向って来るからです。窓から吹き込む昼下りの熱風を、廊下の方へ素通りさせようと、開け広げたドアの向うから、靴音を響かせながら確かにこちらに向って来ます。

あれは、シバタさんです。シバタさんは、日本からこちらへ遊びに来たある作家夫婦のお相手兼マネージャーとして、一人、このボナパルト・ホテルに住んでます。広島大学に居た頃、巡業していたわたしの芝居を見たことがあるらしく、ホテルのロビーで呼び止められました。つまり、面が割れました。こっそりと、このホテルで『アーベン』を直訳しながら、ルネとあなたが行っただろう舞踏会を、これから夢想しようとしていたにもかかわらず、『座長』と声をかけられました。わたしは、『舞踏会』の座長ではありません。しがないアジアの片隅の芝居屋の座頭であります。

しかし、シバタさんには、これから手伝ってもらいたいことが一つあるので、まだ鳴っているこの鐘の時間に、部屋へわたしが呼びました。これから、隣りのアパルトマンに入ります。その時、管理人の部屋の前を通るでしょう。呼び止められた時、ごまかして貰わなければなりません。ついでに、五階のそのアパルトマンの、どこの家のメイドをしていて、どの屋根裏部屋に彼女が居たのか、聞き出さなければなりません。シバタさんは、今、わたしの横に立っています。それでは、二人で行って参ります。」

「四十分後！　ファウストからメフィストへ！　今、シバタさんと別れて来ました。絵ハガキもなくなり、こうして書いているのは、白いナプキンの上……。佐川君、Rue de Buci の横丁で白いバラの花を買い、それを胸に、隣りのアパルトマンに入りました。管理人はヴァカンスに行っているらしく、なんとなく階段を昇って行くと、五階で行き止り、屋根裏部屋への昇降口さえありません。恐らく、この階段の他に、もう一つある中庭の方の階段だろうと電気仕掛けの内扉を開けて、コンクリの壁に囲まれた猫の額ほどの中庭に忍び込むと、買物に出かけようとした一人の老婦人に呼び止められました。このためにこそ、シバタさん……と、シバタさんの陰に隠れていると、生前のルネの友達である嘘八百を聞き流してから老婦人は、わたしを振り返り、白いバラをチラッと見てから、『フィアンセか』と言いました。白いバラは、ルネの友人らしく装うためのものです。それが『フィアンセか』とはどういうことでしょうか。あなたに殺されながらもう一人のアジア人がフィアンセとして、鎮魂の花束を持って来たと見えたのでしょうか。それとも、ルネというと、アジア人をただ、思い出すのかもしれません。ルネはさぞ、アジア人殺しの女性だったかのように……。そして、あなたの他に、もう一人、ルネに心を傾けるアジア人がいて、そのアジア人が、これ程時間が経った今、海を越えてか、忘れていた時間の坂を越えて、今日こうしてここに来たと……。しかし、この老婦人の目を通せばあなたが黄色いメフィストであり、わたしがその息のかかったファウストに見えたやもしれません。ファウストからメフィストへと書いたのはそのためです。しかしこのファウストも、中庭でいささか面喰らいました。おしゃれなシバタさんの、サン・ローランのスカートも、やんだ中庭の風にぐったりしています。老婦人から聞いたところによれば、五十九番地のアパルトマンは、三つあると言うのです。ボナパルト・ホテルに隣接した五十九番と、隣りの五十九番ビス（副）と、もう一つの五十九番。一つの五十九番に屋根裏部屋が四つ見えることから推し量ると、十二の屋根裏部屋が押し並び、ルネはどこにいたのか、まるで察しがつきません。それでも、飛び込んだこの五十九番の、中庭から昇る階段を確かめさせて貰おうと、狭く急な傾斜のらせん階段を昇ってゆくと、二年も物置きに使用され、鍵穴さえも埋められた部屋ばかり……。

それから、一旦外に出て、隣りの五十九番（副）のドアを開けようとすると、暗号を知る住人のみしか押せない数字盤がはめこまれて、中から、人が出る時にすべり込むしか術はなく……。外出する夕方時を待たなくてはなりません。

そのうちにも、さらに暑くなってきたこの陽気に、白いバラはしおれてゆきます。そこで、メフィスト、とりあえず部屋に戻り、トイレの洗面台に水を溜めて、そこに花束を横たえました。

夕方を待って。」

「夜。ルネの居た部屋の前でこれを書いています。夜の十時半とは言っても、中庭に面したらせん階段の明り採りから、夕方なみの光りが射し込み、白地の壁に緑の木枠を照らしています。しかし、こうして物を書くには手元がやはり暗いので、廊下の電気は点けました。

佐川君、ルネの居たアパルトマンは、一番端の五十九番でした。六時頃から、シバタさんと五十九番ビス（副）の前に陣どり、中から人が出て来るのを見計らったものの、いっこうにその機会がなく、ただ、ぼんやりと長い長い夕方の空を見上げていました。その時、通りかかった一人の婦人が、花を持った二人を、いわくありげな訪問者と見たのでしょうか。暗号の数字盤を押して、わたしたちを中に通してくれました。しかし、そのビス（副）の屋根裏部屋は、初めに入った五十九番のよりもさらに荒れていて、鍵穴から中を覗き込むと、埃を被った子供のおもちゃなどが山積みにされてあります。人の住んでいそうな五階のドアを叩いて、ルネのことを聞くと、三年前からそこに住んでいるというそこの青年もただ、首を横に振るばかり……。

心許なく、そこを出たわたしたちが、そのままホテルに戻らず、何とか気持ちを繋ぎとめたのは、もう一つ隣りの五十九番の門口でひっきりなしに吹き出る顔の汗を、鼻紙で拭う一人の老婆に出会った時でした。その老婆は、わたしたちと目が合うと、嫌なものでも見たように、ドアの中へ引っ込みました。ドアには鍵もなく、それを押して、老婆を呼び止めると、それが、ヴァカンスでただ一人残っている管理人であったという訳です。しかも、この管理人は、あの事件以来、訪問する日本人関係者にうんざりして、それを追い払う気苦労のために、喘息をこじらせたと申します。喋りながらも、見せつけるように、ヒューヒューと鳴る気管支の音に、普通なら引っ込まざるを得ないところですが、一瞬にして態度が変わり、気管支の音も小さくなったのは、シバタさんが、百フランを握らした時でした。老婆は唇に手を当てて、小さな声で、目こぼしのヒントをくれました。夜なら良かろうと……。しかも、自分の関知しないところで素通りせよ。咎められたら、ただ、部屋を探している者のように振る舞い……目印は狼！　狼のいる石！

〈狼〉が何なのか、聞き出す間もなく、老婆は部屋のドアを閉めました。上に〈狼〉がいるのか、とわたしはシバタさんに聞きました。さあ……とシバタさんはごまかしました。狼らしきもの。狼にとって代るものが上にある、と老婆は言ったらしいのですが、あまりの小声で、シバタさんも聞き洩らしたのでしょう。狼が、今もルネの番をしている訳もなく、そんなものが這い回っていたら、命がけで訪ねることになりましょう。わたしは、それから、部屋に帰って、老婆が言った夜らしき時間を待ちましたが、九時を回っても、陽はさらに低くなりません。十時になっても、まだ空は淡く、完全に暗くなって、狼に喰われるよりは、今が最適と、シバタさんの部屋をノックすると、狼が恐くなったのか、それともどこかで伊達男と逢引でもしているのかシバタさんは雲隠れ……。かくして、単身、この部屋にやって来ました。こう書いていても幸いなことに、六階の明り採りはまだ明るく、〈狼〉も、わたしの横にちょこんと立っているのが見てとれるでしょう。

〈狼〉は、ローマの守り神。乳房を八つ付けた青銅の像です！　これが、らせん階段を昇った六階のフロアーに待っていました。右に曲るルネの部屋には、尻を向けて垂れた八つの乳房を、誰も吸わないただの空気に晒しています。しかも、狼と何の係わりがあるのか、こればかりは老婆も言わなかった等身大の女神像が、黒い瞳の悲痛な面持ちで、らせん階段を昇ってくる者を、カッと見下ろしているのです。手には、一匹の魚をつかみ、狼の尾にすそを密着させて立ちはだかっております。等身大と言っても、こちらの国の人の丈に合わせてあるので、わたしが肩を並べると、頭のてっぺんは、女神の目の線……ここを摺り抜けて、あなたはルネの部屋を叩いたのでしょうか。ドアには、真新しいナンバープレートが打ちとめられ、それは3です。鍵穴から中は覗けず、ドアの下の隙間から、窓に射し込む外光が洩れてきます。わたしは先程、白いバラを女神のふところにもたせかけました。でも、なにか似合わないのです。つかんでいる妙な魚のためか、苦しそうな顔のためなのか分りません。そこで、狼像の頭に載せましたが、それさえも、滑り落ちました。そこで、女神の足元に置きました。外はまだ暗くなりません。これから、ここで何をしていいのか考えましたが、時々、ペンを止めて、ボンヤリしているだけです。女神の足元によりかかると、ちょっと眠くなったりもしてきます。もしかしたらば、このまま、うたた寝してしまうかもしれません。」

……ここまで書くと、半開きの明り採りから蛾が舞い込んできた。これを合図に空は暗くなるのか。すると、寄りかかった女神像の足元も、なんだか冷え冷えとしてくるようだ。らせん階段の下を誰かが昇ってくる音がする。朽ちた手摺りのしなる音も響いて、ドアの音と共に、また静かになった。遠くで時折、爆竹を鳴らす音がする。何日か後に控えたパリ祭の予行演習だろうか。時間は、とっくに十時を越している。この時刻になっても、ここまで昇ってくるものがいないということは、やはり住む者はなく、ただの物置きとして放置されているだけなのだろうか。それにしても、新しい3という数字のナンバープレートが気になる。そこで、わたしは……何故、そんなことをしたのか、よく分らないのだが、ルネの住んでいた部屋に向って尻を向けている狼像を抱えると、頭の方が、部屋に向うように置き直した。それから、その作業の震動で、またも傾きかけた花束をおもむろに据え直すと、その階を振り返らないようにおさらばした。

もしも、あの部屋に人が帰ってくれれば、その花を手にとるかもしれない。もしも、あの階に人が立ち寄れば、それをトイレの横の水道に添えてくれるだろう。暗くなりかけたボナパルト通りに立って、わたしは花の扱いであの階を占うことに決めた。だが、暑苦しいホテルのベッドに横たわった時、そこに立つ闖入者を、張り裂けるような面持ちで見下ろしている巫女が、狼をそそのかしながら、何かをしでかすように思えた。廊下の電気も消さずに去った東洋の悪戯者の、鼻をそむけたくなる程の気配を払いながら、重い青銅の体をねじまげて……。

そして次の朝、わたしは見た。ボナパルト通りの、犬の糞に混って、散らばった白いバラの花弁を。ルネの一件で苛立った老管理人が、わたしが尋ねた痕跡を残すまいと、揉みつぶしたのか。花を持っている姿を見ていても、それを置いてくるとは思わなかったろうに……。しかし、あの喘息気のある体が、六階まで昇るのは、容易なことではない。では、誰かがあの部屋に帰ってきて、まだそこにルネの影が尾を引くかと、握りつぶしたのか——。向いの舗道に行き、六階の屋根裏部屋を見上げれば、三角屋根におさまる窓は閉まったままだ。もう花は持ってゆくまいとわたしは思った。あの六階のフロアーに立って、「アーベン、アーベン」と口ずさもう。「一寸先は闇、一寸先は……」と……。なぜ、そんな思いに固執するのか、のめり込みながらも、首をひねったが、丁度鳴り始めた聖シュルピスの鐘に、「アーベン」という音は、うまく重なった。夕方時には、もっと似合うだろう。しかし、いつからいつ迄が夕方なのか、ここではさっぱり見当がつかない。それから四通の手紙を投函しに行く間、今夜もあのらせん階段を昇ってゆくだろうわたしを想像していた。一篇の詩を読ませようと、あの階段を昇っていった誰かのように。そう思うと、汗にまといつくパリの埃は、ジャリジャリしてきた。café の屋根に当る陽射しも、どこかに光源がぶら下がっているような具合であった。通りすぎる人々も、わたしが見ているのに、向うでは眼中になく、頁をめくって絵本の中の通行人を覗いているようなのだ。

弁護士事務所に行き、フランス語で書きそろえた面会許可申請を差し出すと、スタッフらしい一人が何かを尋ねたが、ウイともノンとも答えずに帰ってきた。
それから、ホテルの一室で、「アーベン」の続きを訳している。

——目をしばたきながら這う
多くの悔みも
灰色のどんよりとした家畜小屋の中では唸らない

これは恐らく、ひどい誤訳である。自信を持てるのは、アーベントが、一寸先は闇と訳したところくらいで、後は、直訳をムードでつなげたようなものだ。大学時代にドイツ語を選ばなかったわたしが、付け焼刃もひどいところで、こうして異国の安宿で、さらに異国の言葉をしらみつぶしにしていること自体、お笑い千万なのだ。初めは、江戸の蘭学も、こんな程度だろうといい気になったが、この辺りに至ってガックリ自信を失った。こねくり回した揚句がこんなものなのだ。後悔が家畜小屋の中で唸るとか、唸らないとは一体どういうことなのか。それは、冒頭にある埋められた〈わたし〉とどういう関係があり、真ん中程に現れる〈獣〉とどこでつながってそうなるのか、眺め回せば、まるでお手上げ。少なくとも、これが完訳されるまで、佐川君はルネを射たないで欲しかったものだ。よりによって佐川君は、どうしてこんな難解なものを、ルネに朗読させたのだろうか。おもむろに開いた頁がそこであっても、偶然の、偶然たる意味があろうに……。ともかく、ここで一旦休止！

そんな時、ドアをノックもしないでシバタさんが入って来た。

ここで、シバタさんについて、もう少し詳しく述べておかなければならない。シバタさんは三十一歳だが、丸ポチャのボーイッシュな髪形をした日本女性である。声もハスキーでウフフと笑うと、ちょっと助平っぽく見えるが、法政大学でフランス語の講師をしている。専門としては、密かに、自殺した詩人ネルヴァルを研究していて、関西なまりでネルヴァルと言うと、ネに力点を置かずに、だらあっと流してネルバルと発音するので、よだれがネバルと聞こえる。「今度、ネバルが首吊ったところに行ってみましょうか」と言われて、その界隈では、人が皆口を半開きにして歩いている姿を想像したぐらいであった。

そのシバタさんが入って来るなり「昨日、行った？」とベッドに腰かけようとし、それは、はしたないと思って腰浮かせ、背のもぎとれた椅子の方に坐りなおした。「行きました」とわたしは答える。「狼いた？」と言うと「いました」と返す。過去形の、おうむ返しの問答だが、そう答えるしかないのは、あのルネの部屋のある六階のどんづまりのせいなのだ。ルネは帰って来る訳もなく、狼とわたしがバトル・ファイトをするはずもないのだ。ただ、狼は像であることをちょっと付け加えたが、女神の像と、それに花束を引っつかまれた夢を見たことなどは、曖気《おくび》にも出すまいと思った。

「あなたは、夕べどうしたんです？」

「大阪屋にいたのよ」

パリに、大阪屋という名のラーメン専門店があることは知っている。シバタさんが、ラーメン党か何かは知らんが、この夏に、ずい分と暑苦しい趣味を持ったものだ。

「東洋語学校の早方先生ってのが、佐川さんを教えたことがあってね……」

「ええ」

「その先生の受け持った教室に、佐川さんと、もう一人の日本人がいたっていうんで」

「その人は、佐川君と親しかったんですか」

「それは分んないけど、今、大阪屋でレジをやって、夜はモデルを」

「何のモデル」

「画の」

そう言って、シバタさんは回覧板のようなものを開いて見せた。パリのミニコミ新聞である。クリーム色のザラ紙に、ぼやけた写真と二、三のカットがはまり、誤植のありそうな活字で、パリの文化、催し、探し物などを記載している。紙名は〈オヴニー〉である。その隅っこに、モデルの売り込みと思われる名前と連絡先が二十名程並んでいる。概ねがこちらの名だが、シバタさんが赤いラインを引いたところに〈K・OHARA〉という日本名が見える。

「それで、このオハラさんて人に会ったんですか？」

「大阪屋は、ここんとこ、しょっちゅう休んでんだって……」

「モデルの方が忙しいんでしょうか」

「どうかね。もう、この調子じゃ、首だろうって……」

「歳は？」

「彼より少し若いか、上か」

「でも、佐川君からの手紙には、オハラさんのことなど何も書かれていなかったですよ」

「だから？」

「何でもないんじゃないですか」

「何でもないかもしれないね」

とシバタさんも、あっさり頷いた。しかし、何でもないにしては言ったそばから後味が悪いのだ。殊に、東洋語学校に通っていた頃、教室の中に混っていた二人の東洋人……それを思い描くと、何でもなくとも何かあってほしいような気にもなる。何でもないと、何か淋しい。

「いつ頃のことでしょうか」

「だから、東洋語学校の頃よ」

「でも、佐川君はそこからパリ第三大学へ移っているんです。そして、ルネとは、その大学で知り合ってますね」

「だから、ルネに会う前の、つまり東洋語学校での春か」

「去年の春の、ほんの二、三ケ月ですよ」

「うん」

「授業には毎日出る訳じゃなかろうし、せめて、一ケ月に十回出て、二、三ケ月だと、勉強家の一ケ月弱だ」

「何かあるにしては、十分だけどね」

「チラッと見たくらいのことじゃないですか？」

わたしがそう言うと、シバタさんは今さっき起きて朝食にありつけなかったらしく、テーブルに置き残しのわたしのパンをかじり、冷えたコーヒーを注ぐ。

「それに」

となみなみと注がれたコーヒー茶碗を目で追いながらわたしは言う。

「佐川君は、そんな女、目じゃないですよ」

「どうして？」

「どうしてって、彼はうんざりしてんです」

シバタさんは、コーヒーに砂糖を入れない。ブラックそのままで、二杯目に手を出そうとしている。

「いいですか。彼の手紙には、東京でのラッシュアワーで黄色い肌の匂いにうんざりするとあります。よりによって、ここに来て、そんなものに目をかける気もありゃしませんよ」

「バカね」

「バカね？」

「こっちだってラッシュアワーはありますわよ」

「でも、白人だけだったらクリーム湯につかったように――」

「人種雑多よ。地下鉄なんか」

すると、黄色い肌も東京とは違って匂うと言うのだろうか。

「すると？」

「目じゃないと言ったたって、そんな教室に三ケ月も通ってりゃ、困ったことがあれば話しかけたかもしれないし……」

「話しかけるでしょうか」

「どっちが」

「オハラさんて」

「待ち伏せしたりしてね」

「オハラさんが、どうして佐川君を待ち伏せするんです？」

「金の工面によ。……このミニコミ紙をくれた店の人も、踏み倒されたってぼやいていたくらいだし、あっちこっちで相当借金し回ってたらしいのよ。それに、ブーローニュの向うはお金持ちが住む所だし、そんな所に一戸建てのアパルトマン借りてる身分の日本人なら、あたしだって関わりつけときたくなるじゃない」


そう言って、シバタさんはパリの地下鉄地図を広げた。指差した所の駅名は〈ミシェル・アンジュ・オートゥイユ〉。そこから二百メートル歩いた高級住宅街の中に、佐川君の住んだアパルトマンがあるらしい。中庭を抜けた突き当りの広い土地に、モザイク模様の石で建てられた二階建ての小ぢんまりとした一軒。ガラス窓には白いカーテンが下がり、ポーチの下には赤い花をつける樹がしなだれかかっていると言う。週刊誌の粗い白黒写真で一度見たことがあるが、誰から聞いてきたのか、シバタさんはその写真に豪壮な色をまぶしてくれた。そのアパルトマンは、わたしがいるボナパルト・ホテルから地下鉄に乗って十番目の駅を降りた所だ。五十九番地の屋根裏部屋に住んでいたルネも、預った詩集を手に地下鉄にゆられて〈ミシェル・アンジュ・オートゥイユ〉に出かけたのである。

「オハラさんに電話してみる?」

とシバタさんは立ち上がった。

「電話して佐川君にお金借りたかどうか聞くんですか?」

今にも受話器を取りかねないシバタさんを、いくらか憤然としてわたしは見上げる。会ったこともないK・オハラと佐川君との関わりが余りにもさもしいものになってしまったからである。

「そうじゃないのよ」

「じゃ、何を聞くんです」

「その人に佐川さんがどう見えたのか」

しかし、あの事件が起こった頃に伝えられた在パリの日本人のことごとくの感想は、まるで空気のようなもんだった。中には彼の卒論に指導を取ったという教師や、友人とはならないまでも一応の知己であったという者、またまるで関わりなくただ迷惑している者の発言が、新聞や週刊誌の片隅に載っていたが、まとめてみれば〈分らない、驚いた〉の一言で、佐川君のみが、別のサイクルで誰も知らぬルートをかいくぐっているように見えたものだ。

「でも」

とシバタさんは言う。

「K・オハラは東洋語学校の頃からモデルをやっていたのよ。だから、人に見られる度合いは佐川さんと同じでしょ」

K・オハラの話はそこまでにしてもらった。異国に紛れ込んだ同色人の噂よりも、シバタさんにやってもらいたいことが他にある。それは、ウイともノンとも答えられずに帰ってきてしまったあの弁護士事務所の件である。わたしに何事かを告げた赤っ鼻のスタッフの胡散臭げな眼付きと、まるで気のない素振りとが、残りの「アーベント」を訳している時も、こうしてK・オハラについてうんぬんしている最中にさえ、わたしの頭の中で妙なしこりになっていたのだ。ともかく、そんな気がかりを説明して、わたしはシバタさんと一緒にあの弁護士事務所に行ってもらうことにした。ドイツ表現派の本を買った店の二百メートルも先へ行ったフィリップ・ルメール弁護士事務所である。街路に面した重い扉を開け、エレベーターに乗り、目当ての階で先方の扉をノックする。階段とエレベーターの差はあるが、どこぞのアパルトマンと造りは同じだ。間もなく現れた赤っ鼻のスタッフは、よくよく見れば顔も唇の横も赤むけで、米びつにくっついた平たいのり皮のような物がそこに貼りついている。海水浴にでも行ってきた後だったのか……。そして、わたしと彼との話では馬の耳に念仏だったものが、シバタさんを介して極めて重要な事柄に突き当ったことを知ったのである。佐川君に会うには、予審判事ブリュギエール氏の許可を取らなければならない。しかし、この予審判事は只今、海水浴に行っているというのである。帰ってくるのは、先の月の五日だ。そればかりか、予審判事に許可を願いたてるこの事務所のルメール弁護士も明日から海水浴に出かけるという。帰ってくるのはこれまた先の月の十日だ。

ここまでシバタさんに説明されてスタッフの顔を見上げると、赤っ鼻の彼は海水浴の名残りであるのり状の薄っ皮を鼻の頭から音もたてずに剝いだ。多分……とフランス語を知らないわたしでも分る手つきで、赤っ鼻はシバタさんに何かを告げた。それは、思った通り今回は許可は不能ということである。それならばと、わたしは急にわたしよりも先に潜行したあのワイ君のことを思い出して、ワイ君は会えたかどうか、そのスタッフに聞いてくれるようにシバタさんに耳打ちした。いくらか舌っ足らずのフランス語でそれが向うの耳に入った時、その赤っ鼻の向う様は気軽に陽気にウイと言った。うむ。ワイ君は会ったのである。海水浴に行くパリジャンの前に立ちはだかれたのである。やはり、あのアフリカ探検隊のかぶる帽子はダテじゃなかったのだ。よくやったワイ君、と思いながらも、わたしは途方にくれた。三ケ月前に、最初の許可願いは出しているのである。それならば、何故、夏は海水浴に行くから、これこれしかじかという注意書きを出してくれなかったのか。このナシのつぶては、いかなるフランス人の意地悪さであろう。と、いつか、ある雑誌に佐川君がこちらの人の悪意を書いていた文章と重ねて唸った。しかし、こういうことをウイともノンとも言わずに、もしかしたらニッコリ笑ったりして帰って来たわたしもアホである。その印象は、赤っ鼻のスタッフにも忘れられないらしく、馬鹿を諭すように肩を叩いて「まあ、あきらめろや」とかいう感じのフランス語をほざいたのであった。

ホテルに帰ってクリーム色の壁を見つめていると、この時刻に鳴る聖シュルピスの鐘も忌々しいものに聞こえてくる。廊下の所まで一緒だったシバタさんもいつ消えたのか、まるで覚えていない。そこで一枚残った絵ハガキに感情的な日記でもつけるようにこう書いた。

「佐川君、万事休すとはこのことです！　こちらに着いてから二日目、弁護士事務所に行って来ました。その事務所の人の言うことには、こちらは只今ヴァカンスの真最中。事務の機能は停止して、お会い出来るかどうか怪しいもんです。僕がこちらにいられるのはパリ祭のイブまで。あと四日しかありません。どうか、パリをほっつき歩く輩に導きの手を。」

……獄房にいる貴方から何とか手を回す術はないものかと書くつもりが、最後の一行にあいなった。手を回すのは「紅はこべ」を見ても分るように獄房の外にいる者に決っている。そこで思いが躊躇したのだろう、こんな奇怪な救助信号の一句になった。

そして、書いてしまってから、これは後々尾を引く感じもするのであった。暑気が治まる頃にこれを出しに行こうと思いながらベッドでゴロゴロしていると、時間は夕方の方へ向っているのに、窓から吹き込む風はさらに暑くなり、近くのガソリン・スタンドで工事し始めた機械音がビルの壁に跳ね返りながら飛び込んでくる。ベランダに行き、真下の街路を見下ろすと、歩道と車道のはざまに散らばったバラは取り片づけられもせず踏まれてくの字になり、色さえも可憐な白から程遠い。郵便物の発送はこの夕方止まりのため、わたしは導きを乞うハガキを手に部屋を出て散らばったバラの横を通り抜けた。それから投函し、花屋で一輪だけバラを買った。このくどさが誰かを怒らすかもしれない。このしつこさが、後何日かしかここにいられないわたしの、何かに通じる〈おまじない〉となればいい。となると、花は一本の花というよりもパリに溺れる者の一本のワラのようなもの。それを持って五十九番の階段をかけ上がるには陽の位置が似合わない。そこで、ホテルに引き返すと洗面台の穴に差し込み、水を一杯にためてから「アーベント」の続きを訳しにかかった。

だが、それは見るも奇怪な誤訳を続け、気味悪い代物になっていった。

「どこからか、太鼓の音が聞こえませんか。

ゴボゴボと音たてる水道管の中をぐって、

鞭打つような響きをたてて、こうして、おまえに語りかける音がそれです。

わたしはイシス（ｉｃｈというドイツ語があの女神の像とだぶって）
魚をつかんだイシス
孤狼の牙の横に立ったイシス
こうして一年、ここに立ち続けていなければならなかった労働も、
みな、おまえに、こうして語りかける日のためだったかも……。
おまえには、根絶やしにされた女の、しわぶきの声として聞こえるかもしれないだろうが、
あらん限りの思いを込めて、
ここから何が見えたかお話しするから……
おまえの前に立つ、あるがままのわたしをそっと見上げて耳を澄ましなさい。
この一匹の魚は――」

詩の中の「わたし」が、いつ、あのアパルトマンの廊下に立つ女神とすり替ったかは歴然としている。しかもすり替った理由はみな「夕方」という淡い時間のためだと勝手気ままにやっつけた訳だが、やりつけない仕事のせいかいくらか眠くなってきた。その時、ドアをノックする音が聞こえて、やおら立ち上がるとノブをつかんで、わたしは見知らぬ女性を部屋に通した。それ以後のことは、この日の手紙に書き綴る暇なく次の朝に持ち越した。

「佐川君、パリ祭のイブまであと三日。……昨夕、『アーベン』の先を訳してみました。ここに記載すべきですが、余りにもひどい物なのでちょいと御勘弁のほどを。ただ、それを訳しながら、一つ気になる事がありました。それは、ルネの部屋の前にある像のことです。あなたがこの界隈を往き来した頃、ルネの部屋を訪ねた頃、狼像はあったでしょうか。それから魚を手にした女神像を見たのでしょうか。狼像は、この間の手紙にそれなりに詳しく書きましたが、女神の像については、それが何だかよく分らずじまいで、姿形をあるがままに伝えたまででしたね。でも、二日経って『アーベン』の試訳に手をつけようとした時、突然、その像がいつか見た『グレート・マザー』特集の中の一体であることを思い出したのです。佐川君、魚を髪にかざしている女神はイシスです。オシリスとイシスの神話のイシス！　八つ裂きにされたオシリスの肉片をナイル川に探し歩くイシスです。たしか、その余話として、ナイルの川に泳ぐオクシリニコスという魚に、その肉片が喰べられてしまうという挿話も残っています。そのイシスの下僕として、イシスを支えながら十四の細切れを共に探す金狼神に、アヌビスという犬がいることも思い出しました。

するとこれはどういうことでしょうか。

佐川君、あのルネの部屋の前に、そのイシスと犬のアヌビスが鎮座しているこの風景は……取って付けたようなこの配合は、あなたがいそいそとそこを通った時、あなたもまた見上げたものでしょうか。それとも、あなたがルネの体を十四に切り刻んだ後、迷信をかつぐ誰かがそのアパルトマンにいて、こうして弔いのためにイシスとアヌビスを造って置いたのか？　それにしては、ちょっとどころか念が入りすぎてます！　それに、わたしがこうして推測するに、あの二体はあなたがあそこに通っていた頃から在った物だという確信があります。それは、あの管理人の老婆の態度です。喘息持ちの彼女が汗を鼻紙で拭いながら、ルネの部屋の目印は狼であると耳打ちしてくれた時、忌わしい事件と忌わしい符号がどうしてかくも一致したのかという思いにあふれて、狼の像があると言わずに狼がいると呟こんだ姿です。となると、佐川君、あなたはきっとそのアヌビスとイシスを見上げたでしょう、そしてイシスがどうして魚を持っているか、アヌビスが何を嗅ぎ分けようとしているか、この地の、この世界に、わたしよりも通じているあなたは先刻御承知であったものに思えます。

するとと、あなたは布石を踏んで行ったのか……ルネの倒れる姿に至る布石の一つとして、あの廊下を渡ったのか。となればあの二体の置物は、あなたを囲みあなたを拒みながらも、たきつける奇妙な装置に思えてきます。それとも、あんなガラクタは、この町にはどこにでも散在していて、ただの偶然であったのか。ともかく、こんな迷いで『アーベン』を訳してゆきますと、語り手はいつかイシスになってしまった次第です。そして、イシスが手につかんだ魚の理由を述べようとした時……この時にわたしの試訳は完全に原文から離脱していたわけですが、ドアをノックする音に、それから果てしなく続いただろう誤訳は中断されました。今日は、そこで部屋に入ってきた一人の女性を報告したいと思います。

その名は、K・オハラです。

初め、ドアを開けてその顔に出会った時、わたしはこのホテルに勤めている東南アジア系のメイドかと勘違いしました。頬骨が高く、顎は鋭く、陽焼けのためか歯が異様に白く見えました。髪は頭にぴったりと張りついてそのままカールもなく胸まで垂らしています。背丈はわたしよりも上で、肩が張り、足はふくらはぎの辺りがそげて豹のようです。まだ他にその人ならではの特徴があるのでしょうが、向かい合った時はこんな程度で、気がついたことは後からそろそろ述べましょう。

K・オハラに会ったのは初めてです。

この日、同行のシバタさんからその噂は聞いていましたが、こうして午後にぶっつけ訪問を受けるとは思っていませんでした。これも、弁護士事務所から帰ってきた後、せっかちのシバタさんが、あのミニコミ紙のアドレスに電話をしてこうなるように手を回したに違いありません。

それにしても、K・オハラには、こちらの事情が正確に伝わっていないために『オハラです』と部屋に入ってから、ちょっと散らかった辺りを見回し、向うを向いてシャツを脱ぎブラジャーまで外そうとするので『ちょっと待って下さい』とわたしは素っ頓狂な声をあげました。

佐川君、K・オハラはモデルです。

あなたと同じ東洋語学校に通っていた頃からモデルをやっていたとも聞いています。そして、そのオハラさんは、わたしがモデルとして呼んだと思っているんです。背中のホックにまだ手を伸ばしたまま、K・オハラは振り返り『何か不都合なことでも?』と申します。まさに不都合です。彼女が裸になったって、わたしにはそれをデッサンする気などある訳はなし、大体から部屋を見回してもキャンバスもなければ、それらしい画の材料など毛頭ないことは一発で分るはずなんです。こちらのモデルさんは、こうしてのっけから裸になるほど時間に厳しいのか事務的なのか、わたしには分りません。とりあえず、わたしはあなたのことを述べました。もしもオハラさんに会うならば、佐川君のことを聞くしか用はないのですから……。

一瞬、目が床の一点を見つめ、それからホックはそのままにしてシャツを羽織りながらぶっ壊れた椅子に腰かけると『お話だけでもモデル料は払ってもらえますか』とオハラは言いました。払える程の話ならと思いながらも、ここはやはり御足労願ったのだし、規定のものはお払いしましょうと、こちらも細かいことを言いそえると『佐川さんは、わたしと歩くとこのくらいでしたか』と自分の肩に手を当てました。この時、わたしは動転したのでしょう。今言ったことを急ぎ早やに確認するために、いつ歩いたのか、何回、どこをなどと、まるで珍奇な動物と遭遇した記録を取るように身を乗りだしたので、少なからずバツの悪い間をつくってしまいました。でもお分り下さい。わたしは、あなたがルネしか眼中にないものと思っていたのですから。

『東洋語学校の頃は口も利かなかったんですが……』と窓からいくらか淋しくなった風が入り込む時、オハラはおもむろに話し始めました。

『佐川さんは、ルモワンヌのデッサン教室に紛れていました。その時、ポーズをとりながらどうしてこんな所に来たのかと思いましたが、初めて口を利いたのはその日のことでした』

ルモワンヌはサン・ジェルマンから地下鉄で三つ目の町です。そこには、あなたがルネと会ったパリ大学がありますね。

『持ち時間が終って引き揚げようとすると、皆帰った教室に佐川さんだけが残っているので、画を始めたの？　と、あたしの方から話しかけたんです。すると佐川さんは、うまくいかないと言って気まずそうに何も描かなかった白紙のスケッチブックを閉じました』

モデルとしては、その日の白紙が、今でも気がかりのようです。あなたがそんな所に迷い込んだ謎よりも、自分の体が白紙であったことの方が口惜しい謎として頭の隅に残されているのでしょう。それを見てから、K・オハラは極めて女性らしくしつこい、自分でもどうやってかなぐり捨ててよいのか分らない妄想に取り憑かれたと言いました。今では時が経ち、それ程張りつめた思いは残っていませんが、この時、オハラはそうしてスケッチブックを閉じて向かい合っている間、そのデッサン教室があの一年前の東洋語学校と重なって思えたそうです。肉親のあざを嗅ぎ分けるように、異国の中の東洋人もまた、同色の匂いや輪郭をいくらか羞恥心の強い鏡に照らして見るようなところがあるのでしょうか。スケッチブックを閉じた佐川君を見下ろしながら、オハラは、この人はあの東洋語学校の教室でもそうして描くに価しない自分の裸を妄想したのではないかと思ったそうです。それは、ただで女の体を見るなという教訓ですかと、いささか張りつめる空気のお茶を濁そうとすると、K・オハラは、

『そうよ、ちゃんと描いてくれなくては』

といくらか笑いをとりもどしました。こちらも笑ってその言葉を受け流しましたが、何やら強圧的で不気味な気もしたことは確かです。だって、肉の対象が、正確に描いたかと迫ってきたら、わたしだって白紙のまま逃げ出すでしょう。でも、K・オハラさんがそんなことを言わざるを得なかったのは……これも、その後に述べた彼女の思

い出から察するに、あなたが次の日来られた時も前の日と同じように何もデッサン出来なかったことにつながるようです。チョークを握ったままボンヤリしているあなたを見て、あなたが何をしに来ているのか、オハラは不審に思ったでしょう。

もしかしたらば何かを試みようとしているのか、何かに行き当る前の段階でまじないじみたことをしているだけなのか、裸をさらしながら描き手の心中を想像するモデルの胸の内も奇妙なもんですが……。明らかに描こうとしないあなたの方が挑発的であったことは確かでしょう。でも、それも三日も続くと、K・オハラの気持ちは思っても見ない方へ翻ったことも付け足さして下さい。K・オハラは急に、三日目のあなたを見て、あなたのチョークを握る手が、その触手としての指先が白紙のスケッチブックに溶け込んだまま脱け出すことができなくなっているのではないかと思ったようです。

何も描かれないモデルのこの目配りから来る逆襲はどうでしょうか？

K・オハラが、帰ろうとするあなたを追っていったのはこの日でしたね。スケッチブックを抱えて部屋を出ようとするあなたに、食事でもしないかと……。

パリ大学前の細くくねった坂道にジプシー風のバーがあって、そこへあなたから少し遅れ気味に敷石道を上がって行ったとオハラは言いました。坂道の下からついて行く女なんて、モデルとしてはこの場合でき過ぎております。二人がとった料理は羊。

あなたは余りお酒をたしなまないのでカンパリですまして、それさえも舐める程度で、浅黒い女の弾き語りを見ていたようですね。それから、どちらが先にこんな話をし始めたか分りませんが、あなた方は、パリに来て何ケ月目程で感動しなくなったか問いかけ合ったのを憶えていますか。あなたは三ケ月と答え、オハラは十日と言ったそうです。ルーブルで仰天し、サン・ジェルマンで浮かれ、セーヌに泣き、屋根裏部屋で詩人となり、そしてある日誰にも認められず自分でも気付かずに群衆の中の黄色い顔となる。それまでにあなたは三ケ月を要し、オハラは十日で、後はかくなる次第でと……。

『かくなる次第とは？』

とその時わたしはオハラに言いました。ヤボなことを聞くのはおやめとでも言うように、オハラは吸い口を嚙みすぎたタバコを消して、ゆったりと間をつくり、

『つまり、いつしか入り込めないなあって思ってしまうのね』

と言いました。パリに感動しなくなってしまうというのは、その時点から始まるようです。わたしはまだ三、四日、その境地はよく分りませんが、あなたとオハラはこんな暗号をあのバーで黙認したようです。『では、感動していた時って、物がどう見えたのかしら』とオハラはあなたに言ったそうです。『ううむ』とあなたはただ首を傾げただけでした。『じゃ、どうやったら入り込めると思う？』ともオハラは言いま

答えました。それも分らないとあなたは答えましたね。『じゃ、どうあって欲しいの？』と、ちょいと耳にするだけでは何のことか分らない抽象的な、しかも子供っぽい苛立ちでオハラは言葉を切ったようです。言ってしまった後から、パリがどうあって欲しいのかとも、モデルの自分のポーズがどう構えて欲しいのかともとれるニュアンスであなたに伝わることをオハラも知っていました。そこで、あなたはそれに対する遠回しの答えででもあるかのように、川端康成の『眠れる美女』のことに触れましたね。それはあなたのオハコでもあるし、この時の答えとしてうってつけであったでしょう。オハラが憶えているところでは、あなたは目まで垂れる前髪をかき上げながら、極めて饒舌になり、何かを手真似する時など、飲みかけのカンパリを引っくり返したそうです。そして、あなたは、眠れる少女が動いている少女よりも挑発的に思えるのは精神分析的な言葉でよく言われるネクロフィリア、つまり死体愛好症のためではなく、謎を吹っかけてくる格好の姿態として見えてくるからであり、物を見る視点はここで初めて焦点を取りもどすと論じました。オハラはなんと小難しい理屈を述べる野郎だと思いましたが、こんなややこしい、しかも長い日本語を聞くのは何年ぶりかなあなどと久しい夕べの感慨に耽ったようです。そして、ちょいとさしはさんで『じゃ、あたしの寝姿も見てもらわなくちゃ』とオハラは言いました。付け足して『でも、眠っててもモデル料は貰うわよ』とも言いました。オハラはがめつい女のようです。あなたもきっと改めて注文したお酒がまずくなったでしょう。こいつは形而上学を金にすり替えると、舌打ちしてもいいでしょう。でも、こんなオハラが、こんな俗っぽいことにすぐ頭の回る女がわたしは好きです。好みの女のポーズについてはこれで一応けりがついたようでしたが、だからと言って〈入り込めないパリ〉が片づいた訳ではありません。パリも同じように横たわってくれればよいのでしょうが、それでは眠れる都になってしまいます。それから、あなたとオハラは店を出て地下鉄に乗らずにサン・ジェルマンの方へと歩いて行きましたね。時間は八時頃だったでしょうか。『どんどん、これから明るくなるな』と長い夕方の中であなたは言ったようです。まるで夜のパリが向うに見えてて、どんなに歩いてもそこに辿り着けない奇妙な旅行者でもあるように。オハラはその時、あなたの横にぴったりとくっついて辛く聞こえる一言一言に『うん、うん』と頷いているだけだったと言ってます。あなたの背が自分の肩程であることは、この白々とした夕方の中ではもう何も気兼ねすることはなかったのでしょうか。

この日はサン・ジェルマンで別れて終りです。別れしなに、もう一度あなたの雑踏に紛れる姿を見て、もう会うこともないだろうとオハラは思ったそうです。でも次の日、あなたはあのデッサン教室にまた現れました。オハラがそれを知ったのは、その日の夕方近くでしたか、無断で休んだ詫びを入れようと電話した時、あなたが彼女の子細を事務所に尋ねたことを知った訳です。

『あなたはどうかなされましたか?』とわたしは言いました。休んだ理由はただの風邪でした。朝から体がだるく、夕方近く事務所へ電話をしに行った時は、受話器を握るのさえ億劫だったようです。それに、アパルトマンへ帰ってからオハラは変な夢を見ました。それに続く事柄はここでうまい具合にまとめられないので話した順序通りに書いて見ます。

『どんな夢です?』とわたしは言いました。

『同じ夢ばかり見るんです。朝から何度も。そして見るたびに続きがあるんです』

『どういう?』

『夢の始めはデッサン教室の佐川さんです。わたしの前でついにデッサン教室の指導員にばれて、佐川さんは衆目の中でたしなめられています』

『なぜ描かないんだと?』

『もっと細々と……これを描かなければ、何も描けないようにしてやると指導員が言います。次に、茶や青や緑の目の中で指導員はムチを持って来て、声鋭くこう叫ぶんです。これを描かないと何も見えないようにしてやると』

指導員の声というよりも、自分の声でもあったような気がしたそうですが、ともかく先を続けます。

『そこで、佐川さんはスケッチブックに差し入れた手を引き抜こうとしますが、その指先が白紙に溶け込んでいるので、指導員が腕をつかんで助けようとすると〈一人で出来る〉と佐川さんが言うんです。これは一度目の夢。二度目は、教室中の皆が指導員と一緒に佐川さんをスケッチブックから引き離そうとしています。でも、よくよく見れば引き離そうとしているのではなく押し込めようとしているんです。しかし、この指先は本人の合意がなければそこに溶け込もうとしないらしく、白い紙の上で手首がねじ曲げられ、小さい体もくの字型に。そこまでが二度目。三度目は――』

と続きかけて、わたしはオハラに言いました。あなたはその夢の中でどこにいるんだと。

『私もそれに気づいて、私を教室の中に探しましたが、どこにもそれらしいモデルはおりません。すると、寄ってたかって圧しつぶされそうになった佐川さんがあたしの方を向いて――』

『え？』

『だから、夢見てるあたしの方角が分るのでしょう。確かにギクッとするような視線を投げて〈君はいないよ、ここにはいないよ〉と言うんです』

『続きを』

『続きは四度目。電話をして帰って来た後の夢です。さっき夢見た教室とは打って変って、いる訳もない裸のあたしを皆デッサンしています。佐川君も指導員につきそわれて、自由になる逆の手でチョークを走らせています。手元が休むたびに〈その唇はもっとこう〉とか〈鼻の翳りはパンでこすって〉などとせっつかれ、出来かけですがまるでミミズのはったようなもの。でも、指導員はそれを皆に翳して〈これくらい出来れば上等だ〉と叫ぶと、画用紙に溶け込んだ指も持ち上がり、何やら本意でないもののようにそのスケッチを引きずり落とそうとするんです。そして、ノックの音で起こされてドアを開けると佐川さんが立っていました。四つの中で一番長い夢だったので、起こされたのはもう九時を回っていましたか……』

『初めてでしょう、あなたの部屋を訪ねられたのは？』

『散らかってたし、あたしだらしがないから、ちょっと待ってと片づけにかかったんだけど、すぐ帰るからそのままでと佐川さんは言いました。でも、折角だし、丁度故《く》郷《に》から届いた桜茶があるので、それを飲んできなさいよと止めて、散らかったもんにはシーツを被し、入ってもらったんです』

『故郷は？』

『長崎』

　佐川君、長崎の桜茶はどんなもんだったでしょうか。あ、また話の腰を折りました。オハラの話が続きます。

『茶碗に浮いた桜を佐川さんたら避けて飲むのね。そして辺りを見回しながら、欠けた土瓶や枕にからんだ女の髪や、ちょいと汗臭い香水などが、ここでこうしていると、何だかとても懐かしいもんのように思えるって言うんで、女の部屋はどこでも同じよ！　って言ったら、フフフ』

『どうしました』

『あたしの方がびっくらしちゃったの』

『だから、何がです？』

『佐川さんたら、びっくりしてるのよ。女を一緒くたにしたら、目ん玉飛び出してんの。そこであたし、昨日の宿題やってみる？　……と言って、ベッドに横になりました』

『熱があったんでしょ？』

『でも、稼がなくっちゃ』

『……』

この絶句はお分りでしょう。K・オハラは老婆になってもこう言い続けてほしいもんです。

『そうしたら、ここでは描く気にならないので、全快したら、ここに来てほしい、とある部屋の地図を描いてくれました』

それから、オハラは時計を見て、その後の話は続けず、もうそろそろ次の仕事場に行かなければならない、と告げました。延長料をはずむから、と引き止めはしたものの、この先はもうタバコ一本吹かしもしませんでした。

『次の日、それであたしは行ったんです。その地図を手に、あの人のアパルトマンらしきものへ向かいました。階段を幾つも上ったと思います。朽ちかけた黒い手摺りもありました。廊下の隅にある便所の水道はぶっ壊れて、シューシュー音をたてていました。他にも、もっと変なものがありましたが、変り者が多いのだろうと、そこも突っ切り目当ての部屋をノックしました。でも、誰も出て来ないんです。次に強く叩きました。鍵がかかっているようです。それで、遅刻もしなかったのに、こんちくしょう、と思いました。この分、高く吹っかけてやろうと決めました。そのうちに、十五分過ぎ、三十分過ぎました。ふざけた野郎だと腹立ちました。立っているのもしんどくて、廊下に腰をおろすと、何でもなかったもんが、妙に大きく見えました。魚を摑んだ女の像です。向うには狼もいました』

『それは――!?』と、わたしは危うく椅子からひっくり返りそうになりました。

『そうよ。五十九番のそこ。こっから三つ目のアパルトマンよ』

『それは、ルネが暮らしてた部屋ですよ』

『人をおちょくるのもいい加減にしなさい、と、あたしは言ったわ。昼過ぎにあの人、また訪ねて来たから。そうしたら、少うし、しょぼくれてたけど、あたし桜茶さえもう出さなかったの。そうしたら、ぶつぶつと言訳して、悪いと思ったけど、前置きなくあたしにあの部屋の前に立って貰いたかったたって言うから、立ち料出せって言いかかったけど、こんな訳の分らない人から金ふんだくんのも、もう嫌でさ、二度とあたしの前に顔出さないでと怒鳴ったら、小さい体を折って土下座して、もう少し、あと二、三日でいいから付き合ってほしいって言うの。それで、こっちも土下座なんかさして悪いことしちゃったみたいで、今度はあやすように、どうしてあたしにあそこへ行かせたかったの、と聞いたら、あの立像がどう見えるか聞きたかったたって』

『イシスって言うんです』

『そんなのあたし知らないけど、捨てように捨てられぬオバサンのガラクタ人形でしょ、って言ったら、ポカンとあたしを見てたけど、少うしホッとしたようで、あたしの手を摑んで、〈オハラさん〉と改めて言うから、こっちも〈なあに、佐川ちゃん〉と、ちょっとふざけちゃった。そうしたら抱えてたスケッチブック開いて、〈絵は描けなかったけど、妙なものをつくりました〉って、あの白紙の真ん中に書いた字を見せるの』

と、オハラはベッドの傍の卓台に行って、メモ用紙をとり、そこに〈舞踏会への招待〉と書きました。

『そして、鋏で真ん中を切り抜いて、おもむろに渡すの。どんな舞踏会？　ってあたしが聞いたら、三人だけの、って答えて、ただ、その舞踏会ではいつも自分からはぐれないように付き添っていて欲しい、そして水を差すようなことになってもいいから、自分が何かを思い詰めるようなことがあったら、軽い冗談でも言って欲しい、って』

『思い詰めるようなことがあったら、と彼は言ったんですね』と、次第に事のいきさつにつながりそうな気配に身を乗り出す。

『でも、どんな冗談がお気に召すかと言ったら、さっきの女神のことをオバハン扱いしたのがいいって言うの。それで、何となくあたし、〈招待状〉受けとっちゃった』

その舞踏会の招待状は今はどうしているんですか、とわたしは言いました。オハラは、今も持っていると、バッグを開けてやや黄ばんだ一枚の用紙を撮み上げました。

舞踏会への招待

でも、あんなことがあったために、顔は蒼く顎の先がとんがって見えました。

『その舞踏会はいつなのか、って聞いたらまだ日付けの定まらない舞踏会だって言って、さっきのことお願いします、ってくどく言うのよ。それから、二日目だったか、仕事から帰って来るとドアの前に立ってるんで、〈どうしたの佐川ちゃん〉って言ったら、〈今、本を渡して来ました〉とだけ、この時ばかりは妙に苛々してるんで、桜茶飲まして気を鎮めようとしたの。そうしたら、急に彼女のことを告白して、〈わたしはルネを愛してます〉と言うから、それならあたしも祝福したいと言い添えると、〈でも、愛し過ぎてます〉と、あらぬ方を凝視するんで、約束通り冗談を言おうとしたけど、ちょっと場違いじゃない』

『うん』

『愛され過ぎて困る女がどこに居るのよって、ちょっと間持たせのつもりだったのかな、あたし、しわくちゃになってるシーツを伸ばしにあの人に背を向けたわ。そうしたら、何か気に喰わない気分がむらむらっと来て、〈舞踏会の招待状〉は、その愛し過ぎてるお方にも出したのか、って言ってやったの。ええ、三人だけのものと思って、とあの人言うから〈主役は？〉と、あたし言ったよ。舞踏会の主役は誰かって。みな主役だって答えっからまさかあたしをその方の刺身のつまにするんじゃないでしょうね』

『随分、はっきり言いましたね』

『だって、女ってみな、シンデレラになりたがるもんよ！　それに、この時になって、あの人が白紙のスケッチブックに向かった時、あたしとあの方を重ね合せていたことを思い知ったのよ。しかも、ルネという発音を聞いてから、この人、毛唐に弱いタイプだと分ったから、初めっから遜色のあるそんな舞踏会に誰が恥をかきに行くかよおって気もあったんだろうね！　ともかく、一晩考えさしてくれって、あの人には帰って貰ったの……』

『公式の舞踏会じゃあるまいし、そんなに興奮なさらなくても……』

『その晩はずっとゴロゴロしてたわ。どうやったらルネに勝てるかと。鏡の前に立ってヒップの加減を確かめたり、口の中に懐中電灯差し込んだり』

『どうして、口の中に電気を？』

『虫歯が一個あるんでね、よおし、いける！　と思ったり、あたしって駄目ね、とメゲたりしてさ、ベッドで悶々としている自分に気づいたら、急に笑っちゃった。それで、隣りの部屋まで聞こえるくらい馬鹿笑いして、急にこう思ったの。この余裕だ。この笑ってしまった余裕、これだけがルネに勝つヒントかもしれないって。それでやっと眠れたけれど、朝になったらやっぱりとても変なことのように思えてね。あの角紙の招待状、五十九番のアパルトマン行って、イヒヒって言うの、あの女神？』

『イシスです』

『そのイ……何とかが持ってる魚の口に放り込んで来たの』

『すると、二度見た訳ですね、あの像を?』

『うん』

『やはりガラクタに見えました?』

『魚屋やってた隣りのおばはんに見えたわよ』

これでは、狼像も保健所に連れていかれる野良犬になってしまうでしょう。

『それで、少うしせいせいしていたら、仕事場に電話がかかって来て、〈すごく悪い冗談だ〉ってあの人言うの。何のことかと聞き返したら、魚屋のおばはんに招待状持たしたことらしいの。あたし、何の悪気もないわよ、あんたの居場所も知らないし、取りあえず、お返しするところは、愛してるお方の、あの場所しか思いつかなかったの、それに、このいくらか深みにはまり込んだ事のきっかけは、あの廊下だし、あそこからふりだしに戻したかっただけ、と答えたら、少うし泣いていたのね、とぎれとぎれにあなたにお話しなけりゃならんことがあるって……その夜、またお会いする約束しちゃったの』

『会って下さってありがとう』

『それは、あたしの部屋だったわ。あの角紙の招待状を差し出しながら、これをあの魚の口に発見したのはルネだと言ったわ。それで、ルネから佐川さんに電話が入って、

〈あなたは、あの像にも招待状出したのか〉って聞かれたらしいの。いいや、オハラという女だと答えればいいものを、まだあたしの存在を隠しておきたかったらしく〈ちょっと、ジョークで〉とごまかしたら、妙なドイツ語使って電話を切られたんだって』

『ルネはドイツ語喋れますから』

『あたしだって長崎弁喋れるわよ。それであの人、ルネに会いに行ったらしいけど、外出したあとらしく、見ればあの女神の魚の口には招待状突っ込まれたままだったんで、またあたしのところへ持って帰ったという訳よ。それをさわりながら、またあたし受け取っちまっかと思ったけど……』

それでオハラは、言葉を飲んでまじまじとわたしを見上げながら、

『あんた、なんでさっき、会って下さってありがとう、なんて言ったの？』と、申します。それはやはり、二人の舞踏会よりも、あなたの入った三人の舞踏会の方が救いがあるように思えたからと、救われたか否か、事件が終った後なのに、まだ先の分らぬ現在進行形のあなた方がそこに居るように答えてしまいました。あなたには、救いなどというものはいらないかもしれません。あなたは、あなたの霧の中を真直ぐ行ってみたかったのですから。ルネさんはどうなのか、わたしには、ルネさんの近辺が分らないので、何とも言えません。でも、K・オハラの素っ頓狂な、大和肌もろだしの

振る舞いが、起こりかけるもののコースを、あらぬ方に切りかえてくれるように思えたのです。

『でもあたしが混ったところで、あたしにゃ何も出来なかったのよ。神妙に、夕方から夜への時間を見送ってから、佐川さんは廊下に立つ女の魚を持ってる由来を話し始めました。あれは、愛してる者の体を探している女の旅姿だと。あたしにゃ、それが、列車に轢き殺された亭主を思って、せっせと魚を商ってる隣りのおばはんと一緒くたになって聞こえたけど……。それから佐川さんはこんなことを言いだしました。あの五十九番の魚屋のおばはんの前を通ると、お前の顔はこんな顔だと言われてるような気がするんだと。お前の顔は、肉を食べた魚のようだ、と。確かに、こっちの人は日本人の顔を魚みたいだと言うけんど、〈言わしときゃ、よか！　大したこっちゃない〉って、あたし、我ら民族を励ますつもりはないけれど、あの人の肩をトンと叩いたよ。そしたら、〈オハラさん〉って、しみじみ呼んで、わたしは本当に魚かもしれません、だと』

『あなたは、その魚に招待状突っ返したんです』

『魚じゃない。物考える輩だよと、あたしは言ったよ。でも、そんなことは耳にも入らず、あの人は魚の妄想について話し始めました。いつか、舞踏会が始まる時、自分は魚になって、愛し過ぎるルネに何するか分らないと』

『うん』

『ルネは、詩を読む。ちょいと喉が乾いてコップの水を飲みに本を伏せ、背中を向けるだろう。その白い首筋、金髪のそよぎ、長くしなやかな腕が魚のわたしを挑発してる、と』

『そこで、あなたは？』

『あたしは、その魚、にしんかいと言いました』

約束どおりに、ここでオハラは軽い冗談を言ったわけですが、突き進むあなたの妄想を白紙にできなかったことも分っていたようです。

『すると、自分はパリのどんな魚か自分でも分らない、でも魚として来たんだと、この頃つくづく思うと言いました。人間としては感動しなくなったけど、魚だったらこの都にまだ感動してられる。そして、この思いは自分でもどう振り払うことも出来ないと、じっと部屋の隅を見つめたきりで、その視線の向うにルネさんを描いているようなんです。あたし、もう少しであの人の見てるものに〈あたしの部屋から出ておゆき〉というところ。いくら眩いからって、そこあたしの部屋よ。それであたし、着てる物をはいで、あたしの背中をチラッと見せてさ。あたしだって、少女時代にハゼ釣りに行って海に入ったら、喰いしん坊のハゼに背中突っつかれたことあったと、そのまま、じっとしてました』

『見せた背中は効果があったのでしょうか？』

『何日か経ってね、あの人ケーキを持って訪ねて来ると、今日ルネに本を読んで貰ったと言いました。ドイツ語の本です。少し疲れて机に坐り、ふと向うを向いたその背中を見ていると、そのお姫さまの背中の中から、むさいあたしの背中がむっくり起き出したんだって』

『むさいとは言わなかったでしょ？』

『あの人にゃ、むさいに決ってるよ。しかも、そのあたしはゆっくりと向き直って、手に持った舞踏会の招待状を差し出し、〈あたしも混ってるのよ〉って言ったんだとさ。よくよく見れば、招待状は一個の肉塊で、何やら桜茶の匂いまで。一体、どこら辺の肉を切ったのかと覗き込んだら、恥かしそうに傷口を隠すんだけど、その傷がどこなのか分らないんだと』

『妄想ですから』

『でも、どこら辺りだと思う？』

『なんで、そんなことが気になんです？』

『おできの痕があるところなんかだと、やっぱり嫌だよ』

『きっと、素晴らしいところですよ』

『どこが素晴らしい？』

殊にそげたふくらはぎとか、豹のような肋とか、張った肩口とわたしは言いました。するとK・オハラは首をすくめて、あんまりいいとこばかり見つけないでよと言うのです。

『そんなに素晴らしいとこの肉だったら、舞踏会は酒池肉林になってしまうでしょう。やはり、むさい黄色人種の肉あらばこそ、あの人の悪乗りにブレーキをかけられるというもの』

『うん』

『そうやって水を差すために、届こうとする手の前に、肉親を思い出さすような、ちょいと照れちゃうあたしの体を引っぱり込もうとしたのは、あたしお見通しなんだから。招待状を持たしておきたいのも、そんな気持ちをつなぎとめておきたいためでしょう』

そう言って、K・オハラは話を中断し、もう本当に遅いからと、角紙の招待状を摑んでバッグを開けました。そこに、謝礼の金をたばさんで、もう一度、明日にでも、と頼みましたが、何だか浮かぬ顔で、明日のスケジュールはどうなっているか分らないと言います。わたしは、あと三、四日で東京へ帰る身なのでと、いくらか泣き落とし作戦に出ると、

『じゃ、明日までに、あたしが、あの人の妄想の中でどこの部分を切ったか当てて下

さい』と、その背中を向けました。もう地下鉄も終った時間でした。この夜は、ルネの部屋まで行くつもりでしたが、あまりにも遅くなってしまいました。それに、イシスの像で眠っている魚を、この夜ばかりはそっとしておきたい気持ちもあったのか、バスの戸を開けて、手洗いに差し込んだ花を見ますと、水はすっかり落ちて、一輪挿しもぐったりしてました。水が抜けるのを承知しながら、またそこに水を満たして、ベッドに戻ると、バッグに入れたはずの招待状が落ちていました。佐川君、今日、その招待状と共にわたしはオハラを待ってます。今日、オハラに会ってから、この一番長い手紙はつづけます。」

——ここ迄書いた時、サンテ刑務所在、イッセイ・サガワのサインで、二通の手紙が届いた。一通目は「ファウストからメフィストへ」宛てたものの返信である。ボナパルトという文字と、五十九番という数字を見ただけで、今すぐそこへとんで行き、自分もあのルネの部屋へ駆け上り、白いバラを置いてゆきたい、と始まる。そう思って、壁にかかったルネの写真を見ると……（この刑務所では、亡きものにした人の写真が飾れるのだろうか！）鎮魂の思いに応えるように、ルネもかすかに微笑んでくれたように見えたけど、それもあっという間にかき消えたとある。次にファウストとメフィストの関係に触れ、わたしがメフィストを彼に準《なぞら》えたことが少し辛いらしく、自分はむしろ今では傷ついたファウストである、と書いてある。メフィストならば、「イヒヒ」と薄笑い、ただ、ルネの肉の甘みを思い出していればいいのだし、それならばどんなに楽なことか、自分は、心の中からハイド氏を追い出せない、意気地なしのジキル博士だと。どうか、ファウストとなって、メフィストとしての自分を描きあげて下さいと結ぶところは、やや皮肉っぽく、最後のサインは、イッセイ・サガワと書かずに、「ファウストのかたわれ」となる！

もう一通は、絵ハガキに書いたものへの返礼である。

「三枚の絵葉書をありがとう御座います。すべて同時に着きました。二つ折りのパラソルを持ったミニ・スカートの女の子の図柄は、何故か、私の〝食人魂〟をおおいに刺激します。また〝ABEND〟の翻訳をありがとう御座います。彼女は、この詩集の何篇かを読んで、次の様に言っていました。『死、死って一杯出てくるわ。何て陽気な詩なんでしょう』それに対して僕は『それが、ドイツ表現主義の特質だよ』とだけ答えましたが、今から考えると、それが、自分の身の上に何が起こるかまったく知らずにいた彼女にとって、唯一の死の予兆だった様に思えます。私は何も、その為に、この詩集を選んだわけではありませんが、ただ、ドイツ表現主義という言葉を、売子からはじめて聞いた時、内心ハッとして、自分のこれからしようとすることが、すでに自分の意志を離れて、決められた方向に勝手に流れはじめているような気がしました。自分は、その決められた方向を歩かされているだけだと感じました。『霧の中』の抜粋は、映画の御参考になるようでしたら、書き上り次第、すべてをお見せ致します。また、彼女の唇、舌、鼻の先を喰べたのは、解体の前、つまり、骨のまわりの厚い肉をナイフで切りとっている最中でした。また内臓をえぐり出したのも、手足を切り離す前だったと記憶しています。

尚、虚構をまじえたのは、作品の骨組みだけで、人肉食のディテールは、なんの誇張も虚構もありません。」

二通目の手紙を閉じて、わたしは「ルンルン」と口ずさんだ。日本のブリっ子が口ずさむ鼻唄だ。鋳物の組立て品のように並べられた肉、それを思うと、急に軽薄になりたくなった。ルンルン！

ベッドに置いた角紙の招待状を見おろしながら、K・オハラを思う。この一片の招待状は、佐川君の妄想の中で、一介の黄色い女の肉片になっていたという。オハラがバッグからそれを撮んでわたしに見せた時、一つの肉塊のようにそれは重かったか。捨ててしまえばいい紙切れを、事件が終ったあとに、そうしてバッグに仕舞ってあるのは、オハラにとって、片付かない重さとしてそれが残っているからなのか。普通の女なら、凶々しい事件のそんな名残りは、もはや触れるのも汚らわしいものなのに、オハラは、どうして後生大事に持っていたのか、わたしには分らない。〈佐川ちゃん〉

とふざけちゃった、と言うように、戯れた時間だけが、妙なねばっこさで裸を見せる女の暮しにねばりついて、オハラの頭さえ冒してしまったせいなのか。あるいは、舞踏会に入り込めなかった自分を、口惜し紛れで問うているのか。だが、それは、女のあこがれる舞踏会などというシロモノではなかったのだ。それは、佐川君の「霧の中」の作業であったのだ。

何の答えも浮ばず、角紙を握ったまま、わたしはオハラの来る時間を待った。水を飲みに二度、バスへ立った。この安ホテルでは、水を飲むには、トイレの手洗い水を手で掬うしかない。コップはあるが、前に泊った女の口紅で汚れている。水は、陽晒しの水道管を伝ってくるのか、ひねってもお湯のようで、それが冷たくなるためには何秒か待たなくてはならない。そうして水っ腹になった。手洗い場の一輪も、オハラが来てからというもの、すっかり見捨てられた格好で、いつかタイルに落ち、水を流す栓の口に引っかかっている。

風が止まって、ベランダに垂れ下がるトイが触るに触れない熱さになる午後四時、黄色い帽子を目深に、白い半袖とスカートのオハラが到着した。帽子をベッドに投げ、オハラは、シャワーを浴びていいかと言い出した。歓待出来るものは、シャワーくらいしかないが、ここのシャワーは隣りの部屋で水を使われると急に湯が水になり、かと思うと熱湯になる。騙し騙しでノブを調節してから、どうぞ注意して浴びて下さい、と振り向くと、素裸のオハラが立っていた。そのモデルの体をすり抜け、わたしはまたベッドにひっくり返る。バスのドアは開けっ放しで、勢いよく迸る水が女の体をはじいて、部屋のカーペットを濡らし、ベッドの足元には水溜りが出来上る。

「佐川君は、ルネの唇から食べたようです」

この声は、シャワーの音で届かない。それはかりか、シャワー室で、焼けトタンを踏む猫のような叫びが起こった。やはり、熱湯になったのだ。水栓は締められ、バスタオルをまとったオハラが、恨めしそうな顔をして部屋に戻ってくる。

「火傷しませんでした?」

「辛うじて」

ピンチをかわしたか、どこかヒリヒリするのか分らないが、その後は続けずに転がった下着を掴んで背中を向ける。

「さっき、何か言った?」

「佐川君がルネの唇を食べたと言ったんです」

「ふうん」

あらかた身にまとい、壊れた椅子にふんぞり返ったが、肌色のブラジャーだけが肘掛けにぶら下がっている。

「それが、いくら可愛いからと言って、どうしてそれを口に放り込めるのか、そこが、やはり、すんなり頷けないのです。誰かを取って喰いたい程可愛いと思う。ということと、実際に取って喰ってしまうこととの間には、とても深い谷間があるような気がします。つまり、人であることと、魚になることの間には、大きな淵があると思うんです」

「それを越えるのは、とても激しい感情だと思う?」

「ええ」

「でも、あたしには、とても穏やかな練習をして、そこをやってのけたように思える」

どんな練習かと言えば、舞踏会の、という言葉がまたしても返って来た。黙示録的な一品のように、ブラジャーも肘掛けに揺れている。肉屋の吊るし物のように、彼女の肘が当る度に女の忘れ物が揺れている。

「わたしには分りません」

「話したじゃない」

「ルネの背中に、あなたの面影を捏造することで、あなたはどんな手ほどきが出来たのか」

「幾夜も、これから何度もそれを見るだろうとあの人は言いました。その招待状を手放さない限り」

「これを？」

と、忘れていった角紙をポケットから取り出して見せる。「やはり、ここにあったのね」と言いながら、わたしにそれを持たせたまま話を続ける。

「ケーキを持って来た夜、つまり、ルネさんにドイツ語の本を読んで貰って、その背中にあたしを引きずり込もうとした夜、舞踏会はもう始まっていました。それが、破局につづくかつづかないかの練習その一であったのです。手ほどきとおっしゃるならば、あたしがこの招待状を持ち、あの人に影を貸すことが手ほどきと言えましょう。恐らく、あたしは、あたしのむさい体の一片を差し出しながら、ルネの中へ入らないように、一皮むけば、あたしの肉もルネの肉も同じじゃないかと、あの人の手を取り、魚の口の似合わない所、たとえば、セーヌの川辺でリンゴを売る魔法使いのおばあさんのいる方へ、連れて行こうとしたのではないか。あの人の頭の中では、あたしの影がそのように働いてくれることを願っていたのではないかと思われます。これが、手ほどきと言えば、手ほどきでした」

　わたしたちの話は奇妙だ。佐川君の妄想の中に入り込み、その妄想の餌食となったオハラの体をたて起こし、しかもそれに何事かの意味を付けている。にもかかわらず、わたしは宿題となっていたあの一件を持ち出した。

「それで、あなたが差し出して見せた肉とは、どの辺のものだったんでしょう？」

それは、あなたが想像すべきではないか、とオハラは言い返したが、こうして傷一つないオハラの体を思うたび、やはり、思い付かないことを望んで一晩過ぎたとわたしは答えた。

「そうね。あの人からそのことを聞いた時、あたし自身困ったもの。それにモデルだから、人目につくところはごめんだわ、とあたしも言いました。それで、あそこなら許すと、あたし言ってしまったのよ」

「あそこって？」

「人目につかないところ」

「どこです」

「つちふまず」

と、オハラは、まだ水に濡れた片足をもたげて裏返した。

「そんなところをえぐり抜いたら、さぞ痛いでしょうね」とわたしは苦笑いしたが、この苦さは、格好のいい足が傷つけられる妄想のためではなかった。こうした問答を、佐川君とやってのけたオハラが苦々しかったのだ。

「するとあの人は、そのつちふまずの肉を持って来て、ぼくに食べろ食べろと言うのですか、と言いました」

「——」

「あんたがそれを望むならと、あたし、足を引きずって歩いて見せたわ。お帰りの時も廊下まであの小さな肩につかまって、そんな格好をして見せました。階段を降りてゆく姿に、〈この野郎、こんな格好にさせやがって〉と怨めしくも呟いてみせました」

「そういうおふざけを、佐川君は喜んだでしょうか」

「あなたはモデルよりも、パリで演劇を学ぶべきではなかったか、だって」

そう言ってオハラは、ベッドに放り出されっぱなしの角紙を撮み、裏返したつちふまずに載せた。長さが少し余るが、その端さえ折り曲げると、招待状は痛みに貼ったトクホンのように見える。

「次の週の初め、佐川さんはまた来ました。青銅の握りの、いくらか反ったナイフを取り出し、今日このナイフであなたのつちふまずを刺し貫いたのを御存知ですか、とギラギラさせます。蚊が止まる程の感じも無かったけどと答えると、部屋に来たルネに、今日これを持って忍び寄った、ちょいと向うを向いた隙に、後ろからこれを持って近づくと、風と西陽に黄金色にそよぐ柔毛の中から、あなたがスッと現れた、と言うんです。何日も経った固い犬の肉のようなつちふまずの肉切れをさし上げ、こっちこっちとわめくので、切れ味を試すようにこれでその肉刺しました、と。桜茶の香りと言ってくれたもんが、犬の肉になってるんで、あたしいくらかムカツイて、ベッドにどうぞと言ってから、その何も刺しとめてなんかいないナイフを、ちょいと拝借したのかな、しみじみ、妄想の中をぐってきたナイフを明りに検証さして貰い、あの人押し倒し、ナイフを口にぴったりと付けたの。そして、〈旨かったのか〉と言いました。〈その、つちふまず、喰ったのか〉と」

「ええ」と話を壊さないようにわたしは呟いた。

「〈まだ喰ってない〉とあの人言ったわ。だから〈取ったものは喰え〉と、ナイフの切っ先であの人の唇をこじ開けて、歯の間にそれを差し込み、喉の奥へ、ナイフで粘膜を傷つけないように注意しながら、刺したという肉を飲み込ませるように、〈つかえるのか、苦しいか。水を持って来てやろうか〉と、震えるあの人の体に何分も乗っていました。それから、あの人の唾液に濡れたナイフを口から抜いて、〈どうだった?〉と聞いたら、〈無理強いで喰わされたら、何だってまずい〉と言うんで、〈無理に人の肉を持ってくのはあんたじゃないの〉と口ごたえしてから、急に喉が渇いて立ち上がったら、あたしいつか、びっこの真似をしてみせてんの。そんなことでお茶をにごさなかったら、あんまりにも意味のない、むごいおさらいをしているような気がして、この足ちょいとお道化てみせたのかもしれないわ。それでちょっと小用にお手洗いに入って、出て来たら、あの人まだあたしの足を見てるんで、また足を引き摺って見せちゃいました」

これは恐らく、二度目の練習の日の後だろう。「アーベント」の詩をルネに読ませた日が、練習の初日である。それから次の週の間に、佐川君はルネを部屋にまた呼んで、カービン銃の空を射ち、ナイフを持ってその背後に忍び寄っている。それは、あえて頓挫させ、それから彼はK・オハラのところに現れ、迷いの報告をしていたということか……。ただ、練習と言えるものは、この二回しかない。三度目にルネに会う時、練習は、人と魚の谷間を越えてしまうのだ。

「パリで演劇でもやったらよかったろうにと思わせる、そんなお道化たお引き摺りを見ながら——」と、まだ先があるらしい話を、オハラは続ける。

「あの人、ゲッと吐きました。口からは何も出ないのに、体を弓なりにして酸っぱいものをしきりに袖で拭いてます。いくらか呆然としながら、あたしそんなに嫌われた、と言ったらば、〈そうじゃない、あなたの演技がとても辛くて〉と申します。〈いつか自分は、そのトイレから足を引き摺ってきたあなたの姿を思い出すでしょう。そうしたら、自分は何を食べたか、今と同じような辛さを持って味わうかもしれない〉そう言われてから少し間があって、この人何やら先のことまで決めてるな、と感じられました。そして、そうやって向い合っていると、パリの同国人が、同病相憐むというような、嫌なことをしているような気になったんでしょう。〈ところで〉と、あたし言いました。〈まだチビの肉を貰ってないよ〉って。それは、余程こたえたんでしょう。あの人はベッドに坐ったまま、目をむきました。〈人の肉を犬の肉なんて言いやがっって、お前だってチビと言われたらどういう気がするんだ〉と、あの人の動転ぶりは分っていながら、泥仕合みたいなけんかを吹っかけていました。ナイフを片手に、あの人に詰めより、〈チビの肉を出せ。それを噛み切って、背が伸びるように引っぱってやっから〉と、考えられないようなことまで言いました。何故でしょう。辛いという一言と、向い合った時の妙な間が、あたしをそんなにもヒステリックにさせたのか、未だにそこのところが良く分らないんですが、あたしはズカズカとナイフを振り上げてあの人に詰め寄りました。でも、おかしなもんね。こん時だってあたし、足をまだ引き摺って見せてたんだから。そこをあの人、見落とさず、おもむろにナイフの切っ先を摑んで、〈このいさかいはまるで〉と言いました。〈お前の母ちゃん、でべそ、お前の父ちゃん云々〉といったようなもんだと。そこで、どちらが先に笑ったのか分りませんが、張り詰めた気も失せて、ベッドで笑い転げました。一つのベッドに仰向けになって犬の肉とチビの肉は哀しくなって来たことも事実です。少しはしゃぎ過ぎたのか、疲れてきてぐったり黙っていると、〈今度来る時〉とあの人は言いました。〈また、そのナイフであなたの肉をかざしてくる。そうしたら、ここに押し倒して口をこじ開け、それを僕の口に入れてくれますか〉って。〈いいよ、佐川ちゃん〉とあたし言いました。〈それと、お返ししなければならないチビの肉はどうしましょうか〉と言うので、〈それは、あんたがあんたならではの国へあたしを連れて行ってくれた時、ンテ、ホッ、例えば、って言うから、〈僕ならではの国？〉と答えました。

貰い受けるわ〉と答えました。〈僕ならではの国？〉って言うから、例えば、ホッテントットの国とか、背の小さい人のいる国のことを数えあげたけれど、行き着く所は日本でした。だから、日本で貰い受けると、あたしは言ったんです。そして、足を引き摺るあたしに送られ、あの人は帰って行きました。こんな風に、明るいレンヌ通りを」

「そして、その今度来るという日は？」とその日の思い出に先回りして、わたしはオハラがくつろぐ間も与えなかった。何故ならば、そこで別れた日と、犯行の日の間には、二、三日程の間しかなかったのだから。

「え？」とオハラはとぼけて見せた。

「佐川君は来ましたか？」

「何日も待ったけど」とオハラは言う。

「何日ですか」

「四日程」

「もう過ぎてます！」

「ええ」とオハラは、一年以上も持った角紙を握っている。「チビは行きっぱなしになりました」

そこで肘掛けに吊ったブラジャーを摑んで汗の乾き加減を確かめた。まだ湿っているのかいくらか躊躇したが、仕方なさそうに丸めてバッグに放り込み、スタンドの横に目を走らせた。そこに、セブンスターが置いてある。ここ何年、余りたしなめない日本の煙草を、一本いただきたいとオハラは言う。セロハンの封を切って一本差し出すと、剝がれかかったマニキュアの指で撮んで百円ライターの火を点ける。その炎が大きかったために、髪の先を焦がしたらしく、嫌な臭いをオハラは払う。

「でも、どこへ行ったのか、とあたし思います。ルネさんの肉をお腹に詰めて、あの人はどこまで行ったか」

「ポン・ヌフからブーローニュ、そしてサンテ刑務所です」

「そして、食べた肉は？」

「そうですね」

「あの人の血や肉になったでしょうか？」

それは元々、身体のこやしにするようなものではなかったし、佐川君の思うお祭りの餌食でしかなかったものだから、鮮烈な記憶は残しても、有難い血や肉になる訳がない。殊に佐川君からの手紙を思い出しながら、ルネの肉は悔みで包み込まれていることをわたしは伝えた。

「じゃ、ルネさんの肉は、涙にしかならなかったの？」

「だとしたら？」

「花を喰っても泣くでしょう」

といくらか唐突な言い方をする。

「雲を喰っても」

「喰ったのは人の肉です」

「でも、ルネは花でしかなかったように思えます。狼が、他の狼の縄張りに入り込み、そこの牝狼をとって喰った訳じゃなく、天敵を打ち砕いて、生前、生意気だったそいつの肝を喰ったというのでもなく、愛しいためにほおばるなんてのは、やはり花に対してやることのようなものです」

「そうでしょうか」

「花を惜しんで泣いてるんです」

「それじゃ、あなたは花ではなかったと思いますか」

「あたしは」と、傷つけられた花のように、先のとんがった鼻を真直ぐ向けて、やおら、花々しい一言を放つ。

「――えげつない肉よ」

そう言いながらも瀟洒な肉体を誇って立って、バッグの口を大きく開けて、わたしに突きつけた。時間が過ぎたから、そこに金を入れろと言うのだ。大きめのフラン紙幣を突っ込むと、釣りがないと言ったが、わたしとしては、釣りの代りに、なるべく長居して貰いたいだけである。それではと、オハラはバッグの奥をまさぐって、香ばしい匂いのする茶包みを取り出した。それは、郷里から送ってきた桜茶の残りであるらしい。有難いところだが、この部屋には湯も急須もないのだ。そこはオハラも見抜いていて、しばし待てと制すると、フロントへ必要な物を取りに行った。鐘が鳴っている。時計を見ると七時だが、窓の向うは昼下りの気配だ。熱い水を喉元まで溜めた水道管も、時折、妙な震動音をあげている。椅子に放り出されたバッグを見ながらこの束の間に、オハラの話した事柄を、もう一度整理しようと思ったが、「えげつない肉」という言葉だけが、わたしの頭の中にぶら下がるだけだ。そのうち、ティーポットとコップを抱えたオハラが大股で帰って来て、テーブルの上を片付けろと喚いた。桜茶は、湯を注いでその上にのせるだけでいいらしい。テーブルに置かれたコップに湯を注ぐと、騙しながら注いだはずなのに四つに裂けた。もう一つのコップには、初めから水を少し入れておき、そこへ湯を満した。そして、縮こまった茶をばら撒くと、は、おもむろに花らしい形を見せてくる。それを啜るオハラを見ながら、夏に熱い茶を飲むのが一番と言った祖母をわたしは思い出す。

「佐川さんは、この花を避けて飲んでいたわ」

「そんな神経質なところがあったんですか」

「いいえ、いつ、花のところへ行くか考えていたんです」

「あなたのところから？」

「あたしは、花を避けられて飲まれるお湯のよう」

「……お湯ですか」

「でも、二度関わったあの日のことを思うと……」

「ハイ」

「湯と共に、花をあの人の口へ流し込んだのは、あたしじゃないかと思えます」

「しかし、そのお湯は、喉の焼けるようなものだったじゃないですか」

「薄ら笑いで少し冷ましていました」

「なんのこってす」

「嚙みしめた歯をナイフでこじあけた時」

「え？」

「唾液に濡れたナイフを引き抜いた時」

「妄想に付き合った時ですね」

「あたし、薄ら笑っていたんです」

「そういうこともあるでしょう」

「いいえ」とオハラは、流し聞きするわたしを制した。壊れかけの肘掛けを摑んで、椅子ごとわたしに詰めよると、オハラの膝と、わたしの膝が触れている。

「あの人を遊ばせたのは、あたしです。この薄ら笑いで」

今は笑っていない。佐川君の前のみで笑った……。わたしにはまだどんな薄ら笑いか、正視したこともない記憶の中の笑いをかみしめて、オハラはどんな答えをわたしから引き摺り出そうというのか、膝をガチガチとぶつけてくる。

「手ほどきどころか、ルネさんの背中の方へ、あの人を導いて行ったんです」

「そんなことはないでしょう」

「いいえ、植えつけたのは、あたしです」

「何をです」

「おトイレから足を引き摺って来た時、あたしは、もっと笑っていました。あの人が帰った後も、まだびっこを引いて部屋の中をぐるぐる回って、あの人の家へ行ってみようかと思ってました。プラタナスの木のあるあの人の高級アパルトマンの周りをグルグル回って、肉をえぐられたモデルが歩いているぞ、と知らせるように、石を窓に投げても、面白おかしかろうと思いました」

「でも、あなたはやらなかったでしょう！」

「いいえ、あの日あたしは、そうやって、ミシェル・アンジュ・オートウィユに行きました」

それは、ブーローニュに近い佐川君の家である。

「中庭を通って、豪華な一戸建てのアパルトマンを見上げると、夕方の風を抜けさせるために窓が大きく開けられて――」

ちょっと待ってくれ、とわたしは話を止める。それは、あの犯行の何日前のことなのか、そして、練習と言って良いのか分らぬが、あの事件の日に至る二回の練習の行われた日の前か、後か、と問うと、オハラは、あたしの今話そうとすることは、六月十一日、事件の起こったその日のことであり、それが、練習三度目と呼ばれるかどうかは、自分には判断出来ないと答えた。

「時刻は夕方、五時か六時か、その辺だったでしょう。中庭の入口では、誰かが暑さを湿らそうとしてか、水をホースで撒いていました。中庭を素通りしたその直後のことです。プラタナスの木陰に隠れて、あたしは、その水撒きがいつ終るかと待っていました。五、六分だったでしょうか。誰かに呼ばれて水を止め、ホースはそのままにして、その人は管理人室と思われる部屋の方へ去りました」

「その時」と、またわたしは口をはさんだ。あなたは妄想の続きとして来られたのか、それとも何かの用で、ミシェル・アンジュ・オートゥィユの高級アパルトマンへ訪ねられたのか……妄想の続きとしては、辺りに対する気遣いが計算高いからである。それについては、少し、オハラも口ごもり、びっこを引いてそこらを徘徊したものの、会ってしまったらばやはり少し金を無心しようかと思っていたと言う。五月のアパルトマンの払いが遅れてて、この六月に持ち越し、佐川君に借金しようと思っていたことも隠せない理由であった。

「でも、きれいな石でモザイクした二階建ての家を見上げていると、あたし、パリの乞食女に思えてきました。それで、借金するならばもっと対等になれるゴミゴミした所でと思って、その気は少し引っ込め、その場は足を引き摺ったお遊びで中庭を通り抜けて帰ろう、もしかしたらば、窓からあたしの、そんな姿を見つけてくれたら、えげつない女が、夢か現かの狭間にうろついてるなんて面白がってくれるかもしれないと思っていました。それで、ちょいと振り返ったらば、窓のカーテンが風に巻き上って、誰か女の人がいるような気がしたんです」

オハラの膝頭が、わたしの膝に当ってピクリと震えた。それをゆっくりと外しながら、煙草に火を点けたが、二つ三つ煙を吐いただけで、長いまま揉み消した。

「背丈程の植え込みがあって、そこには、鶏頭の花のような赤い花が一面に咲き誇っておりまして、あわててあたし、中庭から引き返すと、そこにそっと身を隠し、正面から見上げられる窓を見つめました。それから、あれが、舞踏会とやらの三人目の女性かと、カーテンが風に煽られ、誰かが顔を出すのを待ちました。五、六分経っても風は止まったように、カーテンも動きません。とがった花の花弁がチクチクと背中を刺すので、それを払いながら、もう一度、窓を見上げると、すでにカーテンを払って身を乗り出した、大きな金髪の女性が……」

それはルネか、とわたしは聞いた。オハラはゆっくりと頷き、金髪が大きなカールをつくって、顎の下でえぐるように首に巻きつき、目は青いというよりも灰色っぽい、煙のかかった青であることを伝えてくれた。顔の骨格はミュージカル・スターのライザ・ミネリに似て額と鼻が一直線でつながり、夕方の空に顎あげて、一仕事終ったあとのように、思い切り息を吸うと、船の舳先に彫られた女神のように見えたと言う。船は佐川君の妄想を孕むそのアパルトマンでもあるようだ。

「そして、赤い花の下に身を隠すあたしを、ルネさんは見つけました」

「初めてですね」

「初めて、三者は一堂に会したようなものです」

とは言っても、室内と室外、佐川君はこれにまだ気付いていない束の間だ。

「あたしは、その花の下にもっと身を割り込ませかけました。花の匂いでえげつない肉を隠すように。でも花は、そこの花は何の匂いもせず、ただ大きいだけでした。ルネさんは、そこでなぜ、そんな女がそんなところに隠れているのか、怪訝そうな顔をしました。わたしはと言えば、ただ、バツが悪く、身をよじらせているばかりで。他愛もないもんを見たように、ルネさんは白いカーテンを引きかけました……」

オハラは、その所作が何かを決定したかのように、口惜しそうに肘掛けをパシリと叩いた。ちょいと口を掛けられてもよかろうに、と思っているのか、それとも、モデルとしても勝ち目のない体にひけを取ったと思ったのか、引きかけたカーテンがすこぶる気にさわったようなのだ。

「あたしは……」

「ええ」

「その時、もう一度、そんなふうに追い出されないために……」

なかなか先がつづけて言えない。

「どうしたんです」と、わたしは覗き込む。

「もう一度、舞踏会に混っているあたしを見せびらかすように……」

どうしてもそこで、言葉が止まってしまうのだ。わたしは煙草をまさぐって、この間が過ぎるのを待とうとしたが、煙草はもう残っていなかった。そこで、オハラが揉み消した長い吸い残しをとって口にくわえるしかなかった。

「わたしは……シャツを脱いで」

「え？」

「花の下から、立ち上がりかけました。カーテンが閉められるほんの束の間です。手をとめて、見過しかけたルネさんも、こっちがおもむろに胸を晒して立ち上がると、カーテンをもう一度払って、窓から身を乗り出しかけました。その、色鉛筆で描いたような目の中に、色鉛筆では書けないあたしの体が映っていたはずです。その時です。部屋の奥で銃声がしたのは――」

しゃくりあげるような水道の音が遠くに聞こえる。窓の向うの夕方に夕方が重なって、次第に暗くなるはずだが、その夕空は、かえって明るくなるようにも思える。わたしは、くわえたままの吸い残りを撮んで、また灰皿に置く。聞きたいことが山程あるが、あの事件の起こった部屋の窓と、窓の下で、こんな視線のやりとりが行われていたことに、どうして口を突っ込んでいいのか分らないのだ。

「お分りになったでしょう。振り返る時間があったらば、練習で済んだかもしれないのに。こうして、手ほどきすべきあたしが、逆にルネさんの目にあたしを映して、あの人を、その背に引き摺り込んでしまったということを」

そう言われれば、そういうことになるような気がする。

「だから言ったんです。佐川さんの口に、花を流し込んだ水はあたしだと」

オハラの姿を目に映したルネを射殺し、その肉を喰ったらば、それは、甘い味がする訳がない。えげつない女の肉も混って、それが佐川君に、苦い思いをさせていることになる。それを悔んでいるのか、勝ち誇っているのか分らないが、あの日、花にもなじまなかった体を、椅子の上で揺り動かしながら、オハラは一年経った今の自分をこう語る。

「この頃、ポン・ヌフの橋にぼんやり立ちます。コンクリを打ち込む中洲を見おろしながら、川っ風に当っていると、胸のところをあわてて押えるんです。まるで心臓のところが喰われて、そこだけが窓となり、セーヌの風を素通りさせてる女みたいに、そんな素振りをして見せて、喰われてもこうして待ってる女を喰えばよかったのになんてうそぶいて、また、薄ら笑ってもいるんです。まるで、格好の牙にかけられなかったのを残念がってるみたいに」

「それは、あなたの職業のせいかもしれません」

「モデルという……?」

「しかも日本人の」

そんな念押しには耳も貸さず、オハラは薄ら笑う頰の肉をさぐるように眉をしかめた。

「それとも、悔みの涙で流されるルネさんの代りに、こうして、えげつない肉がお相手しているんでしょうか」

一年も招待状を手放さなかったのはそのためであるかのようにオハラは、こう付け足した。

「だからあたし、まだ踊っているんです」

聖シュルピスの鐘が鳴り、オハラに引き揚げる時を促している。今夜もまた、かけもち仕事に遅れたようである。バッグを摑んで、ドアを開けかけ、忘れ物はないかと振り返る。だが、忘れ物は、こんな話を聞いたわたしであるような気がする。桜茶は、十日分飲めるでしょう、と彼女は言う。そして、お世話さまという古い挨拶を述べ、もうこれ以上話すことは何もないと言うのだ。とはいうものの、妄想の舞踏会は、まさか、セーヌの川に捨てて済むものにも思われず、オハラの坐っていた椅子の前に腰を落ち着け、冷えた茶を一杯飲み干す。すると、膝が椅子の足に当った。それが、オハラの足であるかのように膝は押しつけたままにした。

間もなく、カーペットに転がった白いものが見えてくる。それは、忘れていった〈舞踏会の招待状〉である。忘れていった訳ではあるまい。格好の落し場所にしたのだろう。送り返す先はサンテ刑務所でもあるまいし、やはり、オハラの所しかないだろう。それを今は、枕の下に押し込み、佐川君への手紙を続けた。しかし、今夕あったことを続ける程に、えげつない肉と称したオハラの記憶は、ルネのみを思いつづける佐川君に、余り喜ばしい印象を与えるものには思われない気がしてきた。殊に、薄ら笑ってベッドに転がり、そこで話された固い犬のような肉と、チビの肉との問答に到っては、何度も書き直しながらも消えてしまった。そこで、昨夕あったことの続きは短めに、〈招待状〉の由来と、それを今でも持っているオハラと、桜茶の思い出でしめくくった。配達は次の日になるだろうが、部屋を出て、レンヌ通りのポストに放り込み、それからセーヌにかかるポン・ヌフに向った。

中洲を境にゴミの浮いた川は二つに別れ、そこに架かった広く長い橋……ガス燈の名残りをとどめた電灯が三間置きに、明るい八時の空に突き出ているが、灯がともされているのかどうか見分けはつかない。生ぬるい風が頬を撫でるが、すぐに橋の下へ引き摺り込まれてゆく。コンクリの欄干は、温みを残したままで、それに寄りかかると、わたしは、この橋のどこかにオハラも居るのではないかと見回した。だが、心臓に風を通す黒い髪の女をそこに見つけたとしても、わたしはまた、遠去《ざ》かるだけだったろう。

ボナパルト・ホテルに戻って、シバタさんの部屋をノックすると、胸に巻きつけたバスタオルの端で額を拭いながら、ドアの隙間から顔を突き出した。流しっぱなしにしたシャワーの音がする。オハラに会えた礼だけ述べて引き下がろうとすると、〈どうして?〉と、洗い髪を犬のように振った。

「どうして会えたの?」

「――」

「あたしが連絡した時は、スケジュールが詰ってて、ここ十日無理だと言ってたのに――」

それからの二日間は、あのモデルの住所探しで明け暮れた。シバタさんが連絡を取ってくれた電話先は、何度コールしても不在であり、その電話番号から住所を調べると、ヴァカンスで留守のフランス女性のアパルトマンだった。一度、そのナンバーで連絡が取れたところをみると、仕事のために、そのアパルトマンを利用させて貰っているのだろうが、ここ二日間は、何の連絡も取れなかった。デッサン教室とやらに電話をしてみたが、ここもヴァカンスで終っている。後は、向うから電話が入る機会を待つしかないと思うと、ホテルから一歩も出られない。

その間に、行きはぐれていたワイ君から電話があって、これから日本へ帰ると言う。発着コールのスピーカーが響いているところをみると、既にド・ゴール空港にいるようだった。パリで一緒に動けなかったのは残念だった、と述べてから、「今回はやはり無理だったんだよ」と諭すようなことを言う。あの赤っ鼻の弁護士事務所員の口振りが浮んだので、いい加減に電話を切った。切った後から、オハラのことを耳にしたかどうか聞けばよかったと思ったが、土産物を手にしたような浮かれ声には、やはり聞けなかっただろう。

そして、パリ祭のイブの日が来た。昼間から、ポン煎餅のような音がホテルの下から鳴り響く。それは、誰かが投げていった爆竹の音だ。昼下りまでは、カンカン照りだったが、雲行きが怪しくなって、間もなく空からポン煎餅が鳴り出した。「来た、来た」と言ってシバタさんは部屋にこもると、子供のように毛布を頭から被っている。それでも夕方からホテルの路地には人が溢れ、目と鼻の先の消防署には、黒山の列が出来た。頭が、金や茶である人々だから、この場合黒山とは言えないかもしれない。色鉛筆の山である。胸に黄色い羽をつけて、消防署の中庭から戻って来るところを見ると、中で何かが行われているのだ。列について入ってゆくと、五十メートル四方の中庭には、足の踏み場のない程の人の群れで、スピーカーから流れる音に両手を上げて、しきりに浮かれて何かを叫ぶ。ビルの屋上から吊られた豆電球を見上げると、その向うの怪しい雲がすごい速さで通り過ぎてゆく。わたしはここに入る時、黄色い羽を胸に付けて貰えなかった。背が低いので、見過ごされたのだろうか。誰かが落としていった足元の羽を拾うと、そのピンを衿に刺し、はじき出されるように外へ出た。

噴水のある聖シュルピス広場は、更に賑やかで、俄仕立てのステージで半玄人ふうの楽士がエレキをかき鳴らすと、行列踊りが噴水を取り囲み、酔った若造が、次々と溜水に飛び込んで行く。一度、強い指先で肩を摑まれて振り返ると、十七、八歳の娘が五、六人つながり、はぐれた行列踊りの代りにわたしの肩にかじりついてきただけだった。わたしもそうして、見も知らぬ人の肩をわし摑めばいいのだが、どの肩を選んでいいのか分らず、そのまま噴水のまわりを駆け出した。そのうち後ろにつづいていた娘も、わたしの肩から手を離し、ブロンドの髪をした別の男の肩を摑んだ。急に大粒の雨が落ちてきて、ジュースを売る売店があわて出したが、エレキに合わす囃子は一段とはしゃぐようで、行列踊りは二重に脹らんだ。

広場の端から、入ったこともない通りへ駆け込むと、雨は篠つく勢いで、ひさしの下から下を横っ飛びに、なんとかホテルの並びに戻って来た。三つある五十九番の前を駆け抜けようとすると、ホテルから一番離れた五十九番のドアは開けっ放しで、恐らく、喘息持ちの管理人もこの日ばかりは見物に出掛けたのか、そこに飛び込んでも、現れる気配はない。中庭へ抜け、あの屋根裏部屋につづく階段を上って行くと、一段毎に点る廊下の電気も、イブの夜に合わせて、賑やかな光に見えた。思えばわたしは、ここに踏み込みながら、この長く狭い階段を照らす灯りを今まで見たことはないのだ。

時間はまだ十時だ。雨雲が明り採りの窓を塞がなかったらば、足元はまだ明るいはずだが、この深い夕べは、初めて迎えた夜のようで、茶色いカーペットと、黒い手摺りに当る光は暖く和みのあるものに見えた。だが、六階に辿り着こうとする階段の上で、狼像とイシスの立ち姿を見上げた時、その灯りは、わたしの足元を照らしたものではなく、この二つの置物の凄みのある輪郭を、今迄以上にくっきりと照らすものであることが分ってきた。狼の乳房はその胴体よりも重く八つに垂れ、イシスの頬には何本もの引っ掻き傷があった。運び入れた時に出来たのか、彫った者の不始末かは分らぬが、えぐったような切り口がピンの先のように撥ねている。目は粗めに彫ったのか濁ったように見えるが、顎の引き方で、それが、こちらを見下ろしているように見える。階段を上りきると、顎先はかすかに動いて、視線を変え直すような気にもなる。わたしは、そこを通り抜けるために来たのではない。一歩一歩近づきながら、ズボンの隠しに突っ込んでおいた、あの〈招待状〉を引っぱり出すと、イシスの手がわし摑んだ魚の口の中に、それを丸めて差し入れた。

　オハラの居所が分らない今、そこが一番良い返却先と思ったのか。いつかオハラがここへ来てそうしたように、わたしも真似たのか。だが、それを見つけて電話をかけてきた佐川君は、この界隈にいる訳もなく、白いバラがホテル通りに捨てられたように、これも風に吹き飛ばされるかもしれない。しかし、それならそれで、この妙ちきりんな〈舞踏会〉の証拠は、かき消えてしまってもいいではないか。オハラさえも捨てていったこの品は、わたしには、こんな捨て方しか出来ないのだから。

　ホテルに帰って来てベッドにひっくり返ると、この雨の中で、まだ爆竹を鳴らしている音がする。雷雨と競い合おうというのか、噴水広場のざわめきが、一層賑やかにここまで響く。

　次の日は十時の飛行機に合わせるために、早めに荷造りを始めた。あらかた片付いて、ドアの前にいつも置かれる朝食の盆を取り上げると、砂糖袋の横に、サンテから届いた手紙が添えてあった。投函してから四日目の朝の返事である。配達が次の朝だから、三日目と言った方が正確だろう。出発が今日であることは、佐川君も承知していて、今回会えなかったのは、至極残念であり、自分の方からも弁護士には率先して会えるように準備しておくため、これにこりず、また来てくれと書いてあり、ワイ君の友人に送った『霧の中』の抜粋は、もう読まれたかと、霧に包まれたようなことが続く。

そして、K・オハラのことは一番最後に触れて、知らない、とある。

——皆目、見当がつかない、と……。

かねてよりワイ君から、誤読の名人と聞いているオオツルさんが、誰も坐っていない椅子の前で、一人お喋りしていた相手が、K・オハラではないのか。その椅子の足に膝をぶつけて、いる訳もない者と向い合ってるボナパルト・ホテルの一室が見えるだけだ。オオツルさん……。オオツルとは、わたしの実名である。オオツルさんに逆に聞きたい。K・オハラは何者なのか。

佐川君からの手紙は、こんな風に終る。それを手持ちバッグに収めると、開け放したドアの向うの廊下から、いる訳もないと言われた、K・オハラが、昨夜魚の口に押し込んだ〈招待状〉を握ってこちらへゆっくりと近づいて来るのを、わたしは見た。

「オハラさん」とわたしは声かける。

「前から聞こうと思ってたんですが、K・オハラのKは、何て名ですか」

「キク」

と言いながら、ドア口にはみ出たトランクを、オハラは足で押し戻した。

「菊です」

それは、わたしの祖母の名であった。

あとがき

59, rue Bonaparte, Paris   le 13 juillet 1982

△祖母キクと著者　江の島にて

異国で起こった事件に、
なぜわたしのおばあさんが
首を突っ込まなければならないのか、
記者はさぞかし面喰らったと思うが、
この祖母が、
佐川君の起こした事件を思う度、
奇妙な輪郭をつくって現れるのである。

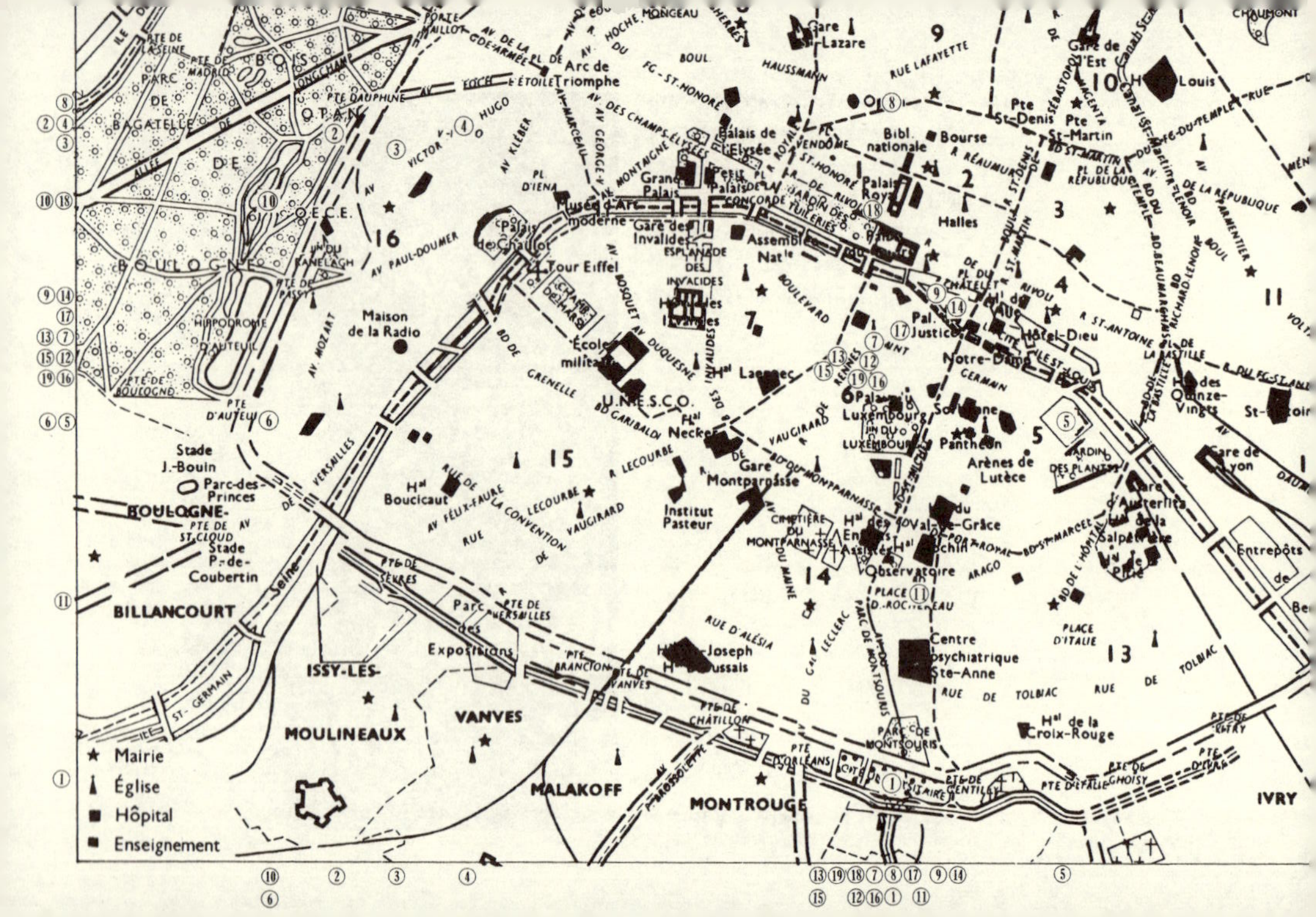

Mairie
Église
Hôpital
Enseignement
BOIS DE BOULOGNE
PARC DE BAGATELLE
HIPPODROME D'AUTEUIL
O.E.C.E.
16
Maison de la Radio
Arc de Triomphe
Palais de Chaillot
Tour Eiffel
École militaire
U.N.E.S.C.O.
Grand Palais
Gare des Invalides
Invalides
Assemblée Natle
15
Stade J.-Bouin
Parc-des-Princes
BOULOGNE-
BILLANCOURT
Stade P.-de-Coubertin
Seine
ISSY-LES-
MOULINEAUX
VANVES
MALAKOFF
MONTROUGE
IVRY
Parc des Expositions
Institut Pasteur
Gare Montparnasse
Hal Boucicaut
Hal Necker
Hal Laennec
Hal Broussais
Cimetière du Montparnasse
14
Observatoire
Centre psychiatrique Ste-Anne
Parc de Montsouris
Hal de la Croix-Rouge
13
Gare d'Austerlitz
Jardin des Plantes
Arènes de Lutèce
Panthéon
Sorbonne
Palais du Luxembourg
Notre-Dame
Hôtel-Dieu
Pal. Justice
Halles
Bourse
Bibl. nationale
Palais Royal
Palais de l'Élysée
Gare St-Lazare
9
Gare de l'Est
Pte St-Denis
Pte St-Martin
10
3
4
5
6
7
8
2
1
11
Gare de Lyon
Hal des Quinze-Vingts
Entrepôts de Be
CHAUMONT

▲事件・小説 関連地点

①シテ・ユニヴェルシテール（パリに来て最初に住んだ）
②東洋語学校（在籍した）
③ロンシャン街（①からここに移り住んで⑥へ）
④ヴィクトル・ユゴー広場（女を買った）
⑤パリ第七大学（ルネと出会った）
⑥犯行のあった佐川君のアパルトマン（エルランジェ街10番地）
⑦ルネのアパルトマン（ボナパルト街59番地）
⑧大阪食品（白滝を買った）
⑨ポン・ヌフ（電動肉切り器を捨てた）
⑩ブーローニュの森の湖（死体を捨てた）
⑪サンテ刑務所
⑫ボナパルト・ホテル（ボナパルト街61番地）
⑬独語専門書店カリグラム（レンヌ街82番地）
⑭最高裁判所
⑮ルメール弁護士事務所（レンヌ街）
⑯聖シュルピス教会
⑰花屋（ビュシ街）
⑱らーめん亭大阪
⑲消防署

▲著者歩行程（1982年）

7月9日／⑫⑬⑮⑭　7月10日／⑥②③④⑤　7月11日／⑦⑧⑩
7月12日／⑮⑰⑦　7月13日／⑪⑱⑨⑦⑲⑯

▲事件概要

1981年6月11日　夕方、⑥にてオランダ人留学生ルネ・ハルテヴェルトを射殺、電動肉切り器で解体。
6月12日　死体を捨てようとして果さず。
6月13日　夜、スーツケース2個に死体を詰め、⑩のほとりに放置して逃走。
6月14日　⑧へ白滝を買いに行く。⑨に電動肉切り器を捨てる。
6月15日　パリ警視庁に逮捕される。現場で録音、撮影をし、数度にわたってルネの肉を食べたと自供。
1982年10月　パリ地裁予審部、精神鑑定の結果「犯行時は心神喪失状態」と結論。

▲佐川君からの手紙　日付一覧

1981年11月12日（ワイ君経由）、12月24日（ワイ君経由）
1982年2月8日（ワイ君経由）、5月29日（6月4日消印）、7月？日（7月20日）、7月20日（7月23日）、7月26日（8月4日）、8月1日（8月10日）、9月26日（9月27日）

手帖を調べると、パリに着いたのは七月九日の金曜日である。空港からタクシーで一時間、ボナパルト・ホテルに荷物を運び入れると、午前十一時半になっていた。佐川君に会うためにつくった一週間のスケジュールで、パリに到着したのが金曜日の昼近いということは、余り利口なやり方とは言えない。

着いてから、下準備しようとしても、金曜日の午後は、時差とか旅の疲れで、ろくな動き方ができないことは察しがつく、しかも、次の土曜日は休みのところも多く、さらに次は日曜日ともなると、二日間、誰にも連絡とれないまま、ボンヤリとホテルで待ち呆けを喰らう。

実際のところ、同行した編集員であり詩人の平出隆君と、外で買ってきたパンとサラダを机に置き、わしづかみで喰いながら、長い夕方に取り巻かれるだけだった。

ただ、こちらに来たこともある舞踏家の中嶋夏から、パリに行ったら必ず連絡してごらんと言われた二人の日本人のところに電話をすると、一人の男性は留守だったが、セシル・ナカイという女性は気持よく迎えてくれ、一時間後にボナパルト・ホテルへ来てくれた。それはよかったのだが、彼女は一人だけではなかった。フランス人の夫と、丁度、こちらに遊びに来ている日本人の女性を三人も連れてきたのだ。

そして、朝鮮料理店へくりだしてから、妙なことになってしまうのだが、まあ、その前に道々、紹介された御亭主のフランス人は、軍事評論家というので、これはまた、ずいぶんとお角違いのところに嫁いだ女性と中嶋夏は懇意にしているのだなあと思ったものである。そして、料理店で、様々なごちそうを前にしてからのことだ……僕が、セシルさん、夏ちゃんとはどのくらいのお付き合いでとたずねたところ、セシルさんは、三十をちょいと過ぎた色白の顔を傾けて、夏ちゃんとはどこの人かと言うのであった。

「夏ちゃんですよ」あの、暗黒舞踏家土方巽氏の女弟子の中嶋夏ですと細かく言って思い起こさせようとすると、さっぱり、そんな人には会ったこともなく耳にしたこともないというのであった。

とたんに、湯気をたてているごちそうを前にして、いろんな計算がかけ抜けていった。

これらの料理は幾らで誰が払うか、そしてこの赤の他人とあと何時間つきあって何の話をしたらいいのか……。

そして、もう一回整理してみた。

東京で夏さんと電話で話した時、何を言ったか……。そのトンチンカンな行き違いが少し分ってきた。つまり、中嶋夏と話した時、僕は酔っていたのだ。そして、パリへ行く、困った時の知り合いを誰か教えてほしい。そして、オサム・小谷という人の住所と電話を聞いた。次に僕は、中嶋夏に、小説の内容をいくらか話した。そこでパリで、恐らく、K・オハラらしき登場人物に似合った女性はいないものかと聞いたのだ。すると、中嶋夏は、オサム・小谷さんの知っている人で、フランス人と結婚している魅力的な日本人女性のことは聞いたことがある。なんかのためになるかもしれないからと小谷さんから電話番号は聞いておいたから教えると言われるままに、それをメモした。

この真ん中の経路をストンと忘れて、僕はセシル・ナカイに電話してしまったのだ。小谷さんが来ない以上、この真ん中とびこえた出会いは、通りがかりの人と向かい合っているようなものではないか。

そこで、失礼しました、あの小谷さんの友達の中嶋夏ですと、すでに焼き肉を小皿にとり分けているセシルさんに言うと、少し間があってから、これも知らないと彼女は言うのだ。

何が何だか分らなくなって、どんどん冷える野菜スープを見つめていると、御亭主と三人の友人とやらは、あっという前にそれらを平らげ、「足んないわねぇ、もっと貰おうかしら」などと言っているのだ。

ただ、セシルさんが、小谷さんを知らないというのは嘘であるようだ。そのことが段々分ってきた。知らないという前に、顔がひきつって、ちらりと御亭主の方を見たから、察しがついたが、その後の、ギクシャクした物腰から、どうやら、セシルさんは、小谷という男性のことを、ビヤダルのようにふんぞり返った軍事評論家の前で話したくないらしいのだ。

そのうちに、フランスとイギリスが闘ったらばなどという、東西問題を抜きにした古典的な戦闘図を、御亭主に聞かされながら、一時間半の食事は終った。この間、平出君は、友人に会うというので途中から抜けだした。

僕もついて行きたかったが、こちらが誘った以上、そうもゆかずに、金を払って、夜のパリを一緒に歩きながら、どこかではぐれた。

まったく、こういう間抜けなことばかりで苦労すると、パリの風物などは、この目の中になんにも入って来ないのだ。

ホテルに帰ってベッドにひっくり返ると、書きかけの章の、K・オハラが笑っているようだった。

このK・オハラに、僕がどんなに会いたかったか、それから、何日も、佐川君に会うことよりも、K・オハラの出現が、僕には恋しかったぞよ。

二日目の土曜日、何とか当りをつけようとあせったのか、ワイ君の宿泊先をつきとめ、そこに電話を入れて、いろいろと道案内をしてくれるH君という人を紹介してもらった。

このH君に、至急、かけつけてもらい、佐川君の弁護士をしている人が、今、裁判所で別件を担当していると言うので、同行してもらった。地下鉄で幾つ乗り換えたか迷子の記憶で定かでないが、裁判所の駅まで、暗い地下鉄の明りの下で、お互いの顔を盗み見したものだ。

H君は、他の仕事を中断させられたせいか口が重く、こちらも申し訳なくて余り話はしなかったが、一緒に来てもらった平出君の顔を見ながら、急に気がついたように、「詩人の平出君ですか」と問いかけた。

H君が、平出君の詩のファンであったのがもっけの幸いで、それからは、流暢なフランス語がH君の口から流れるように飛び出し、まるでH君まかせで僕らは裁判所の中を行ったり来たり、やっと、休憩中の弁護士に会うことが出来た。

弁護士と話しながら、H君の口から盛んに「デコオ、デコオ」という言葉が出たのが印象深い。

そして、この相手のフランス人が、赤鼻の人である。結果は、まるで予測がつかず、佐川君に会うことは次の週になってからでなければ分らないという例の答えで、二時間後、僕らは、ボナパルト・ホテルに帰って来た。

そして、この時まで、僕らは、この弁護士をルメール氏と思い込んでいたのだ。ルメール氏は、もっと太った年輩の人で、ゆくゆく司法大臣になると言われている人だよと聞かされたのは、その日の夜、ワイ君に電話で教えられてだった。

こういう情報の欠落は、僕の訪問の甘さのせいだろうか。あるいは、事務的段階というものを、たかくくってかかるせいなのか。

しかし、その後、弁護士事務所に足を運んでも、僕らは遂に末は司法大臣という人には会えず、部屋に通されず、この赤っ鼻の担当者と顔つき合わされるだけだった。

この理由は、ヴァカンスという季節のせいで、細かな事務整理は早く終え、とにもかくにも、空気の良い所へ出かけたい人々の、あせりのようなものだったかと思ったが、どうやら、今になって思えば、様子はまるで違うようである。

シャット・アウトであった。

東京に帰ってきてから半月後に届いた佐川君の手紙で分ったことだが、父君が佐川君に会う者を人選したためである。

ただ、こういうこととは露々知らず、裁判所から帰った夜は、ホテルのベッドに引っくり返りながら、せめて、ルネ嬢が住んでた部屋の近くで息をしていることだけが救いであった。空港で適当に予約したホテルが、まったく偶然にルネのいたアパルトマンのそばだったのだ。

既に死んだ人の抜けがらのような巣を思い、これが唯一残されたきっかけなどと思う心理が自分でも摑みにくいが、その夜、そちらへ向かい、このアパルトマンだろうか、こちらだろうかと徘徊した靴から、インクが滴り、それが紙の上に、すぐさま移行されたことは確かだ。

同行してもらった柴田さんの、悪戯っぽい唇のひわが目に浮かぶ。

柴田さんのこの夏の仕事は、勿論、ネルヴァルの研究もあったが、主に、こちらに来られた宗左近御夫婦のマネージメントであった。宗氏は、この夏一杯、川辺のアパルトマンを借り、そこで詩人の羽を伸ばしていると聞くが、柴田さんは一日の真ん中をそちらに付き合われ、朝と夕方を、僕らの案内人として割《さ》いてくれたのだ。

声をかけられたのは、パリに着いた初日の午後、ボナパルト・ホテルのカウンターである。それから、この人を、なんだかんだと引っ張り回してしまった訳だが、三日目の日曜日であったか、夜毎、パリに住む古い友達に会いに行った平出隆君に、置いてきぼりを喰らって、自室でゴロ寝をしていると、柴田さんは何をしているかと思い、同じ階の突き当りの部屋をノックした。その時、柴田さんはシャワーを浴び終ったところで、バスタオルを胸に巻き、水の滴る素足で顔を出したのだ。

「あ、失礼」と言うと、「本当に失礼よ」と柴田さんは僕の耳に嚙みついた。

いや、そうではない。「失礼」と言って僕は自分の部屋にもどって来たのだ。それから着終る時間を計算しながら、また訪ねると「どうぞ」と言ってベッドに腰かけていた。それは、妙な部屋だった。水族館の廊下のような部屋だった。壁が青で三角だったせいだろう。なにやら冷えびえとしていて坐っているベッドまで青が染みついているのだ。「今日の収穫はどう?」と聞くので、朝、一緒にカフェでお茶を飲んだ時から進展していないと答えると、耳かしてと言われた。あの時の僕の耳、つまり、朝陽を背にしていた僕の耳が透け透けルックに見えていたらしく、そこを嚙みつきたいと思ったと柴田さんは言うのだ。そこで、僕は耳をさしだした、というよりも、顔を横にしたのだ。

どんな嚙み味だったか知るべくもない、ただなにか、進展しないものにヒントをくれようとしているのかと思った。

そして、ガブリとくるかと思うと、「やめよう」と柴田さんは言った。

「それではお休みなさい」と自室にもどって来て、壁にはまった大きな鏡に耳を映した。女に嚙まれかねない耳を持っていたのかと思うと、そこのところだけが、女学生のように恥かしくなってきた。

「いやらしいわ」なんて言ったりしてしまった。そして、この妙ちきりんな一夜が、またK・オハラの姿を捏造してしまうのだ。

それは柴田さんか、女学生のような声をだす僕の正体なのか分らないが、オハラが遊んでしまった道具になればと思い――。

あの事件の跡をパリで追う時、空室と呼べる場所は四ケ所あった。一つは佐川君が一年も居なかった東洋語学校であり、もう一つは、事件当時の彼の豪華アパルトマン、そして、ルネと出会ったパリ大学、最後が、ルネのアパルトマンだ。空室でない唯一の場所は、サンテ刑務所である。

そして、ルネのアパルトマンに毎夜の如く通いながら、ある時、一応見ておかなければならんかなと思いながら、東洋語学校に行って見た。いささか、おっくうな気がしたのは、既に休みで誰もいないと聞いたためである。

案の定、広い並木道の両側に建つ、オレンジ色の校舎は、かりとられぬ夏草に囲まれ、ひっそりとしていた。どこから入るのかなかなか見分けがつかず、洒落たたたずまいの一棟一棟を巡ってゆくと、プールで泳ぐ子供たちの声が聞こえてくる。

地下プールであろうか。声と水音はしていても、それを見下ろすことはできず、また同じ所に出てしまう。ここと思った林の坂道を上ってゆくと閉められた図書館であったり、その裏へ抜けると、誰もいない学生食堂であったりもした。

なんとか、彼が坐ったかもしれない教室の気配とか、ギシギシ音のする板の廊下を見たかったが、三時間程もかかって闖入の糸口が見つけられず、遂に、そこが、しゃれた立派な三階建てであることだけを確認してから、T字型につづく真っすぐの道をヴィクトル・ユゴー広場の方に歩いて行った。ヴィクトル・ユゴー広場までは一キロもあったのではないだろうか。佐川君が初めて、こちらの女を買ったのが、このヴィクトル・ユゴー広場であるとワイ君から聞いていたので、ついでにその方向を目ざした訳だが、まだ昼下りの三時であるために、それらしい女を見つけることは出来なかった。夜、来れば、それらしい女を見られるだろうかと思ったが、その気も失せていたのはなぜだろうか。

ヴィクトル・ユゴー広場もまた、東洋語学校のたたずまいに似て、洒落た広小路であったからだ。角々のカフェなどは、サン・ジェルマンなどにあるカフェに比べて、極めてデラックスで透明なお店に見えた。

買った女も、乞食あがりの女ではないだろう。相当、高いランクのコールガールではないかしら。

つまり、このルートを頭に入れてお分りのように、ここらは、さほどにダサイ町ではないのだ。学校も幽霊の出そうなボロ校舎で、ヴィクトル・ユゴー広場辺りは黒パン党や、乞食娼婦が、東洋から来たガキを喰いものにするような所と思う妄想は余りにも、的が外れる。

それは、ヴィクトル・ユゴー広場ばかりだけでなく、平出君とうろついたレモンの名のつく駅の、あのパリ大学でも同じである。

パリ大学は、草月会館と豆腐の賽《サイ》の目を結婚させたような学校であった。三十階もある四角の校舎の、エレベーターに乗って、高い方から、しらみつぶしに教室を見て回ったが、どこも、ビジネスホテルのようにドアばかりで、窓さえもなかった。つまり、小さな密閉された部屋の積木であったのだ。あれは何だったのか未だに分らない。寮にしてはゴミもなく、教員室にしては多すぎる。

あるいは、空室が、僕と平出君をたぶらかしたのかもしれない。

とにもかくにも、これで、こそこそと、そこだけが親和力を持つかのように、ボナパルト・ホテルへ退散ということになってしまった。そこには、すぐ歩けば行けるルネの部屋がある。晴れた日も、雨の日も、あのアパルトマンの、ルネの住んでた部屋の階段に坐っていると、昔、童話で読んだことのある、妙に酸っぱい匂いの、それで、そこは日本でない、とある異国の、既知の匂いがしたのである。それは何の童話であったか、いくらか思い出してきた。

「鉛の兵隊」であった。鉛の一兵卒の人形を、ある日、ドブに落としてしまった少年が、その行方を気にして廊下にうずくまり、どこの川に流れて行ったか、鳥にさらわれたのではないかと思い、ひざこぞうを抱えている暗い廊下、そんな所がここであったのではないかと思えて来るのだ。

それは、人と物の往き違いを思う場所として、僕のこの鼻の先に、匂いと共にまだぶらさがりつづけていたのだろう。

佐川君にとっては凶々しい形になった交叉点だが、僕には、そこで、佐川君とルネの姿を思うことが、一番似合っているように見えた。

だから、僕は佐川君の、ブーローニュの森に近い豪華なアパルトマンが嫌いだった。そこら一帯がひんやりしていた。ヨーカンのようにスッキリとした輪郭のビルが並んで人通りは余りなく、中庭に通じる門も開け放され、管理人がズボンのすそをはしょって水を撒いている。

中庭に立つ赤い実をつけた木々は陽を浴びて、右側に立つ二階建ての窓に枝々をすりよせている。離れの屋敷と言った感じのこの家は壁地が白亜で、飴色やルビー、青と言ったガラス体の飾り石がはめこまれて、一人で住むには広すぎるように思えた。

更に家の向うには、この家の屋根よりも高い黒地の石壁が立ちはだかり、キラキラ光るこの館を浮き立たせている。向うは高台なのだろう。それで壁がそんなにも高く見えるのに違いない。佐川君が庭に向って銃の引き金をひき、パンッと今度は本当に弾が出たと言うのは、この広い庭とへだてられた高い壁のために、容易に出来たものでもあろう。

そこにあるのは、余りにもうららかな館である。夜になれば、館はもっと変容して、何かを語ってくれるかもしれない。

——空室巡りをあらかた済まして、ルーヴルに近い大阪屋というラーメン屋にたどりついたのは、五日目の火曜日であった。夏の昼下りに列をなすほどの大阪屋と言えば、これを読まされる諸兄は、さらに暑苦しい光景を思い浮べるだろう。

通された地下の食卓は八十卓ほどもあり、ここに働く給仕は、すべて日本人である。ダムウェイターで下ろされてくるそばは、概ね、汁が冷めていて、「ちょっとぬるいんじゃない」と言うと、運んで来た女性は、至極、なさけない顔をした。異国へ来て、ラーメンを喰うんだから、そのくらいは我慢をしなければならないと諭すのか、ウェイトレスの自分には為す術がないと言うのか、そこのところが読みにくかった。

ただ、レジをしているもう一人の日本人女性が、つかつかと歩み寄り、ぬるいと文句をつけたドンブリを荒々しい手つきでつかみ、いくらかこぼれる汁を袖にも染ませ、後ろ向きでキッチン場へかけ上ってゆく姿を見た時、いかめしいその振る舞いに、肝を冷した。

代りに持ってきたドンブリの汁は、猫舌でない舌さえもとび上らんばかりの熱さで、しかも、縁すれすれまで盛られているのだ。このやり方は、サービスと言うよりも、文句のつけ返しに思えて、レジに帰った女の顔を見上げると、ああ、K・オハラと呟いた。

いや、そんなことはなかったのだ。レジにいる日本人は、おとなしそうな男であり、ただ、ぬるいそばの汁をすすっているさなかの私の妄想であった。

暑苦しい胸の内が、その冷えたスープで妙にこじれてしまったのだ。

平出君も、焼きそばを半分程食べてハシを置いた。

それから、大阪屋を出た二人は、セーヌ川のポン・ヌフに立ち寄った。

橋のたもとには、風に吹きとばないように品物に小石をのせた「絵売り」の小屋が並んでいた。肩程の低い小屋が、二、三個、十メートル程の間隔で並び、売り手は、みな老婆であった。静物を描いた油絵から、絵本から切り抜いた帆船の絵などの束が吊りさがっていて、ざらつくほこりを払いながら、何枚かをめくっていると、手の平程の大きさの奇妙な絵をのぞき込んでいた。

それは、首のない少女の絵である。

小川を渡ろうとした少女が、一瞬の風に黄色い麦ワラ帽子を飛ばされる。それが、小川の上の夏の入道雲にひらりと舞う。あっと言った少女は、小川に突き出た石に片足かけながら、いくらかよろけて、帽子の方に手をかざしている。すると、小川を見下ろす土手の木立ちから、十九世紀の軍服を着た一人の男がそれをのぞいている。

首のあったところには、小さな穴がある。

そこに少女の首は付いていたのだ。そして紙の裏から、首のしんに取りつけた仕掛け棒かなにかがあって、それで「あっ」と言った少女の振りに合わせて、その首を上下に動かすようになっていたのである。

その仕掛け棒が、どこかでなくなって、それを同時に少女の首も消えてしまった訳である。夏に似合った空色のブラウスと黄色い麦ワラ帽子だけが、飛んでく帽子を見つけてくれる無い顔に、いつまでもそのポーズを取っていなければならないのだが、平出君と一緒に覗き込みながら、「この旅行に合った絵だね」と言ったものだ。

この絵は幾らかと老婆にたずねると、六フランと指を突きだした。リンゴ一個の値段だねと、その絵だけを束から抜きだそうとすると、他の絵が風に吹きとんで、向うの方へ飛んでゆく。あわててかき寄せたものの、何枚かが、セーヌの川へ落ちて、それだけは取り返しもつかずに、弁償するから幾ら、と老婆を見上げると、セーヌに飛んで行った絵のことには気がつかなかったようで、笑いながら、小石を、絵の束に置きなおした。

——ポン・ヌフを渡りながら、老婆をだましたことが気になった。

これで、たたられたら、まるで、ホフマンの「黄金の壺」になってしまうではないか。リンゴ売りの婆さんと突き当ったために、人生を誤るあの青年のように……。どこを浮いているか分らない絵を、川面にさがしながら、ポン・ヌフをゆっくり、ゆっくり渡るのだ。

そして、「帽子を飛ばした少女」の絵だけは、六フランで手に入ったのだ。

K・オハラには会えなかったが、この少女の、無い顔を、K・オハラに私はしたのだ。

——ここで、パリ滞在中、訳詩を点検していただいた鈴木雅大君にお礼を述べさせていただきます。東京に帰って来てから、続きの方をも見ていただいた川崎敦子さんにも。また、パリでは柴田さん一人の案内のように書かれておりますが、平出君の友人、野崎三郎さんにも御厄介になりました。

著者ノート　影ばかり

サンテ刑務所に彼は今、居ない。裁判が終ってこちらに帰ってきたのは、もう一年も前になるだろうか。と或る病棟に収監されているという。週刊誌の見出しに「気をつけろ、佐川君が歩いている」などとあるところを見ると、もっと僕らの近くにいるのかとも思うが、それは分らない。

平出隆君と出発した七月七日という日付けと、暑いパリのサンテ刑務所の周辺をうろついていた僕らの影ばかりが、鮮やかにちらつく。

「行くしかないね、平出君」と、僕は七月七日に照準を合わせ、おぼつかないパリでのスケジュールを練った。一週間では余りにも短く、追うものも尻尾をつかんだところで終ってしまうのではと案じたが、あれは一週間で良かったたし、また充実した七日間でもあった。

詩の「夕方」から始まり、パリの長い夕方に巻かれた七日は、切りとったように、僕の中に残っている。それは誰が見ても分る東方よりのオノボリさんだったが、女高生の皮膚感覚にも似た触覚のみを当てに、ボナパルト・ホテルから出て、佐川君の巡った町を嗅ぎまわる。それは佐川君のいる城に入れず、その城をいつまでも巡る歩行者のようでもあった。が、巡るさなかで、佐川体験から脱線して、なにかに捕まる。そんな脱線を希求していたことも確かだった。

なぜならばと、今になって少うし解ける。それは佐川君からもらった手紙を読んだ時、彼は自己完結のシナリオを既に作っていると感じた。いわゆる「自同律の不快」とは縁なく、彼は幼児の自同律を歌っていると読めた。そこに何を訴えようと、閉鎖状の領域はでき上っており、彼は既に彼に結着をつけているようでもあった。求めるものは、情緒的な肯定か否定で、肯定の仮面をつけて近づいたところで、彼自身、そんな他者は最も遠いものであることは触知し得ていた。となれば、僕の小説の書き方は、佐川体験に踏み込みながら、その体験の読み違えをすることでしかなかった。

こういう非人間的な向き合いがあっていいものか。彼は用心していた。僕もまた用心していた。その上での関わりは欺きに近い。平出君とサンテ刑務所の壁に影を映した時、「おい、何をしてんだ、こんなところで何をっ」と僕はその影に言っていた。

今では佐川君と佐川君の身辺も変った。しかし、影に問いかけている僕のイリュージョンは変っていない。

御注意あそばせ

御注意あそばせ

今頃になって、一つだけ訪ねなかった家が気にかかる。訪ねる値打ちがなかったか、わざとそこを迂回したのか、そこがなんだかボンヤリしている。

「行ってみる?」と聞かれた時に、そこはやめとこうと僕は言ったのだ。

巴里の夏の一週間、佐川君のまつわった空室は四つ訪ねた。一つは彼が一年も居なかった東洋語学校、もう一つは事件当時の高級アパルトマン、そして、ルネと出会ったパリ大学、最後がルネのアパルトマンだ。空室と呼べない唯一の場所は、サンテ刑務所で、ここも、こっそり覗きに行った。

しかし、彼がパリに来て初めて住んだ家には見向きもしない。

そこを、シテ・ユニヴェルシテールと呼ぶ。セーヌ川の下のサン・ジェルマン通りからさらに下ったモンスリ公園の裏側である。

サン・ジェルマン街を浅草にたとえれば、隅田セーヌの畔りから遙かに離れ、青砥《あおと》、高砂《たかさご》の辺りに位置を占め、七月も中程の陽射しの下で、思い切ってそちらに足を向けるのも億劫であったのか……。いえいえ、そうではありません。『行くな、行くな』

と言ったようにも……。そうすると、向うの方でも『来るな、来るな』と言った気がする。

すると、やはり迂回したのか。

それは丁度、或る国に流れ着いたガリバーの、最初の渚を、訪ねなかったようなものだ。佐川君から手紙が来なくなってから半年、巴里を思うと、訪ねなかったその渚がぴちゃぴちゃ撥ねた。

佐川君から絶縁されて、これだけ経って、その行かなかった空室がとても気になる。終りになった僕の手紙には、居るわけもないモデルの、K・オハラのことを、御存知ないか、あのオハラ、と、やや押しつけがましく書き並べた。十日程経って、サンテ刑務所から来た返書は、そのような妄想のヒロインは知るわけもまく、もしも、現実に、そのような女性が現われたならば、いや、これからも現われるだろうし、そのような時には、御注意あそばせと書かれてあった。その「御注意あそばせ」が、決定的な別れの烙印となり、空《うつ》ろな時間がこうして経った。

K・オハラと言う妄想の女主人公を、僕は巴里に置いて来たのか、そのまま頭蓋の中に閉じ込めて、内地に戻って来たのか分らないが、こうして、未だに、そんな女を飼育していることに、佐川君は「御注意あそばせ」と言っているのだ。

その言葉を忘れかけると、行かなかった空室が気になった。シテ・ユニヴェルシテールのその家をあきらめかけると、「御注意あそばせ」が耳をつく。行かなかった空室が、佐川君の喉になり、そこから、言葉が出てくるように——。

そんな折り、あっと言う間に夜になる短い冬の夕方、東京アーベントのさなかに、僕は、新宿飲み屋横丁の一軒を訪ねることにした。去年の九月、文化人類学をやっている山口昌男さんに連れて行かれたトロワバレという店である。ひったくりが巡査をまくのにうってつけの路地が碁盤状に走って、昔、青線だった趣きの木造にモルタルで固められた五十軒程の店が、二階に洗濯物を吊るしたまま商売している。そのゴチャついた街の、真ん中にトロワバレはある。薄暗がりの路地を抜けると、数ある店の中でも、この店だけは、路地に面した窓が常に開けられているために、必ず、覗いて見たくなる。覗かれても、ちょいと寄ってゆきなよと声を掛けるでもなく、ジロリと見返すだけである。覗かれるのに馴れてしまったのでなく、これを風流と思うとそこの女主人は言った。

山口昌男さんと巴里で知り合ったというこの女主人が、ここに店を開いたのは、去年の夏であった。十年、巴里に滞在して、飲み屋も開いていたらしいが、この年の春、巴里は引き揚げた。「鬼がわら」のような女だと山口さんは言ったが、会ってみると、マンガーノ風なあごの張った美人であった。「鬼がわら」の印象を持ってしまったのは、顔が大きいせいだろうが、それに釣り合って長身で肩も張り、ゴム長を穿いている。カウンターの足許でゴム長に見えたが、よく見れば、並以上に幅のある黒のブーツであった。

「巴里でもダミ、こっちに帰って来てもダミさん。この人の店に佐川一政はよく来たんだよ」と山口さんは言った。名は奈美だが、山口さんの誤音で、ナはダになる。ナならばまだ良い方で、ゴジラとガメラの闘いの話になると、ガメラがガベラとなることもある。

二月の夜、この店を訪ねた時には、紹介に入ったその文化人類学者はいなかった。

路地を抜けて、その店のドアを開けると、コンクリで固められた物置きとなり、二階に昇る鉄の階段があるだけだった。隣りの店のノブを摑んで引き開けると、九月に見たままのトロワバレが待っていた。あの路地に面した窓はと聞くと、店を縮小されたと奈美さんは言った。先程開けた物置きの階段の下に背中を丸めなければ坐れないボックスがあり、あったはずの窓は、塗り込められた壁になっている。

明りをもっと暗くすれば、ボナパルト・ホテルの近くにあったジプシー風バーに似ている。それは天井に取り付けられた棚に逆さに吊るされた百近いワイングラスのせいだろう。カウンターの上には帰った客の飲み残しのグラスが、紅茶皿の上に転がっている。ワインが名物の店は、この元青線飲み屋街の中ではここしかないかもしれない。付き出しとして出すつもりか、沢庵のはさまったのり巻をつくりながら、彼女はもう一度、封じられた風流の窓を見た。

　佐川君のことを聞こうと思いながら、ワインとのり巻の取り合わせにためらっていると、この頃雇ったらしい女子大生風の女の子が飛び込んで来て、ママ、済みませんとカウンターの中へ潜り込んだ。のり巻はその子が作るはずだったのか、のりの粘つく手を洗ってから、奈美さんは、カウンターの中からこちらへ抜けだすと、封じられた窓のボックスに腰落し、煙草を一本取り出した。

　その奈美さんを見るためには、止まり木に坐った体をひねらなければならない。それで声もいくらかぎごちない感じで、巴里での店の名はと聞くと、「トロワバレ」と奈美さんは言った。

　異国で開いていたその店のことは、何度もここで話題になったのか、いささか出しやばり気味の女子大生も、のり巻に紫蘇をはさみながら口を出す。

「そこで奈美さん、魔女と言われたんだって」

　それは、シャム猫を九匹も飼い、客相手にトランプ占いをしたためらしい。

　ゴム長と間違えたブーツも、幅広の古靴で髪も胸まであり、黒髪に混じった銀色のものは、恐らく若白髪であるのだろう。

「その店は……」と、巴里から持って帰った観光パンフレットの縮小地図を拡げると、魔女には思えない切り込んだ普通の爪で、ある一点を指し、このパンテオンを下ったバレ通りの三番と言う。

そこは、サン・ジェルマン界隈の僕の泊まったボナパルト・ホテルから南へグンと下りたところだ。

「では、シテ・ユニヴェルシテールを知っていますか?」

「ここモンスリ公園の裏」

そう言って、爪二つぶんの距離を指し示した。爪は爪二つぶんを南下しただけである。道の名は印刷のズレで読みにくいが、ただ一本、「トロワバレ」のバレ通りとシテ・ユニヴェルシテールは、風呂屋の帰りにちょいと一杯てな近さに思える。実際には地下鉄一駅分位あるのだろうが、縮小地図を爪がたどると、巴里も一握りになってしまうのだ。

爪が、もう一度、「トロワバレ」をたどるのを見ながら、その店は、いつからいつまで経営なさっていたかと聞けば、刑事の質問に答えるように、「七五年の九月一日から七九年三月三十一日でございます」と奈美さんは言った。用意していたわけではなく、巴里でのメモリーは、こうしてキチンと整理されているのだろう。だが、それがトランプ占いのカードをすかさず切ったようにも思えるのだ。「そういたしますと、佐川君が上陸したのは、七七年ですから……」その貴女の店に通ったのは、店を開いてから三年目ということになるのかと確認すると、「その三年目の巡り合わせが悪いみたいね」と奈美さんは立ち上がった。僕の空になったワイングラスをつかんで、「ユミちゃん」と女子大生風の女の子に、お代りのもう一杯を注がせている。

マダムが「ナミ」で手伝いが「ユミ」か、文化人類学者、山口さんの誤音だと、どんな風になるのかと、余計なことを考えながら、開いた縮小地図はそのまま握って、ボックスに坐り直す奈美さんを待っている。

溢れそうなワイングラスをカウンターに置いてから、面倒な質問に時間をかせぐのか、ゆっくりとボックスに向い、封じられた風流の窓を憎らし気にぴちゃりと叩いた。ワイン一杯をお代りさせるならば「ユミちゃん」の一言で済むものを、こうして立ち上がったのは、刑事風な質問にうんざりしたのか、呼ばねばやらない手伝いを諭そうとしたのか分らない。

「そこをしつこく確認したのは」といくらか弁解じみて、地図を差し出し、「トロワバレ」というお店と、佐川君の住んだ家が、そんな近い所にあったのは、その七七年の一年でしかないことを強調する。実際に佐川君が巴里に来て、シテ・ユニヴェルシテールに居たのは、到着したその年の七七年のみである。七八年には東洋語学校に通い、住まいもブーローニュの方へと移っている。足繁くトロワバレに通ったのは、その七七年に違いない。

「その七七年、彼が、シテ・ユニヴェルシテールに住んでいて、そこから飲みに来られたことは知ってましたか？」

「言わなかったけど、うすうすは知っていました」

「うすうす？」

「巴里に来たばかりの人はみなあそこに潜り込むから」

「シテ・ユニヴェルシテールとはどんな所なんです？」

「洒落たところよ」

「御注意あそばせ」の声が響く、行かなかった空室が、洒落た所と聞いて面喰らう。続けて聞けば、シテ・ユニヴェルシテールとは、国際的な学生寮の集まりで、日本館、アメリカ館、イタリア、インド、メキシコ、さらに東南アジアの国々が合資した館などがひしめき、一つの寮は四階建てで、そこにベッド、洗面台、机、スタンドも備え付けられ、極上の学生寮として使われていると言う。男女区別なく部屋はよりどり見取りで、交流のために、モナコ館にはアジア人、メキシコ館には中国人、日本館には火星人などが泊まり込むのが最適とされている。

それは洒落たのを通り越して、オリンピック村の如きものに見えてくる。ただ、ここに入れるのは国費留学生のみである。その学生たちが七月から八月にかけてのヴァカンスに、この寮を留守にする。その夏の空室を狙って、私費でこちらに来ている貧乏学生や万年学生とやらが世帯道具抱えて潜り込む。空室を遊ばせるのが勿体ないと思っている管理人も、これをまた見て見ぬ振りをするというのだ。しかし、潜り込む私費留学生も九月が来るとここを這い出さなければならない。佐川君も、上陸した七七年の夏、その私費留学生の群れの中の一人に過ぎなかった。

　すると、巴里に来て初めて住んだシテ・ユニヴェルシテールはたったの二ケ月である。住まいとトロワバレを直線で結びつけられるのは、六十日間だけのことだ。

「すると、彼はその夏の後、どこに行っていたんでしょ」

「さあ……ひとの暮らしには首つっこまん方だしね」

　そう言って奈美さんはまた立ち上がった。僕がワインを飲み干したためじゃない。店に客が二組入って来たからだ。嫌われないためにも地図を畳んで、今夜の聴取はこのくらいにしておこうと立ち上がると、後ろから、張ったあごを僕の耳に近づけて、「ユニヴェルシテールのことなら、T出版の二村さんに聞いたら？　佐川さんとはあそこで顔をつき合わしてたって言ってたし」と、ひとつのヒントを吹き込んだ。

　次の日は久し振りに雪が降った。

　お茶の水駅から電話をかけて、奈美さんの紹介をやや大げさに伝えながら、是非ユニヴェルシテールのことを聞きたいと申し述べると、二村さんは喫茶店ジローにかけつけて来てくれた。齢は佐川君と同じ位だろうか、強ばった髪にかぶった雪を払いながら、店の入口近い席に陣どる待ち手を見つけると、長身の背を丸めながら名刺を取り出す。T出版に勤めてからまだ一年というサラの名刺には営業部二村とある。

肩にかかった雪は払い忘れてか、それが店内の温《ぬく》みに、まばらな水滴と変わり、巴里に私費で渡っていた頃は、フランス文学とはかけ離れたロシア文学を専攻していたと彼は言う。巴里に着いたのは七六年で、一年後、佐川君とも、シテ・ユニヴェルシテールで会い、七八年、東洋語学校で、佐川君と半年程、顔を合わしている。図書室では、会うと「やあ」とか「おお」とか声を掛け合い、議論までしたと言う。しかも、彼もまた私費で渡っているために、シテ・ユニヴェルシテールに居たのは、七六年も七七年も夏の二ケ月間のみである。佐川君も、そこに居たのはその二ケ月だけかと聞くと、九月に帰って来るはずの学生が何かの事情でそのまま留守になったため、その年の終りまで居たということだった。

肩の上の、水になった雪の名残りを見ながら、ロシア文学の専攻は何かと聞くと、ちょいと照れながら二村さんは言う。

「プーシキンの〈スペードの女王〉です」

プーシキンだけでいいものを、数々ある作品の中でその一作を、ことさら付け加えたのは何か意味があってのことなのか。とは言うものの〈スペードの女王〉には痛くしびれているこちらも、ついその話に乗ってこう言った。

「切り札が、七・三・九のあの小説ですね」

「いいえ、切り札は、七・三・一」

この物忘れはいつか痛い目に遭う。〈スペードの女王〉の主人公も、物忘れで全てを失う話なのだ。

「それで……」と文学論は外して、シテ・ユニヴェルシテールのいかなる寮に泊まっていたかと聞けば、モナコ館という言葉が返って来た。佐川君も同じ館である。モナコという小国を認めないつもりはないが、その国の名がキナコやモナカの菓子のように甘く崩れかかって耳に響く。

それは佐川君が甘い白人の肉を喰ったためではない。王国の派遣学生が集うシテ・ユニヴェルシテールが、童話の鉛の兵隊の遠征広場に見えるからだろう。私費で渡った二村さんも佐川君も、その鉛の兵隊の留守の駐屯地を借家にしていたかと思うと、寄りどころない流れの外人部隊のように淋しく見える。

そんな感情が顔に出たのか、二村さんは「でも、帰って寝るだけだから」と言うのであった。

「佐川君とは〈スペードの女王〉について話しましたか?」

「何点か……」

〈スペードの女王〉は老婆を殺して、その亡霊からトランプに勝つヒントを得る青年の話である。あらすじとうろ憶えの切り札しか頭になく、気になる何点かに注意する程読みあさってはいない。

「彼は〈マクベス〉をやっていたので、共通する何点かがとても気になると言っていました」

「ほう」

「それは、サン・ジェルマン伯爵と親交のあったというあの魔女のようなお祖母さんのことです」

確かに、トランプの賭けに負けて家を追い出されそうになった老婆は、かつて親交のあったサン・ジェルマン伯爵に会い、金を取りもどすトランプの秘伝を手にするのだ。カサノヴァの『回想録』には、山師でスパイと書かれているが、この神秘的な男と親交のある女はやはり、魔女のなり代りとしか思えず、青年ゲルマンを誘いながら窮地に立たせるその振る舞いを見ても、マクベスの魔女の類いで、二村さんが細かく話す程に佐川君は、この老婆が今も、巴里のサン・ジェルマン通りを歩いているように思えると痛くその妄想にたゆとうているように見えたと二村さんは言った。

「それから？」

「ゲルマンという男の名です」

それはロシアに帰化したドイツ将校の息子の名だ。

「そして、ゲルマンが、老婆からサン・ジェルマンゆずりのトランプの秘伝を聞こうとして忍び寄り、ピストルを向けますが、射たずして老婆はショック死いたしますね」

「筋は知ってますから、はし折って」

「混乱したゲルマンの前に老婆の霊が現われ、トロイカは三、セミョルカは七、トゥーズは一と伝えて五章が終り、六章が始まった地の文です。そこにはこうあります。〈精神界において二つの固定観念が同時に存在しえないのは、物質界において二つの物体が同時に一つの場所を占有しえないのと同様である〉……これは一体、何を言っているのかと佐川君は言いました」

　そこであなたは何と答えたかと聞くと、ただ、それは主人公ゲルマンの結果だと言うばかりと二村さんは言った。佐川君もそれだけの説明では落ち着かなかっただろう節が、たどたどしい口振りで見て取れる。しかし、その精神界と物質界云々はどういうことなのだろう。老婆をショック死させた混乱と、冷静さを取り戻そうという意識が両立しないということなのか。一夫一婦制の物質界では、妻の座に二人の女房が坐れないということなのか、イデオロギー界では、共産主義と資本主義が併立しないということか、ブスで柳腰はアンバランスということか、いくつものたとえが掠めとんだが、二村さんの次に話そうとすることをおもんぱかって止めにした。

「それから、数字が絵になるところです」

「はい」

「三が、主人公の頭の中で大輪の花となりますね。そこで佐川君は、この三ではなく、こっちの3を何度も宙になぞって、向日葵だろうかね、花弁の二つがさらに連続してゆく感じだろうかねと言いました」

僕もストローの先をコップの水に浸けて、テーブルに二つのカールを描いてみた。混乱した頭の中では際限なく膨らむ花弁の一端に見える。だが、ぐるぐる回って花弁を作っても、発端の頭に繋げるのは難しく、3はどこまでも螺旋を描いて飛んでゆく。雪降るお茶の水の駅まで行きそうだ。

「次に七です。これもこの七ではなく、こっちの7が、ゴチック風の門となります。そして開いて、重なって、一生かかっても潜り切れない門の連続で、街角を曲ろうが、水を見ようが、門々の続きだなあと佐川君は言いました」

7が門と言っても片方の門、だけではないかと言いかけたが、左側の空白は白亜の壁のような気もして来た。

「最後に首をかしげたのは一です。この一は横の一でも縦の1でもいいんですが、描かれた絵のようなものになるには、ちょいと3や7とは異なって、どうしてそんな風にゲルマンには見えたかと苦しみました」

その1の絵柄はなにか憶えていない。

それは「蜘蛛の姿に化したやつ」と二村さんは言った。ゲルマンは太鼓腹の男に会うだけでこの1を思い出し、その立った1は遂にゲルマンの脳裡で、巨大な蜘蛛となる。

花は宙に舞うだけで、門は彼をどこかへ誘うばかりだが、この蜘蛛は、ゲルマンに網を張る。最も単純な1という数が、どうしてこうも恐ろしい絵柄となって現われるのか、恐らく、六章の頭にあるあの言葉と関わりがあるのではないかと着眼して、二村さんは、佐川君にあの数行をもう一度諳んじたと言う。

――精神界において二つの固定観念が同時に存在しえないのは、物質界において云々のところだ。同時に存在しようとする1と1が重なると、この1は蜘蛛になる。と同時に〈スペードの女王〉が現われるというのが、二村さん独特の解説で、たどたどしく言って見せたゲルマンの結果とやらも、このいくらかややこしい小説の中に隠された伏線を意識してのことらしかった。

「ちょっと待って下さい。精神界、物質界云々のところは、もう少し頭を冷して考えるとして、その1が蜘蛛になった途端にどうして、スペードの女王が現われんですか?」と僕は言う。

「ゲルマンは、老婆の霊に教えられたように賭博場で、三を、七を引き当てて大儲けするんです。ところが、なぜか、教えられた最後の1は引き違えんです」

その引き違えた手の中に入っていたのは〈スペードの女王〉であることは知っている。それはカード合わせでは負けであり、相手の手の方にこそ1は回っている。そこで、手の内の〈スペードの女王〉がニンマリ笑うように見えて、主人公は「あの婆ァ！」と叫ぶのだ。この結びを単なる老婆の復讐として片づけていたものが、こうして二村さんと細かく筋をたどるうちに、ちょいと変に思えてきた。

「どうして引き違えたんでしょうか」と僕は言った。

「佐川君もそこが気になる一番大きな一点と申しました」

「ゲルマンは、カードが配られる前に、1というカードを抜いて裏にして張っておったんでしょう？」

「それは1じゃなかったんです」

「クイーンだったってことがドンデン返しね」

「クイーンというよりも蜘蛛だったんです」

蜘蛛のようなカードをつかんでいたと言いたいらしい。この勝負に勝つためにゲルマンは1を思い1を確かめて、それを机の上に張った。結果としてそれはクイーンだったのだが、1を思いつづける熱い目に、1もクイーンも定かに見えなかった。というこの思い入れは1を思ったのではなく、蜘蛛を思うような皮肉なものに確かに見える。

「ゲルマンは老婆を殺そうとしたんです。その殺意あった男に、どうして一攫千金の教えが転がり込むんです。そこが大体からしておかしいじゃないですか」

「そういう説明は佐川君にもされたんですか？」

「彼はそれでも首をひねっていましたが、精神界、物質界において二つのものが同居できないということはこういうことなんです。ゲルマンの手に、老婆を殺そうとしたその手に褒賞のカードが転がり込むわけはなし、その混乱した夢想は、虫がよすぎます。そしてこの虫が蜘蛛じゃないですか？」

　蜘蛛の落ちでケリがついたつもりだが、判然としないものが幾つか取り残されたような気がする。まず、このトランプ・ゲームがどういうものか分らない。そして、主人公が引き間違えた様子もぼんやりしている。教訓として間違えたイソップ童話の類いにしか読みとれない。

「引き違いについての佐川君への答えはそれだけですか」

「彼の卒論に関わるように、もう一つ付け加えました」

　それは、マクベスとゲルマンを重ねてこういう一句になったと言う。〈予測ばかりを見過ぎた者は、握った物がなんだか分らぬ〉である。しかも、こうした対話があったのは、ルネに会う遙か以前の、七七年のシテ・ユニヴェルシテールのモナコ館、その人もまばらな食堂だった。

「そのトランプ・ゲームは」と、判然としない賭博場へ話を戻しかける。

「どういうゲームで、どういう状態で引き違えるものなんですか？」

「そのゲームは、貴婦人たちがよくやったと言われる〈ファラオン〉です」

〈ファラオン〉とはどういうゲームか聞くと二村さんは、冷えたコーヒーをぐびりと飲み下した。それから机の上の伝票をカード代りにして幾つかの説明をしたが、配られたカードのどれかを張って、次に開いたままのカードが配られてそれに金を賭けるという程のことしか分らず、どのカードがどれよりも強いかにしてさえ、まるで分らないようであった。

「ただ、その三度目の勝負の時は、1が一番強いという、それだけでいいじゃないですか」

「でも、そういう賭博場では、賭け手にはあらゆる数字がいろんな絵となって頭ん中をとび交うのでしょう。そこで思う1と結果が分ってしまった1とでは、引き違いの手の震えが違って思えます」

「佐川君と同じことを言ってますね」と二村さんは言った。モナコ館の食堂で、こんな話が何日かにわたってあったらしく、会う度に〈ファラオン〉のことで話は壁にぶつかった。

「そんなに〈ファラオン〉のことが知りたいならと、そこで僕はパンテオンを下ったところでトロワバレを開いている奈美さんのことを伝えたんです」

　ここで奈美さんにやっと繋がる。カードに詳しい奈美さんに紹介したのはいいものの、「魔女」という綽名《あだな》の女性故に、ゲルマンが忍び込んだ家の老婆と重なり、駒が揃いすぎているようではないか。まだ若い齢なのに髪に混じった銀のほつれ毛が、佐川君の目に、そんな風に見えるかどうか、過ぎた七七年の、とある夏の夕方……。そこで「じゃ、行ってみる」と佐川君は言い、サン・ジェルマンまでは行かないものの、そちらの方角の一本道を少し滑り出したバレ通りの地図を書いてもらったのだ。そこで、トロワバレを訪ねた佐川君が奈美さんから〈ファラオン〉のゲームを教わったかどうかは知らないと二村さんは言った。モナコ館の一室は、佐川君とは違って、予定以上に早く主が帰ってくることになり、それから三日経って、二村さんはシテ・ユニヴェルシテールを出たのである。その後、佐川君とはトロワバレでも行き違い、次に会ったのは、翌年の東洋語学校である。

「それで、シテ・ユニヴェルシテールの寮の部屋とはどんな具合なのでしょうか」

「だから、寝に帰るガランとした部屋ですよ。佐川君の場合は、トロワバレで憶えた〈ファラオン〉をそこで復習したかもしれませんが……」

「〈スペードの女王〉についてはそれきりですか？」

「一度、東洋語学校で会ってから図書室でこんな話をしたことがありました」

それは、第四章で、ゲルマンが老婆の死んだのを見届けてから闇の階段を降りてくる場面についてだった。現場を見つけられた老婆の養女に全てを告白した後、ゲルマンに少しは心を寄せていたその娘の泣き声を後に、彼は壁紙に手を触れながら、階段を降りてゆく。その時、ゲルマンは奇妙なことを想像する。

彼はふと六十年程前を想定して、その階段を今、若かりし老婆の情男《いろ》がいそいそと降りてゆく姿を思ってみる。サン・ジェルマン伯爵にも通じたと思われる女を抱きすくめたその後で三角帽子を小脇に、ここを降りて行った男は、今は、墓場の中だろうと呟くのだった。そして、その時の情婦《いろ》だった老婆の方は、やっと今しがた息絶えたというわけかとも……。この場におけるあまりにも怜悧な余裕と空想を持ち得る男が博奕打だとするならば、勝負において、蜘蛛をつかむようなことはあり得ないと佐川君は喰ってかかった。しかし、小説の終りで、ゲルマンが気が狂うのを見てお分りのように、怜悧と混乱は同居することもあり、同居した姿が、ゲルマンの最後の呟きだと言ってのけたが、その図書室での話は物別れであった。

そして、この時、うっかりして奈美さんから〈ファラオン〉のゲームを教わったかどうかは聞き逃したということだった。

外は雪がみぞれになった。

昼休みも過ぎてしまって、今度、奈美さんの店で会おうと約束しながら二村さんは立ち上がった。電話では話をしているものの、その店にはまだ行ってないという。パンテオンを下ったジプシー風なバーときっと似ていると僕は言った。

この日は、薄暗くなる頃から、みぞれが次に牡丹雪に変わった。神田の古本屋街を歩きながら、〈ファラオン〉のゲームを調べて回ったが、バンカー（銀行）にも似ているかと思うとオイチョカブのようでもあり、結局、奈美さんに聞くことしかないようだった。それにしても佐川君に手ほどきする程知っていたのかどうかまるで分らないのだが、その魔女とやらに勝手な願いをかけるしかない。

そして、さらに膨らんだような牡丹雪の中を新宿トロワバレに向かったのは、八時を回った頃だった。

シテ・ユニヴェルシテールの部屋調べが、いつか〈ファラオン〉のトランプ探りに代ってしまったが、この成りゆきさえ、奈美さんの占いに出ていたように思われる。

店に着いたのは九時頃で、この辺りではまだ早い時間だというのに、宴会流れの客で一杯だった。カウンターの隅に盛られているはずの付き出しのの**り**巻も見当らない。階段下のボックスに、屈んで注文を取っている奈美さんのブーツをちらりと見たまま、ひと回りでもしてこようとドアを閉めると、追いかけてきた奈美さんが、すぐに席は空くからと、隣りの棟のドアを開けた。

そこは、昨夜、間違えて開けた物置きだ。急角度の鉄の階段が二階に架けられ、その上は何かの事務所になっているようだが、人の気配はまるでない。階段の内縁に斜めの壁が出来ていて、その向うは、あのトロワバレのせま苦しいボックスが置かれているのだ。

奈美さんはここで待っていろと僕に言う。丸椅子が一つ置かれて、その前に錆びたアラジンの石油ストーブが火を灯しているけれども、なにしろ階段の前のせまい空間であるために、待たされるというよりも押し込められたような具合なのである。オレンジ色のガラスの笠をかぶったランプが階段の五段目に置かれていて、その足元に垂れた黒いコードをつかんで、壁のコンセントにやっと差し込むと、いくらか物置きもにぎやかになるように思えたが、それさえ、うず高く積った埃りの気配であった。

降りしきる牡丹雪を背に、混んでる時はいつもここで待ってもらうと言ったきり、奈美さんはドアを閉めた。

それから長い間、見えない店内の騒ぎを、聞きたくもないのに聞いた。何十分たっただろうか、客が出てゆく気配もなく、気がつくと、隔離された客に水一杯持ってくるでもない。このまま忘れられてしまったのではないかと思うとなにやらそこに一人居ることさえ恐ろしく、奈美さんは悪ふざけの好きな人で、もしかしたらばドアにさえ鍵をかけて行ってしまったのではないかと確かめると、ドアはスンナリ開いて、冗談のように大きな牡丹雪が降っていた。ドアを閉めて石油ストーブに手をかざしていると、急に奇妙な感情にとらわれた。薄暗い階段の上から、老婆の死を看取った〈スペードの女王〉のゲルマンが、かつてこの階段をあの老婆の昔の情男《いろ》がスタコラ降りてゆきやがったんだなあなどと呟きながら、一踏み、二踏み降りてくるように思えたのだ。

あるいは、坐っている物置小屋が、気が狂ったゲルマンの、ぶち込まれたオブーホフ病院の一室にも見えた。

なにを聞かれてもいっさい返事をせず、ただ異常な早口で「三、七、一！」「三、七、女王《クイーン》！」と呟いたように、数字のことを思うと、その時のゲルマンのように、うっかり口を開きかねなかった。

そのうち、トロワバレのドアが開いて、たて込んだ客が帰る音かと思えば、新たな客が、満杯だと断る声に耳も貸さず、店内になだれ込んだようだった。立って飲むつもりか、ドカドカと乱れる靴音が、さっきよりも激しくなり、ボックスの壁によりかかった重さで、階段向うのベニヤ壁が弓なりになった。

これで、壁でもぶちこわして隣室に待つ僕を見つけたらばどんな奇声をあげるか分ったものじゃない。

なにやら、ここと隣りはロシア文学のように馬鹿馬鹿しい大騒ぎになってきた。

時計を見るともう十時に近い。閉所恐怖症の者だったらば悲鳴をあげているところだ。しかし、一人で待っているからこそ、この扱いに地団駄ふんでいるが、ここにもう一人、さらに一人と隔離される客が増えたらどういうことになるのだろうか。コップ一杯の水もなく、席の空くのを待ちながら、肩に肩をすり寄せるその影の中に佐川君の顔があるのをボンヤリと僕は見る。

「ごめんなさいね、こんなに待たせちゃって」

強くなった路地の雪風に、物置小屋の妄想も吹き飛び、水割りを手にした奈美さんが入って来た。

「まだ空かないのよ。これでも飲んどいて」と水びたしの手でグラスを差し出す。洗い物をして拭かなかったからでなく、手に降りかかった雪が溶けたのだ。

「ひとつだけ聞かせて下さい」と、出て行こうとする奈美さんの背に、待たされ過ぎたせいか、甲高い声をあげてしまう。

「なあに」

「あなたは佐川君に〈ファラオン〉のゲームを教えましたか?」

「ファラオン?」

神田の古本屋で調べた限りでは、〈ファラオン〉のファラオは、エジプトの王ファラオに関わりがあるらしく、このゲームは、一七一三年に巴里の社交界で作られ、その後、〈ファラオン〉という仏語でロシアにも流れ、そこの貴族社会で人気のあったものであることを口早に伝えたが、どういうゲームかはまるで分らないと奈美さんに言った。

「フェローね」

「え？」

「ファラオンとは言わずに、今はフェローって言うわ」

どういうゲームかと聞くと、「ちくしょう、持ってくりゃよかったな」と呟きながら、階段の方へと歩み、スタンドの載っている段の下の四段目に大きな尻を掛けた。

「フェローとは」と、手真似でカードを展げて、これの面白さは宣言にあると言う。

勝負は胴元、つまり親と子に別れ、子、すなわち賭け手は一人でもよし、二十人、三十人と多くなればなる程、乱戦となるため、スリリングなものとなる。

そう言われれば、古本屋で読みなおした〈スペードの女王〉の賭博場では、細長いテーブルに三十人の賭け手がひしめき合っていた。

「子がカードの名を宣言するために」と奈美さんの説明は続けられる。その思うカードをまず机の上に伏せておく。三十人が勝負ならば、その宣言したカードが三十枚机に並び、その上に、親と勝負すべき金、あるいは銀行券が置かれてゆく。親が開いて配ってくるそのカードと宣言した数字が合えば、勝てるわけだが、身を乗り出して奈美さんはここに注意しろと言った。

「あたしが親とするでしょう」

「ええ」

「あなたから見てじゃなくってよ」

「何が」

「右と左が」

「僕から見てじゃなくて？」

「あたしから」

「はい」

「いい？」

「いいですよ」

と嚙み砕くように右と左を規定する。

「あなたの宣言したカードが、この配る親の右に出たら」

とスタンドの方を指す。つまり、奈美さんの右に出たら、親の勝ちと言うのだ。

「左に出たらば」とストーブの灯りからも遠い物置小屋の暗がりを指し、それは子の勝ちという。なにも希望ないかのように、そんな暗がりを指すこともないではないか。

「ちょっと待って下さい、それは一対一ならば分りますが、他の複数の賭け手はどうなるんですか？」

「凝っと見ている」

「休んで？」

「勝負の回るのを待って」

つまり、こういうことである。この親は三十人と勝負をしても、こうして、一対一で渡りをつけ、そこで決済すまして、次に宣言した賭け手と右かな左かなと勝負をつづける。この間、親と子の一対一を、複数の子は凝視して待つというのだ。

子供の頃、正月に遊んだ札合わせとは違って、この〈フェロー〉の特色は、右か左かとにらみ合うところにある。

「すると、引き違えるとはどういうことなんでしょう」

「え？」

「そのゲームでの大失敗、大敗北とは」

「宣言したカードの数字が親の右に張られた時じゃない？」

「でも、それは偶然で仕方がないですよね」

「そうですよね」

「賭け手側の大ミスとは？」

その質問に対して、少し首をひねったが、奈美さんは、それは、宣言のし間違えと言った。そして、そんな間違えはあまり見ないとも付け加えた。一が親の左に出てくることを狙って宣言のカードを張っている。それが一ではなく女王であったなどという間違えは、初歩中の初歩か、馬鹿のやることになる。

「では、なぜ、引き違えたんだろう」と聞こえない程の声で口ごもると、奈美さんはこう言った。

「あの小説の主人公?」

「佐川君から聞いていました?」

「うん。でも読んでないから分らない。読もうと思っても、そのうち、子供が出来ちゃったからそれですっかり忘れちまってたの」

魔女が子供を産んで普通の女になったのか。それとも、こうのとりに子供を運んで来てもらい、それを盾に、狂ったゲルマンの遊戯から身を逸らしたのか、ストーブに手をかざす魔女を前にすると、碌でもないことを考える。

「でも、佐川君とは〈ファラオン〉をやりはしませんでしたか?」

「商社の人と来るまではよくやったよ」

巴里のトロワバレに商社の人と来るようになったのは七八年の春頃からだったという。ブーローニュの方にアパルトマンを借りたのもこの頃だ。一人でトロワバレに通っていたのは、シテ・ユニヴェルシテールに潜り込んだ夏から、翌年の春先までで、ここで〈ファラオン〉の手ほどきを受け、ゲルマンの姿をデッサンしている。

ストーブの油が切れるのか、さっきから妙な匂いをあげ、火も細くなってきた。後は、客が空《す》いた頃に、店の方で、ゆっくり聞こうと思い、「お客さんが心配しているので、また」と言うと、奈美さんは階段に根が生えたように坐り込み、しばらく手をストーブにかざしていた。それから顔をあげずに、マダムを探す隣室の客の声を聞き、薄笑いを浮かべていたが急に低くこう言った。

「あたしが、あの人にフェローを教えちゃ、なにか都合の悪いことでもあんの？」

「いいえ」と僕は押し殺した声をあげる。

「それじゃ」

と言いかけてやめる。

「言ってください」

「なんで、こうしてあたしを坐らしているの？」

ですから、もう行ってくれるようにと僕は頼んだ。しかし、その一言で余計に行けなくなったと僕を見上げる。そのランプに光る意外に細い目を僕が正視出来なかったのは何故だろう。マダムだから店に戻らなければならないが、このまま戻ったら、ストーブも消えて、僕がここを去る。去られた僕を思い、その僕の頭の中で佐川さんとやったトランプ・ゲームが妙なゲームとなることに耐えられないと奈美さんは言う。

「でも、そのことをお聞きしますとまだ時間もかかりますし」

「何を調べてんの？」

この質問にはいささか弱った。ぼんやり見えるものを、ゆっくり辿っているだけで、狙う犬の肉が僕には見えない。ただ興味深いのは、七七年巴里に着いた時から佐川君の胸を去来していたカニバリスムの観念、それに憧れながら苦しんだ彼が、賭け事などというものにどうして親しもうとしたか、予測を信じながらも大きく揺れる気持の中で、カードをどうして摑んだか、その手の震えが気になるとだけ奈美さんに伝えた。

「震えてなんかいなかったよ」

「一度だに？」

「ルールを教えてから何日目だったか、そう、九匹飼ってた猫の、目の色が青と茶の片ちんばの一匹が死んだ九月の末か……くにから届いた海苔を持って来て、フェローを一勝負やってみたいと言いだしたんだ」

海苔を賭けたのに対して奈美さんはオンザロック一杯だったという。そして、この最初の賭けは、ゲルマンに合わせて「3」と張り、一回しかやらなかった。すんなり魔女の左に「3」が出るわけもなく、海苔を取られてこの勝負は決まった。もう一度やるかとカードを切りながら話しかけると一晩に一回と言ったきり、次の日も「3」に固執して、海苔の代りに他の乾物を取られ、こんな他愛ないあっさり勝負が十日程続いて、街を歩いても「3」が掠めとび、やっと「3」がぐるぐる回る花びらの一端に見えてきたある夜、「3」が奈美さんの左に出た。その日が「3」を賭けて十何日目かであったので十何杯かのオンザロックを只で飲ませる安上りの約束をした。

次に来た時は「7」と張ったが、この時賭けたものは、休みの日にブーローニュの森の池でボートに相乗りすることだった。魔女と乗るボートが、佐川君の本意かどうか疑わしいが、こうしてトロワバレの彼は奈美さんから見てすこぶる普通のキチンとした人であったらしい。

そして、この「7」に賭けた夜、偶然に配ったカードは「7」と出た。その時のヒヤリとした気持がボートの相乗りが嫌でか、あるいは、佐川君の念力が玄人っぽくなってきたためかは分らない。「7」を引いた奈美さんはそれから急に笑い出した。それは胴元の右に出たのだ。左に出たのはジャックであった。

「残念ね」と慰めると、「いや、僕の勝ちだ」と佐川君は言った。「7」は右に出たのだと念押すと、「こうすれば僕の勝ちです」とやにわに、カウンターの中に入って来て、大きな魔女の背中に回り込み、カウンターに置かれた右側の「7」を見た。『胴元を跨いだ胴元になれば』と強引な冗談を言ったわけだが、振り返ると、笑っているわけでなく、あくまでもその位置を守る真面目な顔で、右に出た「7」を見ていたという。

休みはその日から三日目だった。

正規に負けたわけではないので奈美さんはブーローニュには行かなかった。しかし、佐川君は、一人、相乗りするはずの池で待っていたという。月曜の店開きに待ちかねたように飛び込んでくると、「昨日、約束を果してくれてありがとう」と奈美さんに言った。首を傾《かし》げると奈美さんに、「胴元を跨いだ胴元」として、胸の前に奈美さんの大きな背中があると思いつつ、ボートのオールを漕ぎながら、晴れがましい空を見上げたと佐川君は言った。

「それで済みゃあ、苦労はねえわ」と腹の中で笑ったが、丈低い男のオールを漕ぐ姿を思った途端に約束を裏切ったような気にもなってきた。肉親の誰かが、このように欠けた現実の空白に、妄想を詰め込んで生きたとしたらばと奈美さんは考えたようである。それが惨めな幸福に思えてきたのだ。

「それで、インチキで7を勝たせたとして、次に1はどうなりました?」

「1の勝負は大変だったわ」

聞いたか、ゲルマン、と僕は階段の上を見上げた。そこに腰かけて、再生したゲルマンの話を聞くその男がいるように……。だが、大変だったというその勝負は「1」と「クイーン」がすり替わるカタストロフィーのことではなかった。

「7のことがあったので、よしんば1が右に出ても、勝ちと言われる気になって、胴元はあくまでもあたしと言ったのよ」

「ええ」

「そうしたら、カードを切るあたしの手元を見詰めながら、右と左が分らなくなってくるとあの人は言いました」

「恐らく、それに興じた昔の人もそんな気持でしょう」

「それに右と出たらば帰れとも言ってるように思えるし、左に出たらば居残れと占うような気もすると」

「賭けたものは？」

「それは見せられないものだと言いました。今度ばかりは、獲物が見せられなくて済まないと」

「何だと思われます？」

「うん、そうね……」

と言ったきり、それは何だか分らずじまいだったのだろう。恐らく、彼の抱く例の観念であったような気もする。

「でも、賭けるものが見えなければ、二人の勝負にはなりませんね」

「そうだけど、この頃から、陰で骨折ってくれたらしく、商社の人がチラホラ来始めてたからね。気を悪くさせるつもりはないじゃない」

「ええ」

「それに、この一晩じゃ勝てなくても、この勝負はまるであんたに分があるとあたし言ったよ」

「どうしてです?」

「1は左に、いつの日か、何度も挑めばきっと出るでしょう。そして、賭けた何かの考えだってきっと実るに違いない」

あれが実るに値いするのかどうか、その時の交わされた言葉を順序よく並べると、やはり皮肉なものとして聞こえて、奈美さんが眉をしかめるのが、薄暗がりの中でも見える。

ストーブは遂に消えた。嫌な匂いがたちこめるので、アラジンのひねりを元に戻している。

「そうしたら、この1は、今夜しかやらないと立ち上がって、もっとよく切ってくれるように、まだまだ配らずに、いつか、あたしの右へ回り込むようにくっついてくるんです」

「左にクイーンと出たら、負けはおろか帰れですもんね」

「結局、ふざけてんのかなんか知らないけれども、ぴったり右にくっついてくるので、あたしの方が、テーブルの真ん中に左へ左へと回ってしまったのよ」

巴里の奇妙な魔女だ。奇妙な賭博師だ。

「それで……」

「え？」

「あまりにも駄々っ子のようでいて、その一振りに張り詰めた気持を懸けているので……」

どうしても終りまで言葉が続かない。大人のやることには思えない甘ったれたトランプ遊びではないか。結果を早く吐き棄ててほしいものだ。

「あたしはイカサマもやりますので」

「気取られず？」

「プロよ。それで、長々とカードを切るうちにカードの配列を憶え、肉眼では見届けられない手さばきで」

「なんです」

「左に1を出しました」

居残れという1を左に、とも付け加えた。

ドアの下から雪が吹き込み、身が急に凍えるようだった。肩をさすりながら、もう店も空いただろうから、そちらへ行こうとも言ったが階段に坐ったまま腰は上げなかった。

「あなたはそれを気に病んでんですか」

「分らないけど、恐ろしくこの頃思えます」と奈美さんは答えた。

この時ドアを叩く音がして、「ナミさん」と手伝いのユミの声がした。客が呼んでいるので戻ってきてほしいとドア越しに囁くと、それじゃ、ちょいと顔を出さないと怪しまれるからとやっと腰を持ちあげる。

ドアが開かれ、風は穏やかになったようで雪はふうわりと路地に降りかかる。また長い時間待たせるならば、このまま帰ってしまおうかとも思ったが、この時ばかりは軽く客をあしらって、カードを摑んで戻ってきた。カウンターの隅に置いてあったのか、料理の油をかぶって角の摩り切れたカードの一組だ。

「二村さんからはシテ・ユニヴェルシテールの話は聞いたの？」

「食堂で〈スペードの女王〉の講釈をされたことは……」

「部屋の話は？」

「ガランとした寝に帰るだけの部屋ですって」

「ベッドには寝ずにソファで寝たって話は？」

そんな話は聞いてない。奈美さんの話によれば、ソファに寝たのは佐川君であったという。ベッドには、新調のシーツが敷かれ、これもまたサラの毛布に羽毛の入った軽い布団を被せ、誰かが寝ているように心もちふくらませておく。ソファに横たわる彼自身は古毛布一枚を引っ被るだけで、この無人のベッドの誰かが眠っている気配を遊びながら、それを見詰めて眠るのだった。

「何日か経って、あれがイカサマであったかもしれないと気づいたのか、あの人は負けでも、もうかまわなくなったと言いました。あの1が右に出ても出なくても、自分は、大学三年の頃の近くのアパートに居るような気もするし、今では部屋もそれに合わせて作っているし、そうしたらば、クニにいるのも同じだからと」

「大学三年の時の近くのアパートとは？」

「英語を習いに行ってたでしょ？」

「傘で撲った外人女性のアパートですね」

「それも、『起きてください』と眠ってる人に言っただけなのに突きとばされたからと言っていました」

「その外人女性のアパートが何なんですか」

「何なのって、それに合わせて飾っているのよ」

まずベッドをである。ソファからそれに向かい、寝ているようにこんもりと持ちあげた布団に「起きてください」と夜毎呟くのだという。誰が起きるのかと僕は言った。

誰も起きやしないでしょうと奈美さんは笑った。相乗りのボートを一人で乗って済ませたように、現実の欠損部分をこうして妄想で埋め合わせしている生活を、この時、あなたはどう思われたかと聞くと、ヒッチコックの映画じゃあるまいしとあきれたが、その「起きてくれ」という言葉の連鎖が、子供の切ない甘えともとれ、あるいは、すこぶる高尚な呪文にも聞こえて、変だけど大目に見ようと思ったと言うのだ。これも人付き合いが商売の奈美さんの性癖だろうか。印象の後に印象を引っくり返すような理解がやってくる。

「それはイカサマの〈ファラオン〉をやってから考えたことでしょうか」

「同情で勝たされたと思ってからね」

誰も居ないベッドに、ルネ嬢が入るまで何年かの月日を待たなければならないが、この「起きてください」という呻きとも取れる呟きは、ルネ嬢が倒れた後も、佐川君の胃袋に入った後も、続けられるのだ。

すると、七七年のシテ・ユニヴェルシテールとトロワバレの間で、お膳立ては揃ったことになってしまう。

「これらのお膳立ては、偶然で毀れることはなかったんでしょうか」

「偶然はイカサマで封じたからね」

「ボートに相乗るのがあなたで、誰も寝ていないベッドに潜り込むのがあなただったらどうなっていたんでしょう」

「あたしはただ、髪の毛程のお付き合いよ」

話すことは、もうこれで何もないと奈美さんは言った。だが、髪の毛程のしこりが、蜘蛛となって動き出すように思えてならない。

それから、奈美さんは持って来たカードを切った。ストーブが消えてから随分と時間が経つ。ドアで隔っているものの、仕切られた路地の一角と変わらない。

長い間、カードを切りながら、何を考えているのか分らないが少うし笑った。

風がまた強くなってきた。

カードを切る手は震えもしないが、僕の手はかじかむばかりだ。

「ねえ」と奈美さんは言う。

「はい」

「話ばかりじゃなんだし、そのフェロー、ここでやってみる?」

「ひと勝負ぐらいなら」

「なにを賭ける?」

賭けるものが思いつかない。

そのうち、カードは手の中で扇のように何度も切られ、奈美さんは悪戯っぽく覗き笑う。

「なにが出てくるかな?」

「今、考えてるとこですよ」

けの賭け物は見つからない。

「お酒をもう一杯持って来てやろうか」

そう言って、カードを階段の上に置くと、空いたグラスをつかんで店にもどった。その間、賭けるものを考えては見たが、何ひとつ、この場に、あの人相手のうってつけの賭け物は見つからない。

濃い目の水割りをつかんで戻って来ると、

「しつこいのがいるよお。どこに行ってんだと言うから、巴里のお店って言ってやったよ！」とドカリと飲み物を、テーブル代りの冷えたストーブの上に置く。

「どう？　賭けるもの見つかった？」

否、まだだと答えた。すると、階段の上に置いてある束を、また半扇の形にサラサラと切り回し、それを手の中で整えると、体を乗り出し、僕に手渡す。

「じゃ、あたしが賭けるよ」

この素早い位置転換に、騙されたような気にもなり、頷いていいのかどうか迷っていると、一対一だから、遜色ないと言い切った。

「賭けるものを思いつかないんだから、賭けたいもんがあって、うずうずしているこっちが打ち手になったって仕方ないでしょ」

「ええ」

「問題は、親として、それを受けて立つかどうかかね」

「受けます」

「じゃ、いいと言うとこまで、それを切って」

おぼつかない手で、それを切り始める。癖のあるカードで、十何枚かが、こびり付いた油かなにかではがれなかったり、スルリと手の内からこぼれそうになるのを奈美さんは凝っと見ている。

「こういうことあまり、やったことないのね」

「賭け事は子供の時父に禁止されたことがあるもので」

「でも、もう大人でしょう」

一組切って熟《こな》れるまで何分か掛かる。これでいいかと手を止めると、首を振ってまだだといいかつい視線を手元に向ける。それから、酒を注ぎに行った時に持って来たのか、ポケットから、もう一組のカードを取り出し、それを僕の何倍もの速さで切って、何を張るか円状に差し上げた。

こちらは、のろのろと切り続け、張ってくる数は〈スペードの女王〉に合わせて、3か7か1だなと思う。

「それで、子として、あなたが賭けるものは何ですか？」

カードを見比べたまま、今言ったのが耳に入らなかったようだ。

「もしもし」

「え？」

「賭けるものは何ですか？」

「ああ」と言って、張るカードを見つけたか、開いたものを一つに縮めて握りしめ、冷え切ったこの部屋の空気を大きく吸った。広い肩が、髪の毛一本の何かに集中したようにも見える。

「賭けるものを言ってください」

「もう決まってるわ」

「なんです」

「張るカードはこれ」と揃った何十枚の中から目をつけていたのを一枚引き抜き、ストーブ上に載せる。裏返してあって、それが何だか分らない。

「もしも」と奈美さんは言う。

「これと同じものが、あんたの右に出たらばあんたの勝ち。左に出たらばあたしの勝ち」

「だから、賭けるものはっ？」

「あたしが負けたら、あなたは御自由に。でも、もしも勝ったらば、あんたはここに残ってもらう」

どういうことか首をひねって、トロワバレの魔女の口元を見詰めた。まさか、この雪の夜から、この物置小屋に幽閉されると言っているのではないだろう。

「分らない？　あんたが負けたら、ここから帰さないと言っているのよ」

「帰さないってどういうことです」

「奥さんもいるし、子供さんもいることだから、やはり帰らないわけにもゆかないか」

　これに答える必要はなかった。勝負に通じたものにいびられているような気になったが、これも賭け事に戦慄感を盛り込ませるやり口かと、続けて出てくる言葉を、その口元に占うばかりだ。

「それじゃ、こう言い換えましょう。ここで話したこと、その頭に叩っ込んだことを、外に持ってゆかず、ここに置いていってほしいんです」

「では、どうして話したんです」

「どうして話したのかと、貴様は言うのか！」

　にじり寄る勢いがストーブを越えてこちらに来かかったが、胴元と打ち手の位置がどうやら、それはさせなかった。

「手かえ品かえ、喋らせてしまったのはあなたじゃありませんか」とあえて激する気持をなだめて、ストーブの上に張ったカードをさすっている。

「おねがいします。まずいんです。髪の毛一本の付き合いだけど、それなりの義理もあるんですから」

「その賭け受けます」

そこで、カードをさらに切ろうとすると、張った以上、もう切るなと奈美さんは言った。札角を揃えながら、右、左と開く前に、持って来てくれた酒を飲み干すと、吊った目は、ちょいとした振る舞いをも見逃さず、「時間を引き延ばすつもりね」と言うのだ。

「配ります」

「開いたままじゃ呆っ気ないから伏せてまず配ってくれる？」

一段階の間を置くわけだが、抜いたカードが入れ替るわけもないので、錆びたストーブの頭に、かじかんだ手を震わせながら、右へ一枚、左へ一枚、脂っぽいカードを載せる。

「それで、いつ、開くんですか？」

「今よ」

と言ってから、これ見よがしの手付きで階段に置いてあったランプを払った。オレンジ色の笠が階段の手摺に当って砕け、裸電球のはまった台が階段の下の隅へ転がったが、電球は割れず、二人の影を大きく天井近い壁に形づくった。

「拾ってよ」

「こうやって時間かせいでるのはあなたじゃないですか」

「当り前よ。こっちは女が懸かってんだから」

その声を聞きながら、すり替えられないようにストーブの台に顔は向け、階段の下を手さぐりでランプの根を摑むと、浮き上がった広い背は身じろぎもしなかった。

「なにするかと思ったんでしょ」

ランプを、砕かれたガラスの横に載せる。それから、胴元の丸椅子に戻って、ストーブ上のカードを事務的に開くと、右に詰らないカードが出た。1から縁遠い3でも7でもない数字だ。それは2である。左を起こすと、これもまた1には皮肉なダイヤのクイーンであった。

「左に出たのは残念ながら、1ではなかったです」

「そうね」

と奈美さんはボンヤリ呟いた。

「ともかく、出なかったんだから僕の負けじゃない」

「いいえ、あんたは残るのよ」

哀れな餌食を見るように、手摺に頭をもたせかけ、駄々をこねた娘のようだ。

「イカサマなしでしょ？」

「勝負の結果がなんでイカサマよ」

「1は出なかったんです」

「そんなことは分っているわよ」

そこで、ストーブの上に張った手持ちのカードを引き起こすと、それは〈スペードの女王〉であった。

「あたしは1なんか張りゃあしないよ。とうから女王に目星をつけたさ」

予測を信じ過ぎた者は、何を掴んだか分らないと言った二村さんの言葉が返ってきた。しかも相手にしたのはゲルマンでなく女だったことを僕は忘れていた。

この物置小屋で蜘蛛を掴んだのはこっちの方だ。

「どうやって棄ててゆく？　ここで一杯話したことを……」

頭を撲られても、忘れることは出来ないと答えた。何が忘れられないのかとも畳み掛けられた。それは、佐川君がルネ嬢と出会う前に、トロワバレであなたのようなサービス満点の賭博師に会ったこと、その髪一本の触れ合いの後で、髪一本から引き摺り込み、そこに在ったかもしれない男と女の渡り合いを逃したことが気になる。憧れの前に摺り寄るその若白髪のてかりさえ、まるで眼中になかったことが、今では、ひとつの鏡となって割り込み、透けた佐川君の憧れを曇らせて見せるのだ。

老婆の死を見届けたゲルマンが、何日か経った夜、混乱した頭を抱えるのは、階段の上で泣いていた養女リザヴェータを思い出すからではないのか。老婆の亡霊に秘伝を授かりながらも、1を賭ける時に手が震えるのは、様々な面影や、一つあるべき所に二つの物を押し込んで立っている彼自身の経緯をどこかで意識するためではないのか。

　そんなゲルマンでさえ心に掛けたものがあるのに、トロワバレのあなたは、彼の胸にない。それをこうして、長い時間をかけてあなたに取り憑くのは、終った事件のごみを拾って、それを組み替えているようなものだが、ここで拾ったものは忘れられないと結んで終った。

「それじゃ、どうしても棄ててゆけないと言うのね」

「ええ」

　そこで奈美さんは、引き起こした〈スペードの女王〉を摘むと手の平に載せ、縦にかざした。

「でも、きっと忘れるわ」

　そんなもの差し上げられても忘れないと僕は言う。

「もっとよく見て、この札を」

　裸電球にてかる〈スペードの女王〉が近づいてくる。

「何が見える？」

「〈スペードの女王〉です」

「これは〈スペードの女王〉じゃありません」

「それじゃ、なんです」

そこで、手の平のカードをたわめて戻し、こう言った。

「これは……」

「ええ」

「K・オハラよ」

たわんだり、ふくらんだりする女王の顔は一瞬笑ったようだった。いびつな笑い顔を何度かつくり、雪降る路地には背中を向けず、トロワバレのその女は、そのまま、階段をゆっくりと、K・オハラの顔と一緒に、誰もいず、鍵もかかった二階の事務所へ、後ずさりながら消えた。

事務所のドアが開いた時、部屋の窓を閉め忘れて帰ったのか、窓から吹き込む雪が舞い、ドアが閉められる束の間、どこからか、「御注意あそばせ」という声がした。

途端に、消えてたはずのストーブに火がついて、残された詰らないカードとクイーンが炎に包まれて燃えこげた。

裸電球の上には笠も被さり、壁はオレンジ色に翳っている。

ドアが開いて、雪の路地からマダムが飛び込んできた。

「ごめんね、一人っきりにさせちゃって。空いたからあっち へ行こうか」

そう言って、ブーツの踵に挟まった雪をとんと床に踏み落とした。

六神丸
ろくしんがん

　長崎に六神丸の看板を掲げた薬屋は二つあったが、今は銅座町の尼本六神丸のみである。銅座川で区切られる新地の方から、万屋町に向かって真っ直ぐ歩き、電車通りにぶつかる前の左側に、ひからびたその漢方六神丸の店がある。隣りにも、新薬その他と化粧品を売る薬屋があるが、これは尼本店と軒続きであるのか、建てつけの古くなった漢方六神丸の戸を開けると、新薬その他の店の方から雇いの婆ァがかけつける。余程、暇なのか、老舗の漢方店のウィンドウには、売り物らしき品は消え、錆びついた薬調合器ばかりがひっくり返っている。表からかけつけた婆さんも、客が到来したのに、店の明りさえつけようとしないのだ。

　写真館の待合室のような店先に、桃色の小箱を並べたガラスケースがあり、ガラス越しに小箱を覗き込むと、「尼本六神丸」の商標が見える。その下のケース棚には、五枚の写真が並んでいる。黄ばんだ古い頃の店舗風景で、銅座川に暗渠がかからない頃のものか、いや、もっと古く、ここらに雑居ビルどころか、まばらにしか家がない頃のもので、火の見やぐらに似た塔がそそり立ち、そこに「尼本六神丸」の看板が掛けられてある。

その塔がここにあったとしたらば、相当に遠い所から撮ったものであろう。銅座川の向うの新地辺りからフラッシュをたかなければこれほど高いものの全貌を捉えることは出来ないはずである。この写真を真ん中に、あと四枚の店舗写真があるが、埃りと黄ばみで何だかよく分らない。

「おみやげに六神丸を一つ下さい」と言いながら、高い塔を夢想するように、降り出しそうな店外の空を見上げる。すると、通りの向うの二階に掛かる巨大な「尼本六神丸」の看板が目に入る。風雨に晒されながらも頑として塗り替えない薬屋の看板が、そこら辺りまで敷地であったことを誇るかのように、何でもない店の真上に君臨している。

何でもない店の一軒は甘栗屋で、その隣りは肖像描きの店である。

肖像描きとは、一種の似顔絵を写すようなものだが、ここでは主に死んだ人の顔を描いている。アルバムの底で黄ばんだ顔を、ここに持ち寄ると、毛筆と鉛筆のどちらかで、拡大して描き起こしてくれる。家の催し事の折りに、そんな客が出入りするのか、結構繁盛しているようで、通りの風に吹き晒された、戸もない棚の上に、客の置いていったアルバムが積み上げられ、仕事台の向うの壁には、描きあげられた婦人の肖像が何枚か貼られてある。仕事台は、こちらを向いているが、職人の目の高さから斜めになっているようで、今、前のめりながら何かを描き写している男の顔は、こちらからだと、せかせか動く胡麻塩頭しか見えない。

　ただ、この薄暗い漢方六神丸と正面から向かい合っているために、仕事台に張りついてこちらに向かうその男がいささか気になる。包装された千円の六神丸を受け取りながら、仕事台から心もちあがった男の顔を見ていると、鉢巻きをしているのが分ってくる。そして眼鏡もかけている。その目がこちらをチラリと見る。スッと隠れる。あっ、あの職人はわたしを描いているのではないだろうかと、ガラス戸を引き開けると、バスがさえぎる。そのバスが電車通りに折れるのを待ち切れず、バスの尻を回って、正面からずれた角度から肖像屋を見ると、仕事台から立ち上がった男は、袖をたくしあげた着物姿で、バスの陰に隠れたわたしを探しているように見えた。いや、わたしなどに頓着するものか、落ちかけた棚の上の本を、元に戻しただけである。そして、仕事台の向うにスッポリと姿を隠す。わたしは通りを渡る。生意気にも印刷工場のように壁に鉛の屑や墨のとび散った肖像屋の前に立つと、仕事台の奥を爪先立って覗き込む。仕事台は、宣教師の坐る台のように高いのだ。左手の柱には白い札が下がっていて、そこに「御用の方は、どうぞ申し出て下さい」と書かれてある。

　申し出る前に、壁に並んだ老いた婦人達の肖像を見上げる。老いているのに、皺を消した扁平な顔が、皆、漢方六神丸を見詰めている。

職人に何でしょうと聞かれたらば、さっきわたしを見ていたのは何故かと言い返すつもりだったが、薬屋を見詰める老いた肖像画を見てから、それが、わたしの誤解であることに気がついた。わたしは、この何枚もの肖像画に見られていたことを忘れていたのだ。薬屋に立つわたしを見ていたのは、動かないこの顔ばかりで、職人のちょいとした動きも、それらの視線と戯れているように思えたのだろう。だが、この肖像屋の前に来たのは、それらの視線にイチャモンをつけに来たわけではない。わたしは、長崎に来てから、この界隈をあえて迂回し、順番を追うかと思うと逆さまに歩いたりもする。今日は、真っ先にこの肖像屋の前に来るべきだったが、昨日寄った漢方店の方から近づいてみたかったのだ。

今日は日曜日である。

さて「千草《ちぐさ》さんは」と仕事台を覗き込む。もう一度、その名をくり返す。「千草さんに、わたしが来たことを伝えて下さい」と言ってから、壁に掛かった老婦人の誰かを呼び出す気になってきた。

日曜日の昼間からそんな馬鹿をするわけがないと思っても、死んだ婦人の肖像画の前で女の名を言うと、お線香の香りがする。

「千草さん?」

と職人が仕事台から伸び上がる。

「ええ、思案橋小路で教わって来たんですが」

まずそうな、いかにも質の悪い絆を伝わって来やがったとでもいうような顔になり、不承不承に体を棚の方に傾けると、棚の上の裏返った本を起こして、表紙を上にした。

何の真似かと覗き込むと、聞いたこともない本である。それは大泉黒石という人の『黄夫人の手』とある。

答えはそれだけだった。

どうやら、千草さんに用のある時は、その本を起こしておくらしいのだが、このまま立っていれば女が来るのか、そこが無礼なことに口が足りない。

「あの、千草さんは？」

「いつもの茶店《さてん》で待っていりゃいいだろう」と職人は顔も見せない。

「いつもの茶店てどこですか」

答えるのも虫ずが走るのか、仕事台の向うからマッチの箱がとんでくる。電車通りを渡る前の「麝香」である。

「ただ、会っても母親の思う通りにはならないよ」

母親とは、思案橋小路の客引きである。

昨日、長崎に着いてから、取りあえず尼本六神丸の店に立ち、銅座川を追うようにして下った思案橋小路を抜け、その小路の切れる所から、飲み屋街を斜めに上ると、また尼本六神丸の前に出た。三角で繋がるこの地形を面白がり、二度、三度と回っていると、思案橋小路の客引きにも、変ったカモと顔知られ、夜中の十一時頃に一人の客引きに、強引に暗いバーに引きずり込まれた。

その客引きが千草の母である。

むくみのある顔に頰が垂れ、まぶした厚手の化粧は、何度もわたしの背広の肩を白くさせた。腕に絡みついて「いいとこ行こう、いいとこ」と呪文を唱えるように何度か言って潜り込んだ「純」というバーは、同じような老婆が次々と客をくわえ込む一種のたかりバーであった。入ってから感知するあらかたの客は、五、六分で席を立つが、一時間ほども奥のボックスに押し込まれたカモは、なるに任せて、たるんだ老婆の横っ腹に腕を回した。なにかが始まるでもなく「いいとこ」と称す場所に坐っただけで、三十分毎に金を巻きあげられ、それでも静かに坐っている客は、かっこうのカモではあったが、色気に目を血走らせるわけでもないこの客は少し歯がゆく、そろそろ追い出そうと思ったのか飯でも喰いに行こうと老婆は言った。飯は喰ってきたとわたしは言った。それでは終ったらば自分の家に行こうと誘い、先に角の喫茶店で待っているように促した。だが、家にも行きたくないと答えてやった。歯がゆい時間はさらに過ぎ、何をしに長崎に来たのかと問うので、六神丸のことが知りたいとわたしは言った。尼本さんの六神丸かとすかさず答えた。東京ならば、客引きが近くの店舗に精通しているなどということはめったにないが、長年ここらで暮らし、こういう商売に入った老婆は、知り合いのように尼本にさんを付けた。

そこで話したのが、娘の千草のことである。明治十五年に開業した尼本六神丸は、銅座町に相当の敷地を跨いでいたが、今では薬屋は角のわずかな場所にして、新地の方に病院施設を造り、その施設に娘の千草が働いているという。

六神丸のことをさらに詳しく知りたいと詰め寄ると、娘の千草から聞けと、一万円抜き取った。ただ、自分が紹介したと言うと、その客と寝ろと取られかねないので、一応、真面目な銅座町の肖像描きに筋を通してほしいと念押した。どうやら、娘と寝さすと言って客から前金を取ったことがあるようであった。いまわしい母親と娘の間に入ったのが、監視役の肖像描きであるのだろう。あの不機嫌な様子もそれで解けるというものだ。

一時間ほど待ったが、「麝香」に千草は来なかった。肖像描きの店に戻って、連絡はしてくれたのかと問うと、千草はそこに来て、『黄夫人の手』という本をまた裏返して帰ったと言う。紫色のカバーに、女の手型を印刷してあったその表紙は、確かにただの紫の裏地になっていた。母親のつてで来た男の様子は、すべてこの肖像描きから聞きただすと、黙って本を裏返すか、そのままにしておくかのどちらかだという。裏返すのは会う必要がないということで、そのままならば、すでにわたしと会っていることになる。

誤解を解こうと仕事台に伸びあがったが、肖像描きは、漢方六神丸の方に向かって仕事を続けた。

いつか雨が降って来た。わたしは苺を買って旅館に帰った。万屋町の中程にある商人宿風の旅館である。商人宿としか言いようがないのは、たて込んでいいはずの部屋があるのに客がわたし一人しか居ないさびれようだからで、構えは古びているが、玄関を中心に左右は煉瓦造りの洒落たものである。

昨日はびわを買って帰った。今日は苺である。町をほっつき歩いて、これと狙った目標からはぐらかされると、そうして何かを買って、この旅館の主に貢ぐのだ。いや、そうではない。こうしてお土産《みやげ》を買って帰るほど楽しゅうございましたよ、という顔を見せるのか。どちらにしても、この廃れた宿の主に、土産を持ってこぼしに帰るのだ。

「どうでした?」

と玄関を引き開けると女主人がスリッパを揃えてくれる。さっぱりでしたと軽く答えて苺を差し出すと、客からそんな気遣いされてはと押し返すが、エプロンの胸に押しつけて、一階の手洗いを借りにゆく。部屋は二階で、手洗いに行くならば、二階のそれを使えばいいのだが、一階の廊下を伝って手洗いへ行く途中の、あられもない左側の部屋が見たくなった。改造しかけてやめたのか、朽ちた柱が何本か斜めに倒れかかって壁にぶつかり、そこにも洗面台があったのか、割れた鏡に錆びた水道の蛇口が転がり、農耕用の車とエンジン、それに逆さまになったオートバイが積みあげられてある。建築用のシートがカーテン代りで、この無造作な部屋を隠しているが、立てかけた古畳がシートに倒れかかって、廊下を渡る時に、なにもかも覗き込める具合になっている。こわれた部屋は、二部屋ほどの広さだが、この旅館の中枢ともいえる位置にあり、覗きあげると、一階の天井も抜け、二階の畳もすべてはがされ、折れた梁に崩れた二階の壁も引っ掛かっている。シートの中に首を突っ込んで、さらに真上の気配を調べると、二階の天井も吹き飛んで、そこに白ちゃけた雲が見え、雨さえ落ちてくるのだ。

龍でも舞い上がったのだろうか。

手洗いを済ませて、もう一度、その部屋の前を通ると猫が鳴いたが、どこにいるのか見分けがつかない。

二階まで筒抜けになっているならば、二階からも見下ろせるに違いない。奇妙な思いつきに、いい気になって部屋に戻ると、皿に苺をのせた女主人が、すでに部屋で待っていた。

「どうでした、六神丸の方は……」

「どこまで突っ込んでみてもただの薬屋でした」

そりゃ、そうでしょうと女主人は笑った。千円で買った六神丸を机に放り出し、苺を摘むと、こうした方がおいしくなろうと、皿に牛乳を注いだ。牛乳にぬれた手先をエプロンで拭く束の間、裏返された『黄夫人の手』がちらつき「奥さん」とわたしは言った。

「え？」

「新地の方に出来た尼本さんの施設はご存知ありませんか」

聞いたこともないと女主人は首振った。もげそうな細い首がエプロンの上で止まって、そこの施設に誰か知り合いの者でもいるのかと問いかけたが、千草と言うわけにもゆかず黙っていると、調べてみようかと立ち上がった。

「いいえ、いいんです」

「でも、燈台下暗しということもあるから」

「名を聞いただけで、まだ会ってもいないんですから」

「何ていう人？」

苺の差し入れで、こうも親身になってくれるのは有難いが、勝手に調べられ取り持ってくれるのは早すぎる。次第に分ってくると引き止めて、苺の牛乳を啜ると、言うに言われぬことをそうして誤魔化していると取ったのか、何か困ったことがあるなら言ってくれと、女主人は、飲み尽した皿に、さらにパック牛乳を注ぐのだ。

「それで、そこに入院されてからもう余程長いんですか？」

「え？」

「その知り合いの方」

「いえ、勤めている者です」

　そこで炬燵布団に足をくるませると、粘り気のある湿気が足元から這い上がってくる。女主人は膝つきながら、あらかた残した牛乳苺の皿を摑むと、少し寝たらと部屋を出てゆく。雨の降り込むあの中部屋にあったような炬燵布団にさらに下半身をくるむと、どこかでせがむ猫の声がする。荒されっ放しのあの部屋はこの二階にも筒抜けになっているのかと炬燵から這い出ると、それらしき方向はあそこ辺りかと廊下をたどる。一階と同じ手洗いに曲がる廊下に突き出て、その左側に収まる部屋のふすまを開けると、目の前に工事用のシートが現われた。破れた継ぎ目をつまんで開くと床はスッポ抜け、階下に積まれたオートバイのエンジンが見下ろせた。その傍らに置かれた皿に、二匹の三毛猫が首を突っ込んでいる。それはわたしが飲み残した牛乳苺であった。部屋に戻ると、湿気の強い炬燵布団に入る気もなく、もう一度出かけてみるかと、シャツを取り替える。汚れているわけではないのだが、改まってあの肖像屋の前に立ちたいのである。階段を下りて、「奥さん、また出かけて来ます」と叫ぶと、風呂場の方から湯をかける音が響いた。もう一度女主人を呼びながら、そちらの方へ身を屈めると、磨り硝子を通して二人の女の裸が見えた。ふっくらと脂みのある背中は女主人で、肩から手桶の湯を流されている一人は、老婆であった。

外に出ると雨はまた止んでいた。

銅座町のへそに思えるあの肖像屋の前に立つと、「御用の方は、どうぞ申し出て下さい」とぶら下がる札の所から仕事台の男を見上げる。何枚描きあげたのか、昼下がりにここへ立った時よりも横顔は脂っぽく、汗ばんだ鼻の上で眼鏡がずり落ちかけている。

「これを複写していただけませんか」

と内ポケットから一枚の写真を取り出して見せる。黄ばんだ古い祖母の写真である。名は菊。その顔をこの店先に飾らすつもりはないが、六神丸の薬屋の前に陣取るこの肖像描きになぞらせれば、少しは閉ざされた日曜日が開けるかもしれない苦肉の策だ。

それればかりか、千草を抱きに来たのでなく、祖母に関わる町の風景と添寝しに来たことを証すことが出来るかもしれない。祖母がこの町に来たわけではないが、他界してもなお、祖母をこき使う良い機会にも思える。祖母は寝物語でこの町を話した。物語の中のあの町がこの町と重なるようにも思えないこの日曜日、祖母を化粧し直すことで、重なりの六神丸小路が足元に道を開かせるような錯誤にユラユラしているのだ。

出張させる。祖母をいつか出張させるとはこういうことになるとも思ってみなかった。それまでは、内ポケットの手帖の中で紙の板ばさみになっていたものが、こうして昭和のこの年、長崎銅座町の風を吸った。

「これ、御親戚?」

「祖母です」

「描きあげんの、いつまで?」

「ここを発つまで」

「いつ発つ?」

「出来たら」

具体に逆らう問答だったが、千草を抱きに来たという誤解は晴れかかるかに見えた。老いた女を思う故に、狼の牙は羊の歯であったかと、緩みかかる男の顔を切望するが、「じゃ、なるべく早くやっとく」と写真を棚の上に載せ、事務的に注文帳を開いて渡す。今泊っている旅館を記入すると、「母親から幾らせびられた」と男は言った。ボルだけのバーで、例によって金を巻きあげられ、六神丸のことを聞きたいと言った時に、千草から聞けと一万抜き取られただけで、奇妙な契約も金も渡していないことを告げると、今度はしみじみと風体を品定めしてから、おもむろに棚の上の本を表に返した。それは『黄夫人の手』である。

こうして辛うじて紹介の首が繋がり、「麝香」の店で待っているように言われたわけだが、一時間経っても、承認されたはずの千草は現われなかった。肖像屋の前にかけつけ、またしても、そこに来た千草に『黄夫人の手』が裏返されたのかと聞くと、千草は今度は快く返事して「麝香」に向かったと言う。もう一度、店に戻って千草の名を呼び出してもらったが、そんな客は立ち上がらなかった。

行き違いか、それとも千草には縁がないのか、飲み歩こうと思案橋小路に向かうと、この日は日曜日であった。

旅館に帰って階段を上りかけると、髪形を変えた女主人が「どうでした」と見上げるので、「さっぱりでした」と昼と同じことばを返すのだった。

湿った炬燵を抱えて、手洗い場の向うの壁を叩く物音に耳を澄ますと、その音は間断なく大きくなった。風が出て来たようである。廊下沿いにある部屋のふすまの向うのシートが、風に躍っているのだ。

間もなくスリッパの音がして、「お客さん」と女主人が障子を開けた。

「はい」

「お電話です」

「だれから?」

「千草さんという方からです」

階段下の廊下に転がる受話器を掴むと、その向うから、微かに雨の中を走る車の音が聞こえた。町角の電話ボックスからかけているのだろう。タイヤが切り裂く雨滴の音も過ぎ、人の息づかいが聞き取れる。「もしもし」と話しかけると身を引いたのか、息づかいも押し止まって、いくらかの沈黙がある。

「今日、おたずねした者ですが」

「ええ」

と返る声は恐る恐るの寸足らずだが、釣銭を確認する時のスーパーマーケットの女店員のようであった。

「ここがよく分りましたね」

「おじさんの所へ戻りましたから」

肖像描きのことである。「麝香」からそこへ行き、この宿を調べたわけだが、それなら、どうして「麝香」で出会えなかったのかと聞くと、「麝香」へは行ったと向うは答えた。

「わたしを探しましたか？」

「ええ」

「わたしを見つけられなかったんでしょ」

「いいえ」

わたしらしい者と目星をつけたとも言うのだ。それならどうして声をかけてくれなかったと聞くと、電話口にまた沈黙が過ぎた。

「もしもし」

「……コオハ」

としか聞こえない。確かめていいものかおずおずとその片仮名を二度ほど続け、

「コオハ…さんの関わりある方ですか」と言っている。

「コオハ？」

「あなたは、コオハ…さんにゆかりのある方ですか？」

コオハなど知らないと返すと、写真のと言い添えた。その写真は、肖像描きに渡したわたしの祖母のことである。

「祖母の写真が何ですか」

「おばあさん？」

と電話の向うで驚いたようである。

「ええ」

「では、コオハ…さんを知りませんか」

それは何度も言ったように知らないと答えると、「てっきり」と言ってから車の通り過ぎる音を待っている。

「どうしました？」

「いえ、てっきり、写真に似た方をその人と間違えまして、会っていいものかどうかと、失礼してしまったんです」

「千草さんですね」

「千草です」

祖母の写真と、先程から言っているその人と似ては何がまずいのかと聞きただすと、似通っていればなお嬉しいなどと、電話口ではらちがあかない話になって、とにかく会いたい旨を伝えると、店があるからと彼女は断るのだ。

「店って、今日は日曜ですよ」

「でも、やっているんです」

それは飲み屋のようである。

「そこへ行ってはまずいですか」

と言ってから、ちょいと待てと受話器を持ちなおす。

「待って下さい、あなたは施設に勤めていらっしゃると聞きましたが……」

「この間、やめたんです」

それは母親には内緒であるために、このことは会っても伝えないでほしいと彼女は言った。それから、祖母と、間違えた人とが重ならなくて残念であったと電話を切りかけるので、その人のことをもう少し聞きたいと繋ぎとめると、どうして聞きたいのかと言葉を継いだ。切れかかる糸を辛うじて張っただけだが、黄ばんだ写真を見入る彼女の視線を、わたしこそ覗き込みたい思いが湧いて、もう一枚、写真があるので、それを確かめたらどんなものかと嘘ついた。

「おばあさんはお宅で亡くなられたんでしょ？」

「いいえ」

祖母は母と喧嘩してから横須賀の知り合いの家に去ったきりだと伝えたところで、十円の掛け時間が過ぎたのか電話が切れた。受話器を置いて、未だに生き続けさせてしまった祖母が、雨の中を走っている気になってきた。

電話がまた鳴り、受話器を取ると、口早に女は、勤めている飲み屋の名と場所を伝えた。それから受話器を置く音がして、無音の中に耳を押しつけていると、次第にざわめく音がしたが、それは反対の耳で聞いている渡り廊下の、シートが壁にこすれる音だった。


——思案橋小路を抜けると右側に坂がある。なだらかな勾配からタクシーでは昇り切れない急坂となり、アスファルトの上を伝い落ちる雨水は靴の先で賑やかに撥ねた。千草の母親が近づくにはこの坂は死角であったのかもしれない。坂の中程に灯る小さな看板を見つけて立ち止まり、昇って来た坂を見下ろすと、日曜日の飲み屋横丁は、灯も消え、雨水のなだれ込む廃家に見える。

千草のいる店の名は「肌」であった。

「肌」の戸を開けると、小さなカウンターの奥で、取り寄せたチャーハンを食べていた老婆が、キョトリとした目をあげた。後ろ手で戸を閉めて、濡れた傘をどこに置こうか迷っていると、カウンターの下をくぐってきた老婆が、預りましょうと引き取って、水の垂れるその先に手の平を当てがいながら奥へ運んだ。ありきたりの色電球を見回しながら、後ろ向きの老婆に「千草さんは」と言いかけると、化粧室を隔てるガラス細工の暖簾を払って背広姿の女が出て来た。男物の背広ではない。ダーク・グレイの地に白の縞が入った肩イカリの上着と、膝まで隠す長目の、それでいて膝辺りで細くなるスカートである。ヤクザの情婦《いろ》などが好むこの格好は、何度か見ている。姿かたちは、この店に至る急坂を昇っては転げ落ちるだろうまん丸の母親と違って、父親の良いところを取ったのか丈のある腰高の出で立ちだった。顔も若き日の母親に似たならばお盆に目鼻となるところだが、やや近いのは鼻がそれほど高くないところぐらいで、険しいあご先が、それを別様に仕立てている。が、この女を抱きに来たわけではないのだから、美醜のせんさくはいい加減にしたいところだ。どんな顔だろうと一つの力点で印象をひっくり返すこともあり得るのだ。

「沖津旅館で電話を受けた者ですが」

「あそこは低かったから大変でしょ」

千草と名乗るのを端折《はしょ》ってボックスの方に回り込み、ガラス細工の吊られた奥の方に腰を落すと、たくしあげた髪が吊り物に当って甲高い音を立てる。

「低いとなにが大変なんです？」

「去年の水害であの辺りはまだ片づいていないところが一杯あると聞いたけど」

旅館の筒抜けの部屋もその被害であったかと廃れた一角の謎が解けると、「玄関の壁に筋が入っとるでしょ。背の高さを越える」と付け足した。海水も混ったためか、侵蝕された筋の下のモルタルは、こすっただけでボロボロ落ちるという。

「あの辺りはみなそうだけど」

「ハア」

と頷くと、濡れた炬燵布団がまだ足にからみつくような気色悪さを感じたが、高台のバーに腰を落した女は、「ここらは辛うじて」と鬱陶しい雨の音を払い、もう一枚の写真とやらを見せてほしいと言い出した。電話ではそう話し、確かに旅に出る前に確認したつもりだったが、電話を切ってからバッグを調べると、どうやら忘れて来たようだと弁解してみる。が、もじもじと話したその口でいかさまの引っ掛けと早くも見破られ、「おばさん、ビール」と終りまで話は聞かなかった。

この露見で話は元に戻ってしまい、母とはどういう関係かと彼女は言った。ただの客引きと通行人とのことほどでしかないと繕うと、どちらが先に声を掛けたのかと畳みかけてくる。思えばこちらの方であった。何度も思案橋小路を巡り回って、「おばさん、どっか面白いとこない」と声を掛けたのだ。

あるがままにそれを述べると、店で使った金と抜き取られた金のことまでほじくり返され、その度にせせら笑われた。

「でも、そのためにあたしはお付き合いしませんよ」と言うのが屈託のない笑いの結論だったが、運ばれて来た苦いビールを二人で飲んでから、「ところで、コオハさんとはどういう方か」と切り出した。

「コオハラさん」

と電話では聞き難かった片仮名にもう一つラを付けて、千草さんは甲高い音のする吊り物に頭を触れた。

「あたしが面倒見てた女性です」

「どこで」

「施設で」

「新地のね」

ここも新地だけどと、雨の音に耳を澄ますように或る方向を追うのか、体を起こしてくる。

「どのくらいの歳ですか」

「余程の歳よ」

それがわたしの祖母の写真と似ているのかと念押すと、写真の方が少し若いと噛むように言って、それで肖像描きの店でそれを見てから、同一人物ではないかと思ったと言う。

「もう少し、コオハラさんのことを話して下さい」

「寝たきりだったし」

「長崎の人ですか」

「いえ」

「どうして施設に」

「行き倒れ」

「どこから来て」

「さあ」

とおよそ輪郭のつかめない受け流しだ。そういう施設に来る老人は概ね身元の判明しないそんな人ばかりかと聞くと、時間の経つ内におおよその推察がつくが、コオハラばかりが人の群がるのを避け、人が起きる時には寝て、寝る時には布団の上で正座してただ目を見開いているだけであった。

　老衰はどこまで進んでいるのかと枯れた草に分け入るように聞くと、風呂で背中を流している時には「千草さん、疲れるからもういい」とその手を押し止めるほどしっかりしているのに、群がって食事をする時など、飯を一口ほおばったまま、ボンヤリしているというのだ。一度など、もう必要もないのに生理用具を買って来て、仲間にそれを取り上げられて冷かされると、鏡の前で口紅厚く塗って見せたこともある。

　奇態な振る舞いはさらに続き、風呂浴びの時間が過ぎて係の者が湯舟を洗う時、湯床に鮮血が流れているので叫び声をあげた。千草が駈けつけると、転がった軽便剃刀に深くえぐった踵の皮がひっ付いていて、こういう踵剃りはよくあるものの、ここまで深く切らないので誰の仕業かと取って返すと、踵から血を流したままのコオハラが痛いとも顔に出さず食器具を運んでいた。

　或る夜、係員が二日に一度泊る宿直室にコオハラが現われた。夜の気配にも神経をとがらせている手前、暗がりの柱に額を押しつけている者がコオハラと分っても、そのまま眠った振りをしている千草に、起きているんでしょ、千草さん、と笑って言った。おもむろに起き上がって見ると、コオハラは旅支度をしていて、尼本の所には世話になりすぎたので、これから心配している者の所に帰ると言うのであった。心配している者がどこに居るのかと聞くと、さわやかに「東京」とコオハラは答えた。

これはお礼にと厚紙の束を取り出して敷居に置くと、鍵を開けるようにせがんだが、この夜は声をひそめて説得した。ただ、狐の葉っぱじゃあるまいしと手提げにねじ込んだ厚紙の残りが何枚か宿直室に飛び散っていて、それを事務所に持っていって確かめると今も使える株券だった。

　こんな夜の所業は何度か続いたが、それも一度打ち明けた千草の泊る夜ばかりで、その度に騙すように押さえたが、そんなことがあってから昼間の外出も禁じられ、それをコオハラのためと察した仲間にある日なじられた。千草が言いふらしたと思ったコオハラは、飯時、口に入れた飯粒をわざと気管に詰まらせた。

　救急車が駈けつける騒ぎで、コオハラは市の病院に十日ほど入っていたが戻ってくると、仲間はおろか、千草や係員とも口を利こうとしなかった。

　老婆は萎えたように見えた。

だが、千草には頑固な少女のように難しく見えた。

　飯も口に入れず、風呂に入っても洗われるのを拒み、あたをするように、下着を便器に詰まらせることも度々あった。

　そんなコオハラの偏屈な振る舞いと、たまたま千草の事務上におけるいさかいが重なった。収容者の食事の仕入れ金の誤算で、その責任が千草に押し付けられ、あらぬ嫌疑をかけられてなにもかも嫌になった千草は、この施設を辞めることを決心して、或る夜、寝入りばなのコオハラを起こし、その旨を伝えた。

始めは冷静さを装って聞いていたコオハラも、「何も出来なくて」と軽く肩を触って千草が宿直室へ去りかける時、老いの髪を振り乱してとりすがった。

奇妙な後ろ髪を引かれる思いで、千草は結局、その施設を去らなければならなかったのだが、三日に一度はそこを訪ねることをコオハラに約束して今もそれは果している。

外の者になってから、千草と会えば、かつてのように我がままな振る舞いも出来ずに、しおらしく髪を撫でつけ、千草さん千草さんと待ちわびるようで、申し訳ありません、勝手なことを申しましてと礼儀正しい。ただ、千草に会っていない所でコオハラが何をしているのかは分らない。

「いつもはどお？」と顔なじみの係員に聞くと、どんなつもりでしょうねと細かいことは答えずに鼻で笑った。それが千草には気がかりなのだが覗きに行く資格はないと思うと、なにかとてつもなく大きな約束をぶん投げてしまったような気がした。

夜に撥ね起きると、暗がりでコオハラが旅仕度をして立っていて、「出かけて来たよ。ここまで一人で歩いて来ましたよ」と笑っているように思えた。

男に誘われて腕を取られ、いかがわしい宿の前を通る時、突然、コオハラが立ちはだかってたしなめるような姿も想像した。

こんな時には夜中でも施設に電話してコオハラはどうしてると聞くと、今夜は泣いているなどの返事が返ってくる。

そんな時、自分の体を客に売り付ける母親よりも愛しく思った。

だが、千草がどんなにコオハラを気にして何か出来ることをしようと思っても、コオハラの帰りたい知り合いの元は、「東京」だけの一言で、詳しい手がかりをつかんでやるから、もっと思い出してとゆさぶっても、コオハラは苦しそうに眉をしかめて千草の目を凝視するばかりであった。そこの記憶が掻き傷となってなにか黒々としたしこりが溜っているのか、それともあられもない夢想に身をゆだねているのか分らない。

正常とは言えない思い入れが、こうして肖像描きの店に置いてゆかれた祖母の写真から起きてしまったのも、こんな千草とコオハラの顚末があってからのことだった。

一通りの流れを喋ってから、小さなガラスのこすり合う吊り物を手で押さえ、千草は、コオハラに関してはこんなところだけどと覗き込んでくる。

「それだったらば、さぞかし、祖母の写真を見た時気が逸ったでしょうね」

「それで、あなたのおばあさんは？」

「菊と言います」

「電話では、お母さんとナニがあってから出かけられたと聞きましたが……」

「本当は出かけてないんです」

「え？」

と千草さんの組んだ足が膝から離れる。

「すみません。祖母菊は、死にました」

「確かめられたんですか」

千草さんはまだ、旅立った祖母の形を振り払えないで、旅の果ての行き倒れた祖母などを想像しているのだ。

「ええ」

「どこで？」

「十条の叔父の国鉄アパートです」

長崎からは思いも寄らないゴミゴミとした煤煙臭い場所である。しかも、この祖母が死ぬ前、下《しも》を汚した物を拭き取るのが嫌で、それは叔母に任せて、わたしは国鉄アパートの屋上へ逃げている。

「おばあさんのお名前は？」

「田口です」

「コオハラは関係ないんですね」

と千草さんはまだ言っている。

「遠い親戚にもおりません」

「でも、似過ぎてるように思えんです」

「そんなにもなんですね」

「似過ぎ過ぎです」

「それはどこかで関わりがあったのかもしれません」

「戸籍には載ってないのに？」

母の歳ならば探れるものを、祖母の代になると烏に聞くようなものだ。

「本当に亡くなられてしまったんですか」

と諦めきれないもののように千草さんは言う。

「十条の国鉄アパートで」

「焼き場まで行ったのね」

「すみません」

「それならば、どうして、銅座町の叔父さんに描かせようとしたの？」

六神丸の話を常々話していたし、一度、祖母と共にその前に立ち、死んだ祖母に逆に寝物語をしてみたかった。その顔をなぞられれば、他人の手で形となって、もう一度空気に触れたことになるかもしれない。分りにくい説明かもしれないが、このことはもう何年も前から狙っていたものだとわたしは言った。

「それでは、叔父さんに描かした顔がそのまま町へ脱け出て、コオハラの顔にひっ付けばいいのにね」

似ているという一方的な話からこんな冗談を交すことになったが、一度、そのコオハラに会わせてもらえないか、顔と姿を見させてもらい、千草さんの思い入れが領けたら、こちらもなにか閃くかもしれないと告げると、今にでも会わせたいが施設は閉まっているし、叔父の所へ行けば、コオハラの顔に会うことが出来ると言う。

「鍵が閉まっているのに叔父さんの所へ通えるんですか」

「叔父が描いたことがあるのよ、コオハラを」

それは六神丸を見据えた肖像屋の壁に貼ってあっただろうか。もしも、そんなものが見えたら、祖母が先廻りして待っていたような気がしただろう。千草の叔父が施設を訪ねてコオハラの顔を模写したのは去年の夏だった。飯を喉に詰まらせて腹いせをする半年ほど前のことである。とはいうものの、深夜の旅立ちで千草を悩ませる所業はすでに始まっていて、それをなだめるつもりもあってか、若く見えるほど綺麗に描いてやると、肖像描きを呼んだのだ。コオハラばかりをいい気にさせるのもほどほどにと忠告はあったが、こっそりと宿直室の方にコオハラ一人を連れてゆき、叔父の前に坐らせた。

この夏、コオハラは細い鼈甲の簪を付けていたと言う。

「あなたのおばあさんも持っていませんでした?」

「ええ、持っていました」

夕方の風呂上がりの濡れかかった髪に簪は涼しげに見えた。始めは描かれると命を吸い取られるなどと馬鹿なことを言ったが、叔父が筆を走らせると、足を崩して良い角度に顔を据え、「虫が鳴いとるわ」などと御満悦であったという。この人、芸者かなんかじゃなかったのかと、この時は千草さんも噴き出したようである。おとなしく坐っているので筆は一気に滑り、叔父も出来上がりは気に入ったらしく、どうだと見せ、こんな所にはやって来ないどこかの邸の御新造さんに見えてさぞかしコオハラも腰を抜かすと振り返ると、コオハラは、「うまい、うまいって言うから身を任せたもんの、こんな程度か」と言った。本人よりもずっと立派だと叔父がやり返すと「女は立派ならいいのかい」と絵をとりあげ、ここに泣きぼくろと、この口の横の皺は消してと生意気なことを言う。それじゃ生娘になっちまうじゃないかと冷かすと、「才能ない奴にゃ分んないよ」と絵を放り出した。絵を放り出したことよりも、一度は本物の絵描きになろうとした叔父は、コオハラの捨て科白で傷ついた。自分では気に入っているので、投げ棄てられたものを破いて去るわけにもゆかず、それを拾って小脇に抱えて、とんだ婆ァを描いちまったと、千草の止めるのも振り切り、施設を出ようとした。その背に「何を描きに来たんだ、ヘボ絵描き」と痛烈に罵倒して、なおも叔父の機嫌をとる千草に、「放っとけ、千草」とも言うのであった。叔父に帰られてから、千草さんが、どう見ても無礼はコオハラの方にあったとたしなめると、先程とったポーズをつくり、虫の声をうっとり聞いている始末だった。

「その絵が叔父さんのところにあるんですか」

「自分ではやはり気に入ってるようよ」

「店にはどうして貼らないんでしょ」

「コオハラが出て来た時、またそれを見つけてイチャモンつけられると思ってよ」

「それで正直なところ似てますか」

「始めは若造りかなと思ったけど、掃除もしない叔父の家だし、埃りを被ってちょうど歳に追いついたといったところね」

「見せて下さい」

そこでわたし達は「肌」を出た。

ドアを開けた時、「ちょっと待って」と千草さんは店のカウンターに潜り込み、サラミの半欠けを持って来たが、それも叔父への手土産で、雨の中をサラミの匂いを嗅ぎながら一つ傘で坂を下った。

流れ落ちる雨水と共に坂を下りるのは奇妙であった。新地の高台から、上って来た思案橋小路に戻るのは、気構えを整えてもう一度舞い戻るようではないか。

灯の消えた廃屋の方へ、なにかに浸るように下って行ったが、思案橋小路の出口とおぼしき低地に立つと、傘を打つ雨の音はしとやかに聞こえた。思案橋小路の出口から入口へと逆さに抜け、電車通りへ出る前の左手を曲がって行くと、そこはちょうど、電車通りに面する高い軒の果物屋の裏になる。銅座町から電車通りを下って来る時、三階か四階建ての建物に等しい高さの、古いこの軒を奇妙に思った。瓦屋根の下の壁は、蔵壁のような造りで、それをくり抜いた二階の丸窓が一風変わっていた。今では開けることもない洋風の窓だった。千草さんと立ち止まった一軒は、その果物屋の裏路地に面した製麺店である。ここも果物屋の造りと似て、二階から上は蔵壁のようで三階ほどの高さにゆくと造りが塔のように先細っている。その辺りには窓もない。

電気の消えたガラス戸を開けると、メリケン粉の匂いが雨の中へ流れ出る。目を凝らすと、麺を詰める箱が積み重ねられて、その向うに仕事台の机が幾つか並んでいる。ここは製麺工場であるのか、穿いたものはここでは脱がずに二階へ通じる横階段を上ってゆくと、そこは事務所になっている。事務所の横に下駄箱があって、そこから先の階段は土足では上がれない。先を上ってゆく千草さんの縦縞の背広を見上げるとその白い縞から雨の匂いがした。昇り切った所は一坪ほどの上がり口で、左右は壁だが、引き開ける正面の襖は月見窓のようにくり抜かれている。顔一つの大きさだが、胸の高さでポッカリ空いたその穴が何のためかは察しがつかない。それを奇妙に見詰めていると、破れた襖を飾っただけよと千草さんは言った。穴の縁には確かに花吹雪のようなものが外側から鏤められている。

「誰か居るみたい」

月見穴を覗き込んだ千草さんが、そう言って穴の下へ頭をすくめた。それに従い、顔を近づけ、叔父さんのほかにかと呟くと「母のよう」と舌打ちした。月見穴の横へ移動し、片眼で斜交いに部屋を覗くと、幾つもの目がこちらを見据えた。壁に貼られた肖像画の目である。鉛筆と墨で仕上げられた黒衣一点張りの婦人達が壁の上でひしめき合い、一斉にざわめくかと思えた。

「母でしょ」

部屋の正面と左右に貼られた婦人像の真下に電気炬燵が据えられ、そこに肖像描きと千草の母が向かい合っていた。口論した後の沈黙か、一応の親戚付き合いで茶飲み話に疲れたのか、今のだんまりでは判断しかねる。

「母ね」

「ええ」

「何て言ってる?」

沈黙の対座は、炬燵から立ち上がった千草の母が、壁に掛かった肖像を見上げながら、「こんなもの描いて供養しているつもりでも、やってることは薄汚ねえじゃねえか」という怒鳴り声で破れた。途端に、電気炬燵のソケットを外した叔父の方が、炬燵から足を抜き、お前なんかに点けてやる炬燵も馬鹿らしいと、消したからさっさと帰れと、こちらの出口を指し示した。

こういうやり取りには千草の母の方が手慣れているのか、せせら笑って、ソケットを外された炬燵の上にどでかい尻を乗せ、千草の勤める店のことをほじくり出した。前の名は「肌」ではなく、いつから「肌」になったか、その看板を塗り替えた時に地回りの礼を切ったか、切ってないならば、それなりの筋を通す通さないの、テキヤまがいの脅しに見えたが、「肌」の名が何度も出て、急に声が小さくなった。

耳をそばだてると、脅し口調は変わって、銅座の坪が幾らだの、高台の坪は落ちてこれからどうなるかといった不動産屋まがいの口調になって、顔をそむけているままの叔父に、突然活を入れるかのように炬燵を叩いた。押しまくられた叔父の方は、炬燵から立ち上がり、仕事がつかえているので帰ってくれと墨道具の手入れを始めたが、その手を引き止めるような何かを言われて振り向いた。

その一言が、換金がどうの、グルでなにかを出し入れしたのと聞こえたが、どういういさかいかさっぱり分らない。

月見穴の下で畳にうずくまる千草さんも、何と言ってるかと聞かずに、少し気が滅入った様子であった。

換金の話に火がついて、それは長々ともつれていたが、お前が首を突っ込む理由はないと叔父の方が極めつけたのをきっかけに、千草の母が座布団を壁に投げた。横なぐりに婦人像を払い、鋲から外れた黒衣の顔が何枚か部屋に舞う。

その中に、見るべき老婆の顔があったのではないかと身を乗り出すと、この気配には千草さんも月見穴から目をあげて、わたしの袖を強く引いた。

「飛ばされたあの中にはないよ」

「どこです」

「あの柱の……」

と覗きかけると、母と娘の絆が云々の後に、また「換金」の話が現われた。柱の横の無数の顔を除けて、コオハラの顔をあれと指さすにも手間がかかるところを、「換金」という一語で千草さんは顔を下げた。

「換金て何のことです?」

「そんな風に聞こえた?」

気疲れしたのか壁に寄りかかって、ドンヨリとした目をこちらに向ける。

「なんか、そんな風に」

「ここ、そば臭くない?」

確かに、階下の粉の匂いが、三階には溜っている。

「雨だから、ムサイんですよ」

「じとついて、これ、裏地が絹よ」

と千草さんは、縞の、膝辺りでつぼむスカートを裏返して見せ、膝辺りが一番汗をかくとでもいうのか、二折り三折りとあげて、靴下を穿かぬ腿を見せた。

「暑いですね」

と言ったが暑くはない。冬なのである。

「あきれたでしょ」

「なにが」

「母」

換金を思い出し、叔父さんとの間に金の貸借関係でもあるのかと聞くと、もう、そんな話はやめてくれと耳塞ぎ、そのまま前に崩折れて、聞きたくないと何度も囁きながら、投げ出したわたしの膝の上に上体を乗せた。

わたしの爪先はその体の下になり、彼女の下腹部辺りを触っている。脛は、胸の盛り上がりに接して返そうともしない。膝頭の上に顔があり、斜めにした頬は、その上で何度か振られる。腰の横の畳を両手で付いてふんばり、不自然なこの姿勢を保ちながら、三階にいる二人を思う。電車通りから見上げて、一度上がりたいと思ったその高さの部屋で、女の黒い髪を見ている。

「来なきゃ、よかったね」

と女は言った。それが寝た後の女の科白に聞こえた。

「いいえ、長崎の家に上がったという感じがします」

「東京でなにをしてるの？」

「そうですね」

「調査員？」

そう言って体を膝の上から起こしかけるので、「換金て本当に何なんですか」とむし返すと、「それやめてと言ったでしょ」と崩折れる。「換金」ともう一度言ったらば、膝の下に潜ってしまいそうだ。

その不自然な姿勢をいつまでも保ちながら粉の匂いを払いのけ、女の髪の匂いを嗅ごうとすると、墨で仕上げた婦人像のひしめく絵が蠅のように唸りながら近づいて来た。

「千草さん」

とその髪に手を差し込み、ぐったりしている女をゆさぶると、心もち顔あげてこう言う。

「眠くなってしまった」

手は髪に差し込んだままにした。その手の重さに逆らうように、女は首をゆっくりあげ、とろけた目で、もう少しこのままにしておいてはくれないかと願った。

「風邪ひきますよ」

「ようく聞こえない」

「風邪ひくと言ってるんですよ」

「ああ」

と、束の間のこんな部屋で眠れるわけもないのに体を膝に押し当てた。その体は次第に重くなってくる。南京袋のように弛緩した女の体に心もち膝を立てて見る。爪先も真上に向かって動かすと、腹の肉が左右に揺れた。

髪に差し入れた手をさらに奥へ潜り込ませると毛根に近い辺りの温もりが、息を吐くように指にかかる。全ての部分が女の中央に思われた。仰向いてふん張った姿勢から上体を起こして、ゆっくりと前にのめり、膝に顔を落した女の頭にこちらの顔を寄せてみる。顔を滑らし、女の髪に口つけて、その何本かの髪の毛を唇で払い、歯に当った髪を、前歯で嚙み切るように、カチリと嚙み当てる。引きもせずに、そのまま嚙み当てたままにしていると、二人で下りて来た高台の、新地の雨の匂いが湧いてくる。

手を探り、その滑らかな爪の先を撫でていると、眠っていなかった女は、爪で爪をこすりながら、爪の先でこちらの爪をつまみながら肉からそれを引き剝がそうとした。爪と指の肉の間に爪の先を割り込ませて突きあげると、こらえた拍子に、嚙んでいた何本かの髪を噛みちぎった。

　月見穴の向うは静かになった。口を拭って千草さんの体から足を引き抜くと丸穴の横に立つ。炬燵に向かい合った二人は、紙切れに数字を並べてなにか案じているようだった。

「今のうちに見て」

　と這い上がりながら千草さんは言った。

「どれです」

「柱の右側の上から三番目の……」

と指示された群れの中の顔を探ってみたが、そこに掛かる肖像画は馬面の眼鏡をかけた別人だった。

「あれがそれですか」

　簪さえ付けていないその顔を、伸び上がらせて確かめさせると、いつもはあそこに貼られているのにと首をひねった。それから、壁一杯に貼られた顔の中にコオハラを追ったが、その視線も立ち上がって帰る千草の母にさえぎられた。

　手土産のサラミだけは置いて来て、わたしらは坂の入口に立った。

「騙したわけじゃないのよ」

騙される理由はどこにもなかった。絵は長崎滞在中に、肖像屋に掛け合い、いずれ見せてもらえるだろうと坂を昇りかけると、その坂はもう行けないと千草さんは立ち止まった。「肌」には母親が向かっていると言う。だが製麺屋からここに駆けてくる間、母親の姿は見かけなかった。しかし、「肌」に行く道はこの坂ばかりでなく、電車通りをなだらかに上った所を左に曲がり、そこから降りてゆくことも出来ると言った。だからといって、これからまた製麺屋の三階に戻ることも出来なかった。「肌」に飛び込んだ母親は、千草はどこだと留守番の老婆に聞くだろう。あの剣幕では、話を聞いていた老婆は、肖像屋の所と言ってしまいかねない。

「今夜はどこへ行ったたって落ち着けないわね」

それにしても、母親にそこまで追い回される理由はなにかと聞くと、「不景気だからね」とうそぶいた。坂の昇り口と、思案橋小路の出口を往復しながら、わたしらは肩と肩を寄せ合ったが、傘の下で何のために溜息をもらし合い、どこへ行こうとしているのかさっぱり分らなかった。

「おばあさんの肖像画、できたらどうするつもりだって言ったたっけ?」

「銅座町の店に飾ってもらいます」

「出来んの遅いよ」

それは一週間ぐらいで出来ることもあれば、描き手の気に入らなければ描き直しが何度も続いて三ケ月以上になることもあると言った。そんなに待てはしないし、それだけ待ったらこの町の人間になってしまいそうだ。焦って急《せ》かすと、態《わざ》と描かないでじらすところもあると言うし、すべては肖像屋の御機嫌にかかっている。

「なるべく早く仕上げるように口添えしてあげるけど、もっと早く見たいならば、コオハラのを飾ってあげようか」

それは、コオハラの態度に腹立てた肖像屋がまず許可しないだろうと言うと、そこは自分の信用挽回のためにも、なんとか拝み倒してでもやるようだ。

「できれば、明日、お昼頃には、あんたのおばあさんのモデル一号が銅座町の空気に当ってる」

「無理をしなくてもいいんです」

「出来なくても次の日。それが最終的な約束日」

そう言って傘の中で向かい合い、それまでに何があっても帰らないようにと腕を摑んだ。二日後では頼んだ菊の絵も出来ていなかろうし、恐らく、こんな旅行者に何かが降って湧くとも考えられない。

「それじゃ、あたしはこの辺で」

傘は一つしかないし、行く所があればそこまで送って行くと、とび出して濡れかかった肩に傘を差し出す。

「いいよ、車を見つけるから」

車で行く先を問うと、やはり心配なので「肌」に帰るということだった。タクシーはこの坂を昇り切らないし、思案橋小路を抜けて母親が向かったように電車通りのなだらかな坂を行くらしい。向かって来るヘッドライトを振り返ると、その顔は談判に付きあう母のことを考えて少し元気がなかった。手を上げると、すでに客を乗せているタクシーは、水を切って通り過ぎる。

「あたしね、さっき何を考えていたと思う？」

「分りません」

「行くところもないしさ。あたしね……」

そう言ってから、「あ、ほつれ毛」と傘持つわたしの手の、甲にさしかかった服の袖を摑む。その袖を裏返して、袖のボタンに絡んだ髪の毛を見せる。製麺屋の三階で、彼女の髪に手を差し込んだ時の名残りだ。灰色の袖に、ち切れた髪の毛がまつわって、それが傘を持った手の甲に這っている。傘の中心から漏れ落ちる水滴が手の甲に撥ねて、その度に髪の毛一本が漏れた手の上を移動する。

「そのまま帰ると、なんか、あたしも従《つ》いてくみたいね」

髪の毛に手を回し、くるりと指で巻いてから、中程の長いのを、絹糸を弾くような音立てて切る。

それを今度は濡れないように、胸の真ん中のシャツのボタンに巻きつけ、「これで帰っても換金のことは言わないで」と言う。

ヘッドライトがこちらに向かい、手をあげると今度は停まった。乗り込んだ顔を見ようとすると、打ちつける雨で車内は見えず、髪の毛をかばうわたしを残して、車は去った。これで、彼女が何を考えていたか聞き損なったが、シャツのボタンに巻きついた髪の毛と共に沖津旅館に向かうと、「一緒に泊まろう。一緒に」と言おうとしたようにも思われるのだ。

『わたしは、あなたと寝ようと思って尋ねて来たのではない。わたしは、あなたのお母さんに一万円取られたが、あなたをそれで買ったなんて、さもしい気は持っていないのです』――雨風に胸の所で揺れる髪の毛に、わたしはそう言っている。

旅館に着いて、明りを消した玄関の前を泥棒猫のようにすり抜ける。スリッパを突っかける暇もなかったので、階段を上って部屋に向かうと、廊下にばらまかれたセメントの粉のようなものを踏んづけた。部屋の明りをつけて、衿に綻びのある寝巻を着ると、階段の方から走って来る音がして女主人が戸を開けた。

「お客さん、電話です」

「誰だと言ってました」

「昼間かかってきた人です」

寝ていた所を起こされたのか、リンネルの寝巻の胸元、片手で閉じて、息も荒い。案内するように階段下の電話口へ小走りに降りてゆき、振り返るとほつれ毛が額に蜘蛛のようにからみついている。床に放り出された受話器を取ると、千草さんの荒い息が聞こえる。

「どうしました」

「母ともつれおうて、波風たたんごと話ば、つきゆうで思とったとに、お金んことで、カアッとなって」

もっと落ち着いてとその聞き取れない言葉に耳を押し当てる。

「もう眠っとると思うとったばってん、かけつけてくいた叔ん父さんも逃げてしもうて、あんたしか相談でくっ人はおらんかったとよ」

わたしの諭した声が耳に入っていないようだった。「肌」でなにかがあったことは確かだが、急《せ》いて昂ぶった声なので、聞きもらしているのかもしれない。

「怒っとる？」

と電話の向うが息になる。怒ってもいないし、今はどこにいるのかと聞いてみる。

それさえも耳に入らないのか、千草さんは続ける。

「こげん遅うに、かけたら怒らるっと思うたばってん、まだ十二時にはなっとらんし、そいで、女中さんに頼んで呼び出してもろうたとよ」

あれは女中さんでなく主人です、と答える。

「そいなら、命令すっごたことば言うてしもうたけん、あやまっといてくれんね。今、よかね、話しても?」

ずっと聞いているし、何があったのか話してくれと叫ぶと、「切られた」と言った。

「始めんうちは相手にしゆうでは思わんかったとばってん、あんたんことまで話が行ってしもうて、一万円しか貰うとらんとに、なしてこげん日曜日までサービスせんばとか言うて、そのサービス料ばこいから貰うてくっけん、あんたの泊っとる所ば、言うてみろっと言うもんやけん、関係なかろうもんと言うたら、関係なかもんとなしてこがん夜遅うまで付き合うとか、て言うけん、うちは別の話ばしとったとたい、て言うたよ。そいぎんた、話やろが何やろが、母ちゃんが紹介した客やとやけん拘束した分な金ばもらえって、とにもかくにも一万じゃ足らんぐらいうちば引きとめたとやけん、割増ば貰わんことにはすまん、今、どこに泊っとるとか、ってどまぐれるけん、行ったたっちゃ、貰える筋合じゃなか、大体からそがんことば言いよるけど狙いは、あん人から割増ば貰うとじゃなか、叔ん父さんとけんかしとったことやろうと肝心なことば突いてやったら、おお、そいもああたい。ああばってん、今は日曜までサービスさせらいた男んことが先決たい。そいば片づけんことにゃ、腹の虫のおさまらん。ちゅうて、叔ん父さんに電話ばかけて聞こうとすっけん、叔ん父さんに聞いたっちゃなぁも分らんと思うたばってん、ふうっと、あんたが、ばあちゃんの肖像画ば描いてくれんかと頼んだときに、旅館の住所ば書いたとを思い出してしもうて身内を傷つくよいは、赤の他人ば犠牲にするっちゅうとが人情やけん、つい言うてしもうとじゃなかかと、かきゅうですっ受話器ば取りあげたとよ。そいぎんた、なんや、あがんよそ者ばかぼうたいすっとか、ちゅうてつかんどる受話器ば取り返そうてするけん、もみ合いになってしもうて、カウンターに置いてあったビールびんがひっくり返って割れたとたい。危なかけん、欠けたびん口ばつかんで捨てようとしたぎんた、そいで母ちゃんば刺そうていうとか、て言うけん、そがんつもりはなかって放い投げたら、床ん上に転んどるそいば拾うて刺せ刺せて押しつけるけん、こっちん手もちきっと切れて、娘やろうがっておらんだら、陰でコソコソするごたとは娘でんちゃ何でんちゃなか、そがんして金ばためて、うちが施設んなと入ってボケたらよかろうと思うとるとくさん、てまあだ割れたびんば押しつけてくるけん、施設んごたとこに入れようなんちゃ思うとらん、て返したら、話ばそこで目当てん店の方にまき戻して、この「肌」だっちゃ、誰の金で買うたとか、税務署行って調べたらすぐに分ってしまうこととぞ、今んうち話してしまえちゅうて迫ってくっところ、カウンターで目ばそばだてとったばあちゃんが、奥さんそがんことば調べて何の得のああとですかと、間に入ってきたとを、婆ァは引っ込んどってくれと押し返したら、ばあちゃんの指が、持っとったびんで切れたとたい。そいでうちは……」

「もしもし」

「持っとったびんば取りあげようてしたぎん、先っちょが母ちゃんのアゴばかすめて、なんばすっとか、母親に、ちゅうて……持っとったびんばふりおろしたとよ」

「どこを切られたんですっ」

「うで。ばってん今、靴下でむすんで血ば止めたけん大丈夫たい。ばあちゃんが警察に電話してしもうたけん、店にパトカーの来てしもうたとばってん」

「お母さんは⁉」

「母ちゃんはとっくに逃げたばってん切ったとは、突然店に入ってきたチンピラ、ちゅうことにしたけん、叔ん父さんにもそがんふうに申し合わせしとるけん、もしも、そっちん方にも調べの行ったら、母のことは黙っとってほしか」

「調べはこっちにも来るんですか」

「ばあちゃんが、警察ん人に、店ん来たとは誰かちゅうて聞かれたとき、あんたんことばちょこっと言うたとたい。実際、今夜はあんたしか店に来んかったし、うちの目くばせで、もう一人チンピラのおったて、あわててばあちゃんも嘘ばついてくんしゃったばってん、もしもこのことでそがん調べのそっちに行ったら、チンピラんことは言わんでよかけん、母ちゃんのことは黙っとってほしかとです。たのみます。こがん嘘は迷惑やろばってん、引き受けてもらわれんでしょうか」

それは引き受けるが、傷が気がかりで、電話をかけている場所を尋ねると、銅座町の公衆電話だと言う。そのボックスから動かないように指示して、二階に駈けあがり、ズボンにシャツを引っ掛けると、斜めに吹き込む雨の中を傘をすぼめて電車通りに向かう。銅座町の角からなだらかに下り始めた坂に、淡い白光を灯す電話ボックスが一つあったが、掛けるのを待っていた人にそこを譲って、雨の中に立つ千草さんがいる。肘に当てがったタオルを押さえ、肘上に結んだ黒の靴下の、だらりと下った先端から、染みこんだ雨水が垂れている。駈け寄って傘を差し出すと、見上げもしないで、「やっぱり店に戻らんぎんちゃよかったね」と言った。切り裂かれた縞の背広を片手に垂らし、肘から引きち切ったシャツの破れ目からも水滴はこぼれる。

「医者には？」

血の染むタオルを持ちあげると、裂けた傷にガラスの破片が付着しているようだった。

「痛か」

「警察は病院に連れて行ってくれなかったんですか」

「知り合いの医者がおりますからって」

そんなものは居ないだろう。医者のカルテが警察にも回されて、根ほり葉ほり探られるのを避けているのだ。

「でも、調書を取るって言われたでしょう」

それは一応店で済ましてもらったようだ。勿論、詳細は、明日の朝出頭して述べなければならないが、あまり積極的に架空のチンピラを訴えなかったせいか、隠れた事情があると見た警察も、その事情聴取を次の日の出頭に持ち越した。ただ、傷が後々、こじれたものにならないように、一応の手当てをしておこうと町医者を探し回ったが、遅い時間であったばかりか、この日は日曜日であった。市立病院の、救急患者用の受付に立ったのは、無駄足ふんだ三十分後のことだったが、眠そうな顔をした看護婦が、宿直医を呼び出し、医療器具の置かれたカーテンの向うへ彼女を連れて行った。共に入ろうとすると、「あんたはこっちで待っとって」とカーテンで閉ざされた隣りに押し返された。仕切りのカーテンは足元ばかりが二尺ほど開いていて、そこに寝台の足が見える。彼女が寝かされた時、その足の車が少し動いた。移動用の低い寝台に仰向いているのか、枕に寝かした頭から、巻いていた髪がほどけて、カーテンの下に垂れたのが見える。

「どがんしたとか、こん傷」

と医者が言う。

「雨で滑ってバラ線に突っこんだとです」と千草さんは答えた。

「そのバラ線には、ガラスもついとったとや」

見破るようなことを言ったが、それに答えないでいると、一応、三針ほど縫っておこうかと、器具をがちゃつかせる音がする。

「あと、傷になるでしょうかね」

その千草さんの心配に、「嫁に行くには心配ない」と、そればかりは標準語で笑う。縫い合わせる間は、看護婦と医者の声はなく、ひと針抜く度に「チッチッ」と雀を呼ぶような音《ね》をあげ、カーテンの下から見える髪の毛も上がったり下がったりした。器具を金皿に置く音がして、治療は終り、カーテンを払ってこちらを覗くと、傷が塞がったと同時に訛りも直った。

「すみません。終りです」

受付で書類に名と住所を書いたが出鱈目のものだった。保険証を持ってくれば、余分に取った金は返すと言われて、一万円ほどの金を払ったが、それは棄て銭になるだろう。「分りました。じゃ明日」と答えたが、千草さんは来やしない。

雨に包帯をかばいながら駅に行き、そこからタクシーを見つけると、「どこに行こうか」と振り仰いだが、「沖津旅館」とわたしは言った。わたしの部屋に寝てもらい、わたしはもう一つ部屋を取るつもりだった。旅館に着き、奥さんにそれを頼もうと声をかけたが、二人の靴音を耳にして遠慮するのか、明りをつける気配もなかった。そこから忍び足にするのも妙なので、聞こえよがしにドタドタと階段を上がって部屋へと向かう。一つ布団を前に暫く立ち呆けていたが、出て行った後に折り畳んだのか、寝巻が枕元に置いてある。それを手渡し、部屋を出ようとすると「あんたは？」と千草さんが腕を摑んだ。階段の近くに布団部屋があるので、そちらで寝るからと答えると、「あたしの方でそっちへ行くよ」と先に立とうとする。狭苦しいだけでなく、宿の道具も放り込まれているので、顔の知られた泊り客ならともかく、見たこともない千草さんが、朝にそこから起き出したら旅館の方が驚くと、押し込むように部屋を出た。

戸の隙間から見送っている気配がしたので、廊下の方へ向かったが、そんな部屋はどこにもなかった。布団は各々の部屋の押し入れに押し込まれているだけだ。階段に近い部屋を一つ選んで、壁に塡ったスイッチを入れると、隅に座布団が山積みになっている。それを崩して寝床に並べ、シャツのまま横になる。掛けるものがないと震えてくるので胸から腹へ何枚かの座布団を載せてみる。息をすると重ねた座布団も離れて、割れたところを冷気が抜ける。忍び足で廊下を伝ってきた千草さんが、戸から首を突き出し、「そんなんじゃ、風邪引いちゃうよ。向うで一緒に寝てもいいんだよ」と言うのだが、わたしはすでに一緒に寝ている気になっていた。

シャツのボタンに絡んだ髪の毛が、何本かの軽さなのに、胸が苦しくなるほどに重く感じていた。

「そんな寝方されたんじゃ、こっちの方が眠れないよ」

そう言って戸を閉めて去ったが、間もなく向うの部屋から廊下にかけてなにかを引き摺る音がしたかと思うと、足で戸を蹴開けて、布団を運び入れた。座布団に敷布団を並べて、一組しかない掛け布団を渡したが、横になると朝まで持たないほどに寒さがこたえ、目が冴えた。

電気はなぜ消さなかったのだろう。天井をにらんで、湿った重い布団に耐えながら、腕は痛むかと聞いた。

「それほどでも」

電話で話していた「肌」という店に触れ、あれはあなたのものなのかと念押すと「うん」と頷いてから、「あ、違う」と言う。突っ込んで聞くと、今夜は忘れたい母親のことを思い出させてしまうので、また天井を見ていると掛け布団からはみ出た片肘が痺れてくる。千草さんの包帯をした腕も向うにとび出て、なかなか寝つかれないのか、その手先を宙にあげ、指で何かの字を描いている。

「何を描いたんです?」

「うん。さっき、向うの部屋で机に載ってた薬の字」

意味もなく、その六神丸を宙に描く。それから、寒さに耐えきれなくなって布団を払い、「なにか、掛けるもの、もっと他にないのかねえ」とわたしを跨ぎ、押し入れを引き開け、「あっ」と言った。

振り返ると、押し入れから転がり出る布団の代りに、工事用のシートが帆のように脹らんで、はためきながら引き戻され、宙に躍った。そのシートが風に引き戻されている間に覗くと、押し入れの敷居から、ポッカリ開いた空洞が、真下の瓦礫を積んだ階下へと通じているのが見える。ここは水に侵蝕された旅館の中央ではなかったが、隠された階下のどこかが二階へ吹き抜け、こうして押し入れの襖一枚で隔てられているのだろう。

「寒かはずよ」

と敷居から二人で覗き込むと、黴臭い風が頬を撫であげる。ボタンに絡まる千草さんの髪も、ねずみの尻っ尾みたいにシャツの上で跳ね回った。

それから、布団と座布団を担いで、また元の部屋に移らなければならなかったが、枕代りの座布団を取りに行ったきり千草さんは戻らなかった。何をしているのかと戸を開けると、敷居から下を覗き込みながら、こう呟いていた。

「住んどるもんの気の知れん」

その背中に声かけて二人は部屋に戻ったのだが、布団にすべり込んでから、いつ眠りに囚われたのか憶えていない。座布団に寝るわたしの横で、体を起こしながら、敷布団の背中に当るところがどうも寝にくいと、何度もそれを叩いていた。体をこちらへ傾かせながら続ける行為が、まさぐるように下に動いてゆくと、髪が胸を掃くように動く。眠れとあやすように、髪が胸を撫であげる。それはいつまでも続いた。だが、いつまでも見ていたのは夢だった。いつか眠ったその中で、シャツのボタンに絡んだ髪の毛が、次第に脹れあがっていったのだ。

起きると寝ていたのはわたしだけだった。昨夜は一人で寝たかのように、座布団もなく、薄っぺらな敷布団の上に仰向けになっていた。彼女が着ていた寝巻も、女主人が畳んでくれたそのままの位置に置かれている。階下に行き、玄関を掃いている女主人に誰か早朝に帰ったかと聞くと、そんな人は誰も見ないと首振った。二階に行き、一度は寝かけたあの部屋の戸を開ける。押し入れの襖には何かがこすりつけられる音がするが、崩されたはずの隅の座布団は山積みになっている。部屋に戻って、女主人が持ってきた遅めの朝食に箸をつけるが、寝過ぎた口は痺れたようだ。傍らで覗き込む女主人に、昨夜、もう一人泊ったので、その分も払うと言うと、気付かなかったと答える。それから、昨日、電話をかけて来た女性の件で警察から連絡が入ってないかと尋ねると、そんな気配はひとつもなく「気をつけて下さいよ。女の人には」と言った。

恐らく、千草さんは出頭しているのだろう。この調子では、約束の肖像屋に、コオハラの顔が掛かることもないと、昼過ぎまで部屋に転がっていたが、こちらからもう一度、製麵屋の三階に訪ねて行こうかと思い立った。あの事件では、六神丸の前の肖像屋も今日は休むに違いない。とすれば、引き籠っているはずの肖像屋の家にこちらから出向き、コオハラの顔を漁ればいいのだ。

旅館を出ると長崎の町は晴れていた。

電車通りを下ると、思案橋小路の並びに、隣りの軒より高い、丸窓のある果物屋が見える。その裏にある同じ高さの部屋が、千草の叔父の仕事場だ。思案橋小路の交叉点を渡って路地に走り込み、昨夜と変わって製麵機械の唸るその家に入ると、職人が「何です」と振り返った。肖像屋の仕事場に行くのだと答えると、すでに銅座町で店を開いてると言う。意外な様子は呑み込めなかったが、千草の叔父に会うしかないと、銅座町の店へと遡る。

意外な様子はさらに続いて、六神丸に向き合うその店で、千草は、「ベタ塗り」と称する叔父の手伝いをしていた。叔父が描いた顔の下、どれもこれも同じような婦人の胸衿を墨でベタベタと塗る仕事である。鉢巻をした叔父の横で、筆を取る包帯の腕は痛々しかったが、晴れた陽射しの反射でか、巻きあげた髪の下に、うっすらとかいた額の汗は爽やかだった。

「千草さん」

「あっ、来たの」

と筆を止め、仕事中の叔父を小突く。難しそうな仕事で、台の上にのめり込んでいた叔父の方も、眼鏡をずりあげ、「昨夜は、御面倒かけたようで」とバツが悪そうに会釈する。

「今、製麺場の方に行ったんですが」

「どうして？」

こちらの思惑は誤魔化して、とりあえず、コオハラの顔見たさに立ち寄ったと伝えると、千草も今朝は叔父の所へ駈けつけ、何度もコオハラの顔絵を探したが見つからなかったと言った。気に入ってる物なので、失くすわけもないのだが、一週間ほど前、壁に貼ってあったのが風で飛び、その時は後で貼ろうと拾って机の上に載せておいたのが、つい忘れ、何日か経って思い出した時にはどこに行ったか分らなくなっていたらしい。

「それでも昼まで探したのよ」

それで警察には行かなかったようである。

「あんまり見つからないので、ムシャクシャして来て、見つけるより、思い出さして描かした方が早いと思って——」

そこで叔父をまた小突く。叔父が難しそうな顔をしている理由はそこにあった。壁に貼ったあれだけの顔の中から、いくら気に入っていたとはいえ、その一点を複写するのは可能なのか。

「甘いこと言っちゃ駄目よ。失くしたのはこの人なんだから」

そこで叔父は無言のまま、一心の筆を動かし続けたが、千草さんにけしかけられて、ただ、それらしき姿を取って見せているだけだった。その証拠に、髪に飾った簪を添えるのを忘れている。顔も長くなったり、二重の瞼のはずが一重になっている。そのことをいちいち文句をつけられ、すくむように脂汗をかいているが、千草さんがあきらめてくれるのを待っているのだ。

「駄目だ、こりゃ」

と、それでも出来上がった一枚を放り出して千草さんは言った。「ベタ塗り」の筆もあっさり投げて、怨めしそうな顔をする叔父の横をすり抜け、わたしの手を引いて「行こう」と言う。さじを投げられた叔父の方も、勝手にしろと棚に置いてある『黄夫人の手』を取り、その続きを読み始めた。

ぐいと引く千草さんの手に「どこに行くのか」とわたしは言った。千草はニヤリと笑い、本物を見た方が早いと答える。今日は月曜日。時間も各々の自由の時間で、この月曜はコオハラに会う日でもあったのだ。

新地の方へ向かい、暗渠のかかる銅座川の上を渡り、尼本六神丸の持つ施設へ近づく。

新地の中華料理街を抜け、梅香崎町に差しかかると、棕櫚に囲まれた保育所風の三棟がコの字に並んでいる。三棟は少年棟と成年棟、そして老人棟に分れて、施設と呼んではいるが、精神薄弱云々という看板が、モルタルの壁横に填め込まれていた。

三棟の中では小規模な造りの老人棟に入ると、割烹着をひっかけた若い女に「今の時間なら会えるかね」と千草さんは言った。コオハラなら朝からおめかしして待っていたと笑いながら、女は、この時間から早くも夕飯の仕度に取りかかるのか、料理場の方へ駈け出して行った。テレビの音と咳払いの声がする憩いの間が、磨り硝子の向うにあったが、そこは素通りして廊下を渡り、宿直室のドアを開けると、食べ残しのカップラーメンと散乱した書類に、起きたまま片付けなかった布団などが乱れていた。忙しいといつもこうだと、布団は畳んで隅に押しつけ、書類を束ねながらブラインドを開けると、西の方へ行った陽射しが棕櫚の枝々を透かして、部屋に斑らな光を投げ込んだ。館内電話を掴んで、「あたしが来たとコオハラに伝えて」と言うと、受話器を耳に押し当てたまま嬉しそうにわたしに目をしばたたかせる。それは他人だと分っているのに、浮かれたその顔が何のせいか、わたしには分らない。電話の向うに呼び出した者が出ると、「あたし」と声を弾ませて「こっち来る?」と言う。

電話を置いて、わたしのことは一つも話してないから、ただ、傍観者として見ればいいと念押した。それにしても、コオハラには二人がどう見えるのか、勘のいい女だから、ちょいとした仕種ですべて見破られる、そこが楽しみだと千草さんは言うのだが、それでは、どちらが鑑定しに来たのか分らないではないか。煙草を一本吸い終る頃、ドアをノックする音がして「誰?」と振り返ったが、坐り直して「来た来た」と千草さんは言った。

ドアのノブを回して、後退りながらドンと突いたか、開かれたドアから随分と離れて、廊下の中程に、紺の着物を引き摺って立った女が、いかつい目で部屋を見回した。

「コオハラさん」

とわたしに紹介したが、すぐには目をあげずに、掻きあげた髪に止めた鼈甲の簪を落ちないように深く差し入れ、二、三歩部屋に入って来ると、「もうあたし、あきらめたよ、ここ出るの」と低い声を出し、食べ残しのカップラーメンを蹴とばしそうにしながら、奥へと歩き、棕櫚の木が揺れる窓縁りで振り向き、その縁りに腰を押しつけ、わたしを見た。

上背の高さと、二重に細い鼻、そして尖った顎などは祖母と同型ではあるが、物腰に走っている気性の棘々しさは別人だった。祖母は人を見る時、ゆったりと諦観のこもった眼差しを持っていた。

「どお?」

コオハラを前にしながら千草さんは、暗号のように目くばせして、似ているか似ていないかの合図を待っている。

「何がどおなの？」

と、コオハラはわたしの前に近づいて、ボタンのシャツに巻きついていた千草の髪の毛をつまんでほどき、まだ絡みついているかと思うとそれを引きちぎってこう言った。

「今日は、のろけに来たの、あんたの良い人」

千草さんは、顔を少し赤らめて、コオハラのために連れて来たと答えた。

「あたしのために？」

と胸から離れ、のけぞりながら、あたしのためかとわたしに尋ねる。頷くと、思い出すような仕種をして「ちょっと待って、あたしの方から言い当てるから」と額に手の甲を押しつけ、もしかしたら静岡の人かと言う。違うと返すと、沼津か浜松かと、ただ北上した地名をあげつらうばかりで、「東京よ」と千草さんがヒントを与える。

そこで似てない老婆をこれ以上からかうことになるので、もうやめようと千草さんを振り返ると、やめずに何とかしてほしいとコオハラが近づき、引きちぎった髪の毛を、またシャツのボタンにくくり付けるのだ。

「祖母の名は菊です」

と諭すように呟く。

「それになります」

と老婆は言った。

「でも祖母は」

死んだと言いかけると、自分ではまずいか、そう名乗って家に帰るわけではなく、ただ、ここから出るために、その名を貸してほしいとらちもないことを言い続ける。正式の書類を整える時、またそうしなければ、ここから出すことは出来ないのだが、その時、きっとそうしたでっちあげは見破られるとかじりつけばつくほど、水を差すようなことを言うと、コオハラはまた窓縁りに行って腰を押しつけるのだ。

「二人を繋ぐ肝心なことがあればねえ」

コオハラは、そう言って、焦った心を冷ますかのように、棕櫚の木のそよぐのに目を移す。

「引き受け人をギャフンと言わすようなことがあればねえ」

涼しい目でイカツい一言を付け足すと、コオハラは話を変え、千草の包帯はどうしたのかと聞く。縫った時と同じ返事をしながら、千草さんはわたしの目を覗いたので、同意してくれと言うのかと思ったが、そんなことのために覗き込んだのではなかった。祖母の菊とは違うと、あまりにも早く出過ぎた回答の後の、困った間合いを埋められないで助けを求めたのだ。

部屋の電話が鳴る。

そのベルが三度鳴るまで取らなかったのは何故だろう。

受話器を耳に押し当てて、千草さんは軽く受け応えしていたが、次第に顔色が変わってきた。それを切ると、コオハラの相手をもう少し続けて待っているように言い、事務所の方へ走って行った。コオハラは窓側から、何故、千草が自分の所へ連れて来たのか尋ねたが、わたしは事務所へ駈けていった千草さんが気になって、ただ、ボンヤリと、祖母に似た顔の輪郭をたどっているだけだった。

千草さんへの電話は、今朝、出頭しなかった警察からの電話ではなかったろうか。取り乱した姿を思うと悪い方へと思いがゆくばかりだ。

事務所から宿直室へ帰って来た姿は、どこかションボリとして、警察からの電話ではないかと聞くと、「うん」と頷く。

架空のチンピラが居たと、わたしも嘘の証言をすると伝えると、気落ちの理由はそこになく、窓縁りのコオハラの前に坐り込む。

「おばあちゃん」

コオハラは風に吹かれた髪を、簪でまとめながら、千草さんを見下ろす。

「あれ、あたしにくれたんだよねえっ」

「何のこと?」

「あの株券だよ」

「あんなもんのこと?」

「母ちゃんが来たら、あれ、あたしが取ったんじゃなくて、くれたんだって言ってくれるね!」

概ねのことが分って、千草を見下ろしていたコオハラは、ふいと棕櫚の木の方に目を移して、それにには答えない。

「おばあちゃん、肌という店は、それで買ったと言ってくれるよね!」

「おまえが……」

とコオハラは言いかけて、口をつぐむ。

「何よ、おばあちゃん」

「好きなように使ったんだから、それでいいじゃないか」

区切りながら言った一言に、代りに何も償わないという棘が見える。

「好きなようにって、肌のことだって何だって納得してくれたじゃない」

「それじゃ、なんだって、あたしをこんな所にずっと待たすんだよっ」

コオハラは耐えていたものを一気に噴き出すように叫ぶと、着物の胸に片手を差し入れ、乳の下の汗を拭った。引きだした手を着物の腹にこすりつけ、千草のやることはいつも空振りで、頼んだことの間持たせに、こんな知らない男を連れて来て、ヌカ喜びさせているだけだと罵る。しかし、コオハラは肝心なことを思い出さないではないか。自分に出来ることは、老いた女をこうして見に来てくれる男がいれば、たとえ血の繋がりがなくても、なにか開けるメドが見つかると思って連れてくることだと千草さんは言う。知らない男がどんなメドを持って来てくれるのかとコオハラは畳み込んだが、そんな夜叉のように取り乱した態度を取れば、誰だって愛想をつかすと言う千草さんの言葉に、急に衿を正して、わたしの方をボンヤリ見た。だが、その静かな顔も、こちらからの視線に合うと、急にこわれて、「こいつは、あたしが嫌いだ。ひどく嫌う目をした」と、窓から千草さんの方へ逃げるような物腰になった。

「わたしは、あなたを嫌っていません」

と口をはさむと、

「好きでもないだろ」

と口を突き出す。

「なにかあれば好きになるかもしれない」

と答えると、千草、あの男のなにかとは何だと、包帯の腕を摑むので、「イタイ」と千草さんは叫ぶ。

その痛がるのにも耳を貸さずに、腕を引き、千草、警察が来るまでに何とかしろ、あの男の言うなにかを見つけろと、頼むのか脅すのか分らないことをわめく。

手をこまねきながらこちらを見上げる千草さんの目を、なにかを探しあぐねて吐息まじりに見返すと、「あっ、なにか合図をしやがった」と逆に取る。シャツに付いていた千草の髪の毛も、自分を騙すなにかの合図なのだろうと力みながら畳に坐り込む。

そこへ電話が鳴って、警察が来たことを知らせて来た。それ見ろ、ここに入ってくるまでになにかを見つけられなければ、株券のことなど喋りはしない。自分は頭のおかしな婆ァで通すと息まきながら、坐ったところでわたしを見上げる。拝むように「おばあちゃん」と千草さんは言ったが、そちらの方には耳は貸さずに、わたしを見上げたまま、考えてみればおかしなものだ、関わりもないのに、こいつは何のために自分と会っているとコオハラは言う。廊下を歩いてくる何人かの足音がする。棕櫚の葉が騒いで、風が部屋に入ってくる。

ドアが開いた時、コオハラは急にわたしにしがみついて「肉親だと言って」と目をあげた。千草の髪の毛がまつわりついているボタンの上に、自分の髪をち切って絡ませ、「今はそれしかないだろう」と、わたしに言うのか、絡む髪に言うのか分らない。それから入って来たコート姿の男たちに、

「株券ばやったとはうちたい」

と大きな声をあげた。

初めて聞いたコオハラの訛りに振り返りながら、千草さんはなにげなく包帯の上を撫でた。

別れた理由

サントノーレの薄暗い店内にその人形を見た時、彼は僕の袖をつまんで雨あがりの舗道の先へ「行こうよ、そんなもんに関わらないで」と歩きだしたのだが、強引に、彼の肩に吊り下げられたポラロイド・カメラをひったくって、ウィンドウ越しに何枚かのシャッターを切った。四月の空は雲が垂れ込め、狭い裏通りもほの暗く、ましてぶ厚いウィンドウのガラスを透して、その人形をカメラに収めることは難しかった。ガラスの照り返しと、人形の鼻先がポラロイド写真に浮びあがりはしたけれど、肩から吊り下がった六枚の仮面や、今、被っている仮面を外そうか外すまいかとためらっている華奢な指先などは、写真の中の暗がりに消えたままだった。

訪ねる客がいなければ、店内の照明は消す習わしになっているのか、ウィンドウに鼻を押しつけて覗き込むと、腰までもある台座の上に立ったアレッキイノ風な人形は、他にも何体か、暗がりの中で身をひそめているように見えた。

これは店内に入って、明りをつけてもらって撮るしかないと、隣りの店のドアを開けて、新聞を読んでいる主人に「向うの人形が見たい」と言ったのだ。棚に居並ぶ人形たちの、その顔に一番似合う夕暮れ程の光量を肩に照り返させながら、主人は面倒臭そうに、隣りの店の鍵を取り出した。明りをつけた店とそれを消した店は同じ主人のものだった。見せはするが、それは売り物ではなく自分の宝だと言いながら、内側から掛けられた錠を外して、黴の匂う隣りの店へと踏み込んだ。

アレッキイノ風な人形は三体あった。袖の摩り切れた黒い繻子の服を着て毬を突く男と、兵隊の人形を操る糸を持った男と、僕らがウィンドウ越しに覗いたものである。三体は皆、台座の上に立ったものだが、ウィンドウから目をつけたもの以外は、薄笑いのとんがり鼻で、しかも素面であった。それに比べて、ウィンドウにしゃしゃり出た目当ての人形は、なんてことない薄茶色の衣裳をまとい、鼻の丸いやや赤ら顔だが、目には、細かい二重の瞼が刻まれ、丹念にも睫毛が施され、眼球はやや引っ込みながらも黒みを帯びていた。

この眼球は仮面の下のものである。目の辺りばかりが、仮面の下の素面に押しつけられながら、少し苦しくなったのか、あごの辺りに手をかけて、今、その仮面を外そうとしている。あごの隙間は指先が入る程だが、耳の横から頰の辺りは蟻が這い出るぐらいの間合いであった。風態は、何世紀か前の芸人だが、大きさは、小学生位のものである。台座と軸足は繋がっているが、踵に螺子《ねじ》が付いている。その螺子を回して離すと、台座の中の歯車がゆっくり回って、今被っている仮面を剝ぎ、向うの肩に吊ってある別の仮面をつかんで別の顔になると主人は言った。

仮面を被りなおして別の顔になるのを見るよりも、赤ら顔の今の仮面を外した素面の方が見たくて、踵の螺子に手をかけると、古いから動かさないでくれと主人は言う。もしも回したらば、ガラガラと崩れかねないらしいのだ。

主人が向うに去ってから、赤ら顔の仮面を撫でると木彫りの顔だった。あごにかかった手先から手首を撫で回し、こちらの力で手首を引くと、歯車のひと咬み分、仮面はあごに密着したが、台座の中でビシッと音して、手首も仮面も元に戻った。

仮面と素面の間の隙間に指を潜り込ませようとすると、そういう執着に耐えられないのか、彼はその場を離れて、棚に並んだ少女の人形のところへ行き、金髪のかつらを取ると、人形の頭蓋を撫で回し、後頭部に開いた穴の縁を指先でまさぐった。

「欠けてない。ちゃんとしている」

と彼は僕の方に振り返って言った。

人形師の彼に言わせれば、これらの人形の価値は、頬のふくらみと指先と、後頭部の穴の開き方で決まると言うのだ。その点検で、これらの物が何年前に流行った造りで、誰の発案であるか言い当てられる。だが、アレッキイノ風な人形に対しては、気味悪いと言うばかりで、僕の執着も見て見ぬ振りをするのだった。その人形の仮面の横に顔を押しつけ、ポラロイド写真を撮ってくれと頼んだ時も、正面と左右を三枚撮ってから、後は自分でやれとカメラを預けて、向うの人形の頭蓋を調べにしゃがみ込んで振り返らなかった。

もしも関心を持ってくれたら、さらに何枚かを撮ることもできただろうが、店外から撮ったものを入れて五枚、坐った彼の頭を見下ろしながら、内ポケットに差し込んだ。

外にはいつか雪も降り出し、奇妙な人形の写真を撮っただけで、僕らは外へ飛び出した。滞在の一週間は、こうして雪が降ったり止んだりで、たまに薄陽の射した一日だけは蚤の市に出かけて、古い人形を漁ったが、引き出しから取り出された人形は皆、手の届かぬ高価な品物ばかりで、買いもしないのに、またしても金髪のかつらを取り除けて後頭部を撫で回す彼を、僕はあくびを殺しながら見守っているだけだった。

ある日、ホテルの熱めの暖房で、背広の内ポケットに入れてあった五枚の写真が、反り返っているのに気がついた。それを、雪まじりの突風が吹きつける窓辺に並べて、階下へ預け物を取りに降りてから戻ってみると、窓辺の写真が失くなっていた。

間もなく、ベッドの置かれた壁の向うで、微かに隣室のシャワーの音が響いてきたので、外出から彼が帰って来たことが分ったが、ドアを叩いて、僕の部屋に入り、写真をどこかに隠したかと聞く気はなかった。

吊した背広をまさぐると、写真は反ったままで、内ポケットに収められている。

その夜は、移動した写真のことを聞く暇もない程に、酒を飲む彼は、ふさぎ込んでいた。

昼間の外出が無駄足だったのか、奇妙な名を何度も吐き棄てるように呟いた。名ばかりか、顔つきも猛禽類そっくりだと、コクソフスキーめ、ココッとどもっては、薄めもしない酒を名前ごと呑み込んだ。

その名は、人形師の彼をこの都に呼んだフランス人女性だった。東京の小さな画廊で、人形展を開いていた彼のところに、ひょっこり現われたその黒衣の女性は、ただ、やたらに絶讃して、ぜひとも巴里で発表するようにと勧め、もしも、渡仏した折りには、ここを訪ねるようにと名刺を置いて行ったのだ。こういう話には有頂天で喜ぶわけにゆかないと重々知りながら、僕と同行したこの折りに、一応その女性に連絡を取ってみた。三ケ月しか経っていないのに、彼の名もうろ憶えで、会ってみると、人形の運搬費も、巴里での場所の確保も皆、自前でやれということだった。その女性の役割はただ、宣伝の口利きのみである。案の定と思いながらも、いくらか浮れ気分であった時のことを思い出すのか、それが酒を苦いものにするのだ。恐らく、そんな気分で帰って来たところに、反り返った写真の中のペテン師の人形を見たのだろう。坊主憎けりゃ、袈裟まで憎いじゃないだろうが、まずい時に、人形の写真が彼の視界に入ったのだ。

そんな夜から、シモンは大喰いになった。

シモンとは、同行した彼の名である。気が抜けて幽霊のように巴里を彷徨うのでもない。ホテルの下の朝食を喰わせる店で、朝飯を五杯食べ、昼は繁華街で貝を乗せたヌードルを二杯平らげ、夜は肉を頰ばり、それ以外にも、酒のつまみで買って来たカキを洗面台に積んで指を切りながら蓋をこじあけた。

初めて巴里へ来たのが八年前で、その時はエッフェル塔の下を駈けだしながら泣いたという。不思議な人形を作るハンス・ベルメールにいかれていて、かつて住んでいたその家の扉の前に立ったり、日没の中に沈むその家を、何時間も見上げていたりしたという。

ハンス・ベルメールがいなかったらば、それから何度も巴里へ来なかったとも思っている。ハンス・ベルメールが、生き返って彼の手を強く握ったわけではない。ハンス・ベルメールが生きていた時の気配を嗅ごうとしているだけである。一度、ハンス・ベルメールの画集と彼の作った人形の写真を見せてもらったことがあるが、シモンがいかれてしまう程には理解することができなかった。

その男の作った人形は解体されている。人体を解体して、螺旋状に再び複合した姿が彼の作品である。

顔の表情は、死んですべてをまかせた無表情に等しく、肛門を中心にして、手足と胴体がよじれながら、寝転がったまま、いかにも肉体とは迷宮そのままであるといった姿をとらせている。

それが愛くるしいポーズだとシモンは言うが、僕には、駄々をこねて寝っ転がる小さなスフィンクスに思えるだけだった。それを言うと、その喩えは、訳知り顔の言い方で、おまえは、その人形の隅々に至る面白さが分っていないと怒られた。

人形のことに関しては、彼の方がプロであるので、そう言われては言い返すこともなく、隅々の魅力を勉強しようと目を凝らすのみである。

そんなシモンが、僕の興味を持ったアレッキイノ風な人形に無関心ならば、やはり、そういうものに目を凝らすのは、子供っぽい浅知恵なのかと思わざるをえないところもあるのだ。確かに機械仕掛けで仮面を取り替えるだけが取り柄の、そんな子供だましは、巴里に二度しか来ていない僕の稚ない欲目で、もっと見るべきものは他にもあるのだろう。

「恐いものなんかいらない。かわいいもの。人形はかわいいものでいい」とシモンは僕に言った。かわいいものと漁ってみせる人形は、確かに、額も頰もツルツルしていて、唇も半ば開き、小さな歯も真珠のようだが、それが棚に幾体も揃っていると、気味悪く、ひとつもかわいいとは思えないと答えると、少し恐いけど、馬鹿々々しくないだろうとシモンは言った。

つまり、僕の目をつけたアレッキイノ風な人形は馬鹿々々しいのであった。そればかりでもなく、幾らか嫌味なところもあるかもしれない。仮面と素面の間の隙間などは、どう見ても、生《なま》の人間臭いところがあって、その辺の凝り具合が嫌味を与える。それは理科室に飾られてある人体模型の、淋しい嫌らしさに似ている。

皮膚の下を見せる必要はないのかもしれない。仮面という皮膚と素面の間をちらつかせることは、人形師にとって邪道であるのだ。ハンス・ベルメールの人形にしても、皮膚の往き着くところは肛門だが、皮膚をめくる必要はどこにもない。そういうことは外科医に任しておけばいいのであって、人形にまつわる者は、表面をひたすらに遠征していればいいのかもしれない。

こうして考えてみれば、窓辺に置いた人形の写真を、勝手に僕の内ポケットに蔵ったのも当然に思える。

かくなる文学的な興味は、お前の内懐に忍ばせておけとシモンは思っているのだ。しかし、大喰いになったシモンは、今回はハンス・ベルメール詣ではしなかった。朝鮮料理屋で間違ってとった、黒鯛の刺身を一人で平らげ、コクソフスキーの名をまた言った。コクソフスキー如きに一杯喰わなかったらば、ハンス・ベルメールの館に静々とお参りするところであるが、此の度は、どうにも恥かしくて、そちらの方に足が向かないという。腐っても鯛、死んでも鯛のハンス・ベルメールには、やはり、晴れがましい気持で、此の度、あなた様の生きておられた巴里で、展覧会を催すことになったと報告したいらしいのだ。大喰いは、どうやら、まかり間違って立て込んだかもしれないスケジュールの穴埋めのようである。

食べ過ぎて、シャツの上から脹らんだ腹を撫でる時、そのほっそりとした上体に似合わない腹部の辺りばかりが、ハンス・ベルメールの人形に見えてきた。ややもすれば、ハンス・ベルメール風なタッチのシモン人形のようにも見える。そして、人形師のつくる人形とは、そうして異形として変る彼自身の自画像なのかもしれないと思うのだった。それに比べて螺子仕掛けのアレッキイノ風な人形には脹よかな部分と言えるものは何もなかった。

衣服をはげば、台座の歯車と繋がった錆びた心棒があるのだろうが、その人形の身上は顔のみだった。それも仮面を取り替えるばかりで、空気に晒すべき素面は、黴くさい陰に隠れたままだ。それは銀行員のような顔をしているのかもしれない。それとも、外そうとした赤ら顔の仮面に瓜二つかもしれない。

鯛を食べた次の日は、ミシュレ通りの地中海料理店で、ライスの上に海産物を盛り合わせた料理を注文した。客を呼び込むために、店頭で火を使い、金串に海老や貝柱を刺して、匂いが路地にたちこめる程あぶりあげるのだが、そのコックの早業とこんがり焼けた海老の尻っ尾の魅力に誘われ、とうとう店に飛び込んでしまったのだ。テーブルに坐っていると、コックが外で焼いたものを、給仕が慌ててカウンターの奥へ持って行き、それをライスや野菜などと取り合わせて、先客のテーブルへと運んでゆく。そして、昼下りに飛び込んだ僕らがこの昼食時には最後の客であったのか、火を使うコック自らが、湯気のたつ金串を握って店内に戻ると、カウンターに甲高い声をあげてライスを取り寄せ、僕らのテーブルにやって来た。一メートル程もある金串の根から海老と貝柱を崩さず抜いて、さあ喰えと愛想笑いの顔を近づける。鼻の下の髭先は、コークスの火の粉で焼けて反り返り、頰は上気している。フランス語で何かを言ったが、それが熱いうちに早く喰えと言っているのかと思い何度も頷き返すと、あいている横のテーブルに金串持ったまま、背中から寝て、薄目を開けてこちらを見詰めるのだった。

奇妙なコックだと思ったが、精一杯の愛敬かと、こちらもニコニコしながら、貝柱を口に頰ばると水っぽかった。味わうこちらの表情を見詰める寝たきりのコックに気を遣い、それを無理に呑み込むと、金串でそこらの椅子叩き、「良かった、良かった」と言っているようだ。

そのうちに、客がもう一組入って来たと告げに来ると、よし、張り切っていこうとでも言っているようなフランス語で飛び起きて、店頭に走って行った。騒々しい店だねと、シモンは言いながら、水っぽい貝柱に塩をふりかけていた。生《なま》としか思えない貝柱の真ん中は皿の隅に押しやって、パサパサの米ばかり頬ばると、シモンは、アレッキイノとは何かと言った。

アレッキイノとは、今のコックのような人だと僕は答えた。噂に聞いたピッコロ座のアレッキイノ芝居は、すばしっこい悪戯者が主役で、これが辺りを笑いで蹴とばし、それでいて、観る者を、不快にさせない奇妙に活力の満ちた気にさせるものだと、幾らかでも、サントノーレの店内に見た人形に興味ひかせるように話を続けた。

例えば、キートンという無口なコメディアンは、拳闘のリングの綱と本気で喧嘩を始める芸で有名だが、ここにもアレッキイノの片鱗をうかがうことができるが、こういう可笑しさは、無意味の度が過ぎて美しくさえ思わせる。そう思えば、今のコックがテーブルに寝転がったのも、品が悪いことは確かだが、朝から働き続けで疲れたんだと思えば、なにか可笑しくて大目に見てあげたくなるだろうと僕は言う。店がもっと忙しくなり、一串焼くごとに寝てしまったらば、店は首かもしれないが、ちょっと悲しくもある。

さらに店が立て込み、盛り合わせた料理の上に倒れてしまったらば、大事《おおごと》かもしれないと、喜劇のこまねずみは、妄想の中でフル回転していったが、「じゃ、動いていなければならないんだな」とシモンは話を止めた。

「止まったアレッキイノはアレッキイノじゃない」と答えると、コックが新しい客を連れて入って来たので、僕らは皿の隅に押しやった貝柱を呑み込んだ。その時、止まりっぱなしのサントノーレのアレッキイノ人形が、胃袋に向かってゆっくりと降下してゆくような気になったのは僕だけではなかったろう。

その料理屋を出てから、僕らは、いつの間にかサントノーレの裏道を歩いていた。明日にここを立ち去らなければならない感傷が、気がかりの場へと足を運ばせたのだろう。様々な人形屋から蚤の市まで物色してみたものの、やはりあの店の物が一番気になると彼は言ったが、それがどの人形のことを言っているのかは分らなかった。仮面の人形を除いては皆同じものに思えると言うと、枯れ葉模様の服を着て唇の開き方が飛び抜けて繊細な一体だと説明したが、唇のことを言われても、開いた口と閉じたものしか思いつかない。

人形を作るたびに、ガラスの目玉を買いに横浜や関西に出かける彼だから、僕には感知できない物指しがあるのだろうが、店に近い路地を曲った拍子に、足が速くなった。嫌でも目に入る、仮面の人形の下を素通りすると、店内に入り込み、いつもながら錠を掛けてある戸を主人に外させ、目当ての一体を探し始めた。立たせると人の腰まであるものから、膝程の小振りのものまで、三段の棚に腰かけているが、そこに照明を灯すと、一斉に甘美な色合いの髪が空気を吸って賑やかに息づいた。そればかりか、眠りから起こされた少女達のトロンとした目を迎えると銀蠅が唸るような音が棚の辺りからこちらの方に響いてくる。幻聴は、賑やかな女学生が呼び起こすのだ。女学校の校庭から響いてくる嬌声に、塀の下で立ち止まり、あの声の主の一人に、いつか出会い、共に暮らすこともあるのかと思うと膝が震えた日のあったことを思い出す。生徒が帰った無人の校庭に耳をそばだてると、その嬌声はまだ耳の奥で響き続けた。それを思い出そうとすると、嬌声は銀蠅の唸る声と一緒になった。無理なこの反芻が、僕の脳のどこかを破壊して腐らせ、そこに銀蠅が群がっているのだろう。駅前の女学生を前にする時、僕の脳は生きながら腐り、銀蠅の音がする。その幻聴が、人形の群れを前にした時、また現われた。

そして、その群れの中に潜り込んでゆく彼を見た時、それは僕の面前の光景とは見えず、僕の頭蓋の中に踏み込んだ奇妙な男に映って、一歩、後退ったりしているのだ。後ろ姿になった彼には、この大袈裟な分裂病者の、芝居がかった愚態は見破れなかったが、仮面に手をかけた例のアレッキイノには見られてしまった。

生きていた細胞が分裂する時に群がる蠅が、あでやかな人形の上にも群がって見えるこの錯乱は、すぐにかき消えるわけでなく、その羽音とともに、冷たい肌ざわりの人形の顔を僕は眺め回している。

「こんなところに放りだしてある」と彼の声が遠くで響いて、棚の隅にしゃがみ込んだ彼が抱き起こす人形の栗色の髪が肩越しに見えてくる。

そこに一歩近づくと、蠅の羽音が遠去かり黴臭い店内の冷気が首筋を通り過ぎたが、ちょいと顔をあげて棚を見上げると、やんわりとしたスカートの中から、黄金色の嬌声が悪ふざけと一緒にドッと飛び出してくるような気になった。

「この間は棚の真ん中にあったのに……」とシモンの声が聞こえる。

その声を聞きながら、棚の上の一番大きな金髪人形が瞼を開き、「そうなのよ、その娘、ここで非道い目に遭ったのよ」と言ったらばさぞかし面白かろうと思っていると、嬌声の中から確かにそんな声が聞こえてきた。シモンは胸に抱いた人形のかつらをゆっくりと外していた。背を向けながら、なにかを調べているようだったが、しゃがんだ彼の手から床に栗色の房髪が落ちると、人形たちの幻聴もピタリと止んだ。砂場で貧血を起こした生徒に気付き、校庭中の生徒が一斉にそちらを振り返ったようだった。

彼の背後に走り寄り、かつらを取ったその頭を見ると、後頭部の穴がひび割れていた。

「無造作に扱われたんだね」

横向きの顔は、床の一点を呆けた目で見ていたが、唇は心もち開き、頭の後ろから入ってくる空気を少しずつ溜めながら、吐いているように見えた。耳の辺りまで続くひび割れが、頬の脹らみに痛々しい印象を与えている。だが、毀れかけた人形は、何年か前に彼が作った人形の顔とどこか似ていた。

その人形は、林檎箱の中に埋め込まれていた。籾殻の中に額まで埋まり、首から下の赤い襦袢には、籾が振りまかれ、首を抱き起こすと、重い頭の凹んだところに周りに積まれた籾がサラサラとこぼれ落ちた。

姉の面影として、台所の隅に置くには荷が重く、それは名付けようもない奇妙な人形だったが、林檎箱の蓋を引っぱがすと覗く唇の赤さと、なにか言いかけてやめた物思いの顔は、今、サントノーレの店内で抱いている人形の顔と同じ表情に見える。しかも、林檎箱の人形にはかつらがなかった。

その林檎箱の中の人形を見せられた時、額と鼻筋の高さが同じなので、これは僕らの近隣の面構えと思えないと腐すと、この顔を見よと自分の鼻筋をさすっていた。確かに、浅草オペラの踊り子とヴァイオリン弾きの間に生まれた彼の顔立ちは、エキゾチックではあった。長身のヴァイオリン弾きだった父は、彼の少年時代に失踪したが、彼自身、フランス人だと思っていたことがあるらしく、僕と付き合ってからも、毛唐の血を継いでいるとほのめかしていた。が、それも二年程前に、彼の母親と会い、フランス人ではなく、北海道の産で、アイヌ系の血かロシアの血が混じっていることがバレてしまった。それならば、額と鼻の付け根が同位であってもおかしくはないはずだが、フランス風な音色で聞こえていた父君のヴァイオリンは、急に糸がプツンと切れた。

彼の母から聞いたそれらのことはまだ彼には話してはいない。恐らく、これからも話さないだろう。

ついでに思いだしたが、彼の母に言わせれば彼の人形作りは、中学時代に留守番をさせた時、室内に干してあった母の毛糸の下着をほどいて、それを人形にしたことから始まるらしい。女性を敬遠する彼の人形作りが、母の下着から始まったとは奇妙なもんだが、これもまだ話していない。

――そして胸に抱いたひび割れの人形を見ていると、その横顔が、今、林檎箱の籾の中から取りだした娘と同じものに見えてくるのだ。幾体も作った人形の中で、一番忘れられないその娘は、今どうしているかと聞いた時、作品展が終った運搬の途中で紛失したと彼は言った。

人形に保険をかけているわけでもなく、町の小さな運送屋に頼んだだけなので、責任者と荷積みの若者が来て平謝りに謝ったが、太っ腹で済ますこともできず、荷積みの若者に半月、人形作りを手伝わすことにした。彼に言わせれば、よれよれの制服を着た若者をとっちめるのは、あまりにも不憫に思えたらしいのだが、実際は、その男が気に入ったようなのだ。だが、その荷積みの若者も一週間、手伝いに来たものの姿をくらました。

こうして籾殻の中から誕生した人形の思い出は苦々しい。その籾殻の中に人形も、人形を落した男も立ち消えたように思えてならない。

そのことを彼に今、言っていいものかどうかためらわれる。言ってしまえば、それも巴里の籾殻の中に消えてゆきそうなのだ。主人に安く叩いて引き取ったらどんなもんだろうとしか言えはしない。

彼も僕の言葉に「ウン」と頷き、破損しているものだから安く買いたいと掛け合うと、主人は、「ノン」と言った。そればかりか、今朝調べた時には毀れていなかったと彼の抱いた人形に顔を近づけ、どこかにぶつけたのはお前たちではないかと喰ってかかった。

こうして、ひび割れた人形は棚の隅に戻さなければならなかったが、そこを立ち去りかけた時、アレッキイノの台座が、前よりも棚に近づいているのに気がついた。踵にはまった螺子に触ると、油をさした跡があり、指先に、錆びた鉄屑の混じった油が染みついた。

「行こう」とシモンは僕の袖を掴んだが、幾らか身軽になったようなアレッキイノの姿と仮面を見上げて歩き出したので、なにかに躓き、もう少しで、棚の人形の中に倒れ込みそうになった。辛うじて踏み止まると、出て行けと言わんばかりに照明を消された薄暗がりに、ワンと響きだした銀蠅の唸りも、純白のスカートも遠くへ去った。

ただ、アレッキイノの体の周囲ばかりが、鼻をつく油の匂いで包まれていた。彼が店のドアを開けた時、新聞を読もうと眼鏡をかけた主人に「あの人形を動かしましたね。あの人形に油をさしたでしょ。あの人形はどう動くのか」と言葉が唇に詰まったが、通じるはずもない日本語だった。油をさされたアレッキイノが、所狭しとばかりに店内を暴れ回っている姿を夢想したのだ。ホテルに戻って帰り仕度をしていると、洗ったはずの指先から油の匂いが鼻をつき、トランクに放り込む下着にさえ、その匂いが移り始めた。

トランクを開けたまま、部屋を飛び出すと、雪の降りだした町でタクシー拾い、サントノーレの方角に車を走らせた。動かすと分解しかねないと言っていたものを、螺子に油をさしたのは、やはり、買い手が付いてあの仮面の人形を動かして見せるためなのだ。サントノーレに近くなると、四月なのに雪はさらに激しくなり、町は買物客でごった返していた。車を停めて路地を走って行くと、いつもは電気を消している人形店のウィンドウに、天井からの淡いスポットライトを浴びたアレッキイノが立っている。店に主人の姿はなくて、ただ、新聞だけが丸椅子の上に広げてある。

店に入るのは遠慮して、ウィンドウの雪を払って人形を見上げると、その顔は赤ら顔のピエロでなく、目の吊り上がった東洋人の仮面になっていた。しかも、台座に立つ向きは中途半端な斜め向きで、螺子の付いた軸足はそのまま固定してあるが、もう一本の足は膝を上げて爪先を斜め前方に突き出している。

その人形はすでに動いた後だった。

螺子の一ひねりで、台座の軸足を中心にぐるりと回る。その時、片足で毬を蹴上げるように空を切る。その爪先が円周を描く辺りにちょうど棚があり、そこに少女の群れが控えていた。こうして、棚の隅に坐るあの人形が横倒しになったのだ。それは僕らが坐らせた位置から引っくり返って、別の人形の足元でかつらを外しかけ、目を見開いている。

「こういうことだったんだ、シモン」

と僕は叫んだ。

伸び上がってアレッキイノの仮面を見ると、目は吊り上がってはいるが、黄色い皮膚の端正な青年の顔だった。アレッキイノが活躍した十九世紀後半に、こうした東洋人の仮面は何の役を演じたのかと覗き込むと、少し笑っているようにも見え、それはちょいと狡そうな東洋の手品師に思えなくもない。内ポケットからポラロイド写真を取り出すと、左肩に吊られた帯に、確かに、その東洋人の仮面がぶら下がって見える。その位置に、今では赤ら顔の仮面が納まっているのだ。ただ、こうした仮面のすり替えは、螺子仕掛けの人形が左肩に手を伸ばしてやるのではなく、それを動かせる者が、お好みの仮面を摑んで、あごに差しのべられた人形の手にはめ込むようである。

台座の上で、人形はぐるりと回り、手にさし込まれた仮面を前に倒して、元に体が回りおさまった時、それを素面に戻すようになっている。素面の見られるのは、回転している一瞬であるようだった。螺子と仕掛けに油がまだゆき渡らないのか、一度回ったその人形は、台座からずれていて、片足も納まらず、もどした東洋人の仮面も指があごに入る程浮いている。

その素面を覗き込もうとすると、横なぐりの雪がウィンドウに降りかかり、客を送って行ったらしい主人が大きな蝙蝠傘に身をちぢこませて近づいて来た。

そこを離れてもう一度振り返ると、主人が電気を消したのか、雪ばかり舞うウィンドウの向うに、アレッキイノの人形も、床に転がる人形もかき消えてゆくようだった。

その雪が、白い籾殻にも見えるのだ。

こうして巴里を去ったが、僕のポケットにはサントノーレの人形店の写真が映しだされている。

東京に帰ってから、その写真は引き出しに放り込んだままだった。そして、一ケ月も経たない或る日に、日赤病院から電話がかかってきた。

電話は、巴里で彼が何を喰ったかという質問だった。彼が日赤に入ったということは昼間、彼の弟から電話があったが、大袈裟な血液検査ぐらいのものだろうと思っていたのだ。電話の医師に、食中毒でも起こしたのかと聞くと、肝膿瘍という返事であった。救急車で担ぎ込まれたのは昨夜で、抗生物質を注入しても一向に熱が引かない様子は悪質な肝膿瘍であり、検査結果を見ると、日本では珍しいアメーバ状肝膿瘍の疑いが強いという。

断層写真も三十枚撮ってみると、肝臓の八割に、侵食された影が出た。ただの肝膿瘍ならばこういう症例はないことはないが、もしもアメーバ状のものであった場合は、これだけ大きいものは日赤でも初めてで、慎重に取りかからなければならないために、彼が巴里に滞在中、どこで何を喰ったかを調べているのだ。大喰いのメニューを思い出せるだけ並べると、「それだったらありえますね」と医師は言うのだが、彼ばかりか僕も箸をつけていたので、こちらもそれに罹らないのが妙である。だいたいからして、アメーバ状肝膿瘍と巴里とどういう関係があるのかと聞くと、この病状が発するのは主に東南アジアであり、次に巴里で、ここ何年か東南アジアに行ったこともない彼が、やはり、その病気を背負い込んで来たのが巴里と判断するのが適当であると答える。

いずれ、腹部に針を刺し、膿は排出しなければならないが、その時出てきた膿がチヨコレート色であればアメーバ状肝膿瘍で、黄色いものであったらばただの肝膿瘍と決まるらしい。医師は、そのチョコレート色が表われたならば、巴里ですとも付け加えた。ハンス・ベルメール風な腹から巴里が出るのかと僕は思った。それにしても、巴里から帰って来てまだ二十日間を少し過ぎただけである。そんな短期間に肝臓の八割が腐るようなことが起こりうるのかと語気を強めると、巴里で拾ったアメーバが喰い込んだのではなく、かねてからあった腸疾患の菌とアメーバが融合したためで、それが短期間にこれほどの猛威をふるったのだと電話を切った。

地中海料理店で呑み込んだ生焼けの貝柱が、消化したはずの腹の中で、まだどこかを浮遊しているような気がする。パサパサのライスに、余分な注文の黒鯛が跳ね回る、喰い物が一斉にテーブルに盛り揃えられ、それが、雪のパラつく窓の下でほのかな湯気をたてて見える。そのうち室内の暖房が強くなり、ポラロイドの写真が反り返ったように、刺し身も、海老も貝柱もよれよれになってくる。ただ、テーブルに寝転がったコックが大串の金具を椅子に打ちつける音ばかりが、肝臓を侵食する時計の針のように耳の中で響くのだ。

翌日、昼過ぎの面会時間を見計らい、日赤病院910号室を訪ねると、面会謝絶の個室に、人形師は、ぶどう糖の針を腕にさし込んだまま仰向いていた。

「おい、非道い目に遭ったな」

とかがみ込むと、「参ったよ」と引っ込んだ目に涙を溜めた。

「好きだったパリで、何でこんな目に遭わなければならないんだ」

そう言って、床に落ちかけた毛布をかけ直すと「巴里のせいかい？」と首曲げる。

アメーバ状の原因理由はまだ彼には伝えられていなかったのだ。三十枚の断層写真も見ていないだろう。巴里から帰った早々にと、誤魔化したが、窓外の、五月の空に浮く赤錆びた鉄筋を見ながら、「やはり、あそこで何か喰ったためだね」と呟いた。今朝も医師に、ここ一ケ月食べたものをたずねられたので、遠回しながらも、巴里でのことを調べているのだなあと感づいてはいた。しかし、暴食の気はあったけれども、酒の量はこちらにいる時と同じぐらいで、腹の具合が変だと思う自覚はなにもなかったのだ。

「だとしたら何だろう」

とクリーム色に塗られた病室の壁を見る。それは僕らが泊っていたホテルの壁と同じ色である。

「今朝からずっと僕もそのことを考えているんだけれども、思うことはみな反医学的なことばかりで――」

と言葉を切り、巴里はもう雪が止んで毎日晴れているのかと振り返る。

「五月だもの」

と僕は答えた。が、彼がわだかまっているものは季節の変化ではなく、雪の中に消えていったサントノーレの店内であるように見える。重態の体が、なんの因果律もなく、暗澹たる記憶の方に引きずり込まれて、まさに反医学的な妄想に浸っているのだ。

恐らく、ぼんやりと天井を見詰めているよりも、こうした時間の追い方だけが、間を埋めるのに適しているのか、話はそこに触れてきた。

「あの写真、まだ持ってるの？」

と言ったのは彼である。巴里ではあれ程に興奮したものの、撮った人形の写真は、こちらに帰ってから引き出しに放り込んだままになっていると答えると、帰り仕度をした夕方、一人でまた出かけて行ったのは、サントノーレの人形店に行ったのではないかとこちらを向いた。

「どうして分った？」

「だって、帰って来てから、その話はプッツリとなかったじゃないか」

「そうだったかな」

「なぜ行ったの？」

ひび割れた人形が気になってと返したが、油の注がれたアレッキイノのことには触れなかった。なぜか、『こういう仕掛けだったんだ、シモン』と店の外で叫んだことは、面と向かった彼には伝えられない。

「奇妙な人形のことなら分るけれども、僕の気に入った人形にそれだけ執心するのは変じゃないかい？」

いや、僕は、かつらを外したひび割れの横顔を見てから、その人形が、昔彼の作った林檎箱の中の人形と重なり、口には出せない程魅かれていたよと答えると、「そう言えば……」と彼もそのことに今、気づいたように目を細めた。

「人形師にもそういうことがあるのかい」

「そういうことって？」

「昔、作った人形の顔立ちを忘れてしまうなんて」

「髪の色のせいだろう」

そう言ってから、さて、立ち戻った人形店で林檎箱の中の娘と相似形の娘はどうしていたかと、静脈に射し込んだ針の管を揺らせながら身を起こしてくる。

「そのままだったよ」と辛うじて嘘を通すと、枕を背中に押し当てた上体から布団を捲って、部屋が今日は暖かいから、背広を脱いだらどうかと彼は言う。たしかに陽がベッドの足まで射していて、鼻の頭には汗をかいている。でも脱ぐには及ばないと答えると、早すぎる夏用の背広の胸を指さし、そこに脹らんでいるものは何かと言った。服の上から、指さされた物を押し返すと、それはたわんでまた戻る。薄い布地を撥ね返し、突き出た稜線は引っ込まない。

「ポラロイド写真だろ？」

「うん」

と僕は隠そうとした手を離す。異国の暖房で、反り返ってから、それは、そのままの癖をつけている。

「なんで、そんなものを持って来たの」

「君に……」

「サントノーレの人形店で撮ったものだろ?」

僕は今日、この部屋を訪ねるに当って、引き出しからそれを取り出し、こうして内ポケットに潜ませて来たのだ。

「そんなもの、撮らなきゃよかったと思っているんだよ」

「君が嫌っているのは分ってるよ」

「それじゃ、どうしてそんなもの持参したんだい」

「焼こうと思って」

「なにを」

「この写真、君の目の前で焼こうと思って持って来たんだ」

「何故」

「君が苦しんでいるから」

「そのことで苦しんでるのか?」

彼の病気は肝臓である。肉体的疾患が、写真一枚の焼却で軽くなるわけもないことは分っているが、巴里での原因と経過がさっぱり分らない以上、僕のやることは、こんな呪《まじな》いじみたことしか思いつかなかった。

彼は腹を押さえて笑うのをこらえた。

「たしかに僕の趣味じゃないけれど焼くほどのことはないよ」

彼の反医学的な妄想は、想像した通りにサントノーレの人形店から始まるようだったが、感傷的な僕の着想に、気が楽になったようにも見える。

「僕がわだかまっている理由は本当のことを言うと僕にもよく分らないんだ」

「そんなことを言ったら、焼くにも焼けないじゃないか」

「だから、もう一度見て確かめようと思う」

差し出した手のひらに、反り返った写真を五枚のせてみる。店内で撮った三枚が手の中で選ばれて、何度も引っくり返していたが、覗き込む僕に、「ここに見たような顔がある」と指さした。

「見たような顔って?」

「この人形の左肩に吊ったお面」

それは、ちょうど、カメラの方を向いた東洋人の面だった。

「どこで見た?」

「あっ」

と人形師は、写真を毛布に置いて、クリーム色の天井の中に、その面が息づく生身の影を追いかける。

「彼だ」

「誰」

「前に君に話したことがあるだろう」

「誰なの」

「僕のところに一週間手伝いに来た運送屋」

それは林檎箱の人形を落した男である。そうなると、サントノーレの人形店に彼の周辺のなにもかもが出揃ったことになる。毛布の上から写真を摑み、その東洋人の面を調べると、薄笑いの手品師風な顔は、アレッキイノの顔に引っついてサントノーレの店に立つ姿が浮び上がる。しかし、林檎箱を落され、一週間で逃げられた口惜しさが、強引に似通わせているのかもしれない。

少し熱が出てきたようだ。

抗生物質を打たれて吹き出た赤い斑紋が、首の周りで広がった。額の汗を拭ってやると、トロリとした目が天井の端々を追い、「おい」と僕の袖をつかむ。

「なに」

「恐くないぞ」

その腕を毛布に押し込み、人形の話を切り上げるつもりで、冷たい物でも飲むかと聞くと、毛布の匂いが油臭くなったと言う。それに触った僕の指先に油の匂いなどあるわけがないのだが、蛇口をひねって石鹼で手を洗うと、写真が床に転がっている。それを拾うと、反り返った端が、また床を磨いた油の匂いを付着させている。

「あの人形はどうしただろうね」

と首の斑紋を搔きながら、彼は言う。蚤の市辺りに安く売りとばされただろうひび割れの人形を思う。

「あいつのアパートで今も暮らしているんだろうか」

妄想は、サントノーレの人形店のことではなく、失った林檎箱の人形を追っていた。

「落したやつかい？」

「落すもんか、預けてあるよ」

「だれに」

「あの運送屋」

「落したから、主人と一緒に謝りに来たんじゃないのか」

「でも、一週間手伝った最後の日に、本当は盗んだと告白したよ」

こうして記憶が修正されたが、それを預けたままにしてある理由は分らない。なぜ、すぐに取り返さなかったと聞くと、その青年が気に入っていたからだと答えた。写真の面をしみじみ見ると、彼が狂うタイプの顔だ。薄笑いと黄色すぎる肌を取り除くと、今まで惚れた男の系列に属すのかもしれない。ただ、彼の惚れるタイプの男を僕はあまり好きではない。こういう関係の強弱はよく分らないが、一緒に暮らし始めると、必ず、男は無口になり、最後には行方をくらます。誘ったのはシモンであっても、結局は隠微なやり口でだまされたのは人形師のように思えてならないのだ。

「そう言えば、留守中に手紙が来てたな……」と山積みにされた郵便物を指さし、その運送屋の名のものを探してくれと言う。

宛名は、彼の勤める人形学校になっている。一通を摑むと、それは結婚式の通知であった。

「結婚するのか」

と金縁の招待状を撫で回している彼を見てにわかに不安になって来た。

「人形はどうするんだろう」

「奥さんによるけどね」

「捨てられたら⁉」

奥さんを捨てても人形は捨てない男だと人形師は答えた。人形師だからこそ、そう言えるのだと、毛布の胸にのしかかり、林檎箱の中に埋まったあの女の良さが、そこらの女どもに分るわけがないと言った。

「捨てるかな」

「もう捨ててしまったかもしれないよ」

「信じてるよ」

「バカ」

彼も不安になってきて、捨てないまでも送り返してくると辛うじて望みを繋いでいる。

「では」

と僕は一つの案を出す。もしも、運送屋の彼が奥さんと暮らしても、林檎箱の人形を手離さないつもりならば、取り返す必要はなく、手離すどころか、ガラクタ同然に放置してあったらば持って来る。それを決めるためには訪問しなければならないだろうが、そこで一つはっきりさせておきたいことがある。それは、人形を引き取る時に、いさかいが起きた場合、どれ程、彼を毒づいてやっていいかだ。

今ではなんの未練もない男なら、非道いことを口にするかもしれないし、憎からず思っているところがあって、これからどこかで再会したいなどという気があるなら、言葉も少し和らげようと言った。首の斑紋を掻きながら思案していたが、答えは、「なるべく喧嘩をしないで」ということだった。

こちらの首も痒くなってきて、「では」と、写真をポケットに収めると、教えられた住所をたどって、僕は、林檎箱の人形の安否を探りに出かけるのだった。

その道が、サントノーレの人形店に向かうようにも思える。

雪はない五月だ。時刻は昼下りなので、教えられたアパートにはいないかもしれない。以前の運送屋を辞めて今はどこで働いているのか分らないために、訪ねる場所はやはり赤羽のアパートを目指すしかなかった。式の前で、いろいろな準備のために在宅しているかもしれないし、もしも不在ならば、鍵穴から林檎箱を覗き、確認するだけでもいいのだ。

駅前の飲み屋街を抜けると、大きなキャバレーの駐車場に出た。バラ線で囲われた駐車場の横道を曲がると聖月荘というモルタルのアパートがあった。

半《はん》ちゃんと呼ぶ男はこのアパートの六号室に住んでいる。半ちゃんは半田を略したものだが、二階の部屋の前に立つと、半田鈴郎の名札が一枚下がっている。ノックすることもなく、部屋のドアは半開きになっていて、覗き込むと確かに引越しの仕度をしていたのか布団袋や、段ボールの山である。ただ、半田氏の姿はなく、つけっ放しのガスにやかんがのって、湯が沸いている。廊下の突き当りの便所にでも行ったのか、入室して、ガスを止めることもできずに立ちあぐねている。が、便所から出て来る気配もなく、湯は吹きこぼれて、ガスの火を消してしまったので、部屋に飛び込み、ガス栓をひねった。靴を穿いてもう一度、部屋の外に出ると、林檎箱を確かめなかったのが悔まれる。段ボールの山の向うに木箱らしいものをちらっと見たような気がしたが、微かな物音に飛び出て来たのだ。

階段の下を見下ろし、半田の帰る気配がないのを確かめると、もう一度、室内に潜り込み、段ボールの山をかき分ける。古釘の錆びが木蓋に染んだ林檎箱がそこにある。だが梱包されてテープを張られた段ボール等に比べて、蓋の外れかけたまま置いてある林檎箱は奇妙に思えた。

引越しの仕度はすべて整い、後は車が来るのを待ってるだけの様子なのに、その箱だけにはなんの手も付けていないのだ。

「だれ⁉」

と、入口に紙袋を持った男の影が立つ。午後四時のまだ高い陽射しが、男の後ろの欄干に反射して、それが、目くらましになったのか、顔がよく確かめられない。ただ、風が室内に送り込まれると、立った男の手の辺りから油くさい匂いが漂ってくる。

紙袋を持った手も、空の手も、機械油に汚れている。

「どなたなんですか」

「四谷の使いで来たんです」

こちらを確認する束の間、踏みつぶしたズックの中の、強そうな踵を見る。その上の黒ズボンに、紙袋の中のネギ、それから薄茶のカーディガンと見上げてゆくと、やはり人形師の惚れそうなスラリとした姿で、顔は扁平ではあるが、目鼻立ちは小作りで初々しい。殊に笑いもしないのに見える小さなえくぼは男にしては珍しいものだ。ただ、目ばかりが、「彼だ」と写真を見た時叫んだように、面の目と似ている。そして、林檎箱にしゃがんだ腰を伸ばして、彼に近づくと、下から見たよりもずっと低く見えた。ズボンも細くあつらえさせて、プロポーションは高く見せているものの、傍に寄ると、痩せ過ぎている。

「お湯、沸騰していましたよ」

「あっ、買い物の帰りに、自転車のチェーンが外れてしまったので」

半田は、そう言って台所のガス栓を確かめると、油だらけの手を雑巾にこすりつけた。

「勝手に入るつもりはなかったんだけど」

「いいえ、四谷先生のお使いでしたら構わないんです」

「結婚なさるんですってね」

「ええ。先生の所にも通知は出しておきました。それで先生の御様子は？」

巴里で罹ったアメーバ状のことには触れず、ただの肝炎だと伝えると、それならば一度、式が済んでから、夫婦で挨拶にゆくと言う。

「結婚されるのはどういう方かと話してたんですよ」

「そうですか」

「どういう方です」

と、女房の品定めというよりも、そのことが林檎箱の保管に関わるので、質問するこちらの目はいくらかいかつくなっていたかもしれない。


「オハラさんのような人ですよ」

「オハラさんとは誰です」

「あなたの書かれたK・オハラです」

それは、「佐川君」に遣わした幻想の登場人物である。

「あれはいないんです」

「それじゃ、四谷先生と巴里へ行かれたのは何のためです?」

巴里行きは、人形師の弟に電話をした時に聞いたようである。それにしても、四月の旅は、K・オハラを妄想するために出かけたわけではない。人形師の背に隠れて、ふと訪ねてみたかったのだ。

「サントノーレの人形店にも行かれたでしょ」

「どうして、その店を?」

「四谷先生は必ず行きます。『機械仕掛けの神』という先生の本にもその店の光景は書かれています」

振り返ってみると、人形師との旅の記憶はその人形店のことしかなかったようにも思える。そうすると僕はパリへ行ったのではなく、その本の人形店のことが書かれたページに飛び込んだだけである。

「そこにも、K・オハラはいなかったんですか」

それに答えるつもりもなく、蒸れた台所に向き合っていると「でしょうね」と溜息ついて、自分の結婚する相手も、K・オハラと似ていると言ったものの、金にうるさいところを除いて、まるで似もしない怪物だとこぼすのだ。

「あなたの奥さんの悪口など聞きたくありません」

「でもあなたはもう薄々感づいているんでしょ。妻と暮らすために、あの人形と別れなければならないってことは」

「なんとか説得できないんですか」

奥さんには、ガラスケースに入ったフランス人形や博多人形となんら変らないものだと、始めは説明したが、部屋に泊ってゆくようになった或る朝、勝手に開けた林檎箱の中から、籾殻に埋まった女を見てから、やはり、彼を見る目もよそよそしくなったようだ。二人で銭湯に出かける時も、去り際にちらりと林檎箱を見たりすると、「誰に目くばせしているのっ」と袖を引っぱられたことも何度かあった。また、その時の彼は、奥さんを見るよりも、悩ましい視線を林檎箱の彼方に送ったようだ。そんな時、奥さんになる人の母親が上京した。ホテルに泊るのも高くつくので、彼女は狭いながらも、彼のことをよく思ってもらいたいために、このアパートに泊らせようとした。そこで部屋を片づけ、三つの布団が敷けるようにいろいろと工夫した。が、普通の林檎箱の二倍はある例の物は、どう押し寄せても邪魔だった。彼には断りもなく、彼女はそれを廊下の隅に運んだが、帰ってきた彼はそれを見て逆上した。季節は冬で、しかも林檎箱の置かれた場所は便所脇である。

こんないさかいのために、上京した女の親は高くつくホテルに泊らなければならなかった。そして、林檎箱は居住権を辛うじて保てたのだ。ただ、この結着は必ずしも男の勝利ではなかった。こんなことがあってから、女が入る時は必ず、箱に毛布を被せる条件を付けられた。そして、結婚して新規にアパートへ移る時は、それを処理することも申し渡された。

「おかしな話です。女房か人形か選ばなければならないなんて」

部屋を見れば、どちらを取ったか歴然としている。

「僕も昨日まで迷いましたが夜に不思議な夢を見たんです」

その夢はこうである。眠っている枕元に、林檎箱の中から抜け出した人形が、籾殻を襦袢にまとわせながら坐っていた。人形は泣きじゃくりながら、これ以上のいさかいはやめてくれと彼に訴える。華奢な手の関節を折り曲げながら、額を押さえているので、どうしたのかと彼が覗き込むと、萵たけた額の肌が青黒くなっていて、微かにひびまで出来ている。そんな傷はなかっただろうと、冷たい腕を摑んでさらに覗き込むと、「不美人になったでしょ」と人形は肩を震わせて籾殻を落す。「誰にやられた」と詰め寄ると「言えない」と下を向き、「妻か」と言うと「あたしが言ったと言わないで」と、棒が倒れるように彼の胸に傾いた。

夢からさめて、林檎箱の蓋を開け、籾殻を取り除きながら、人形の首を抱き起こすと、その額にはなんの傷も見当らなかった。

そこで、彼は、人形が生身じみた復讐をしていると考えた。夢の中で、あらぬことを彼にたきつけ、妻といさかいを起こすように煽っていると。そして、この夢はこれからずっと続くだろうとも予感した。それから、ゆっくりと拳を振りあげた。その額に一撃を加えれば夢と同じものになる。

それは夢で嫉妬する人形を打ちのめすというよりも、人形と別れないための手段のように思えた。拳の一撃で、額に傷をつくった人形を見下ろす時、それはすべて夢と重なり、彼は「そうか、そうか」と人形を抱きすくめるだろう。それをしてしまえば夢の続きが現実の中に起こる。そうして夕方まで人形を抱き続けていれば、いつか妻となる女が部屋に入って来て、なにをしているのかと聞くだろう。その時、彼は人形を抱き起こし、お前と暮らせばこうなりかねない。お前はいつかこうするだろうと人形の傷を見せてやる。

それは妻となる女への決別になる。

そして、女は部屋を出て行き、この部屋は相も変らぬ人形と彼の二人暮らしとなるのだ。

「何度となく、蓋を開けて、それをやろうとしましたが、やはり出来ませんでした」

「そんなことされちゃ、敵いません」

「そうでしょう？　それは先生からお目こぼしで盗った人形を破壊することになるんですから」

「そうなることが心配でした」

「ですから決めたんです、あれとはもう別れようと。僕はもう人形を避けて歩き、女とどこかで暮らすだけです」

陽が翳り、台所の周辺が暗くなってきた。段ボールの山も、林檎箱のささくれも、どこか重苦しく見えるのだ。

「あなたにこうして来ていただいてよかったと思います。弟さんか誰かが、きっと来てくれると思ってましたから」

置いてゆくことになった林檎箱を上目づかいで見てから、人形と別れるのも潮時かもしれないと付け加える。学校を出てから何年も、思えば、生活の影絵ばかり見て暮らした自分が、いつか、こうして、その陰の部分から離れて、生活の表の方へ這い出てゆかなければならないとは思っていたと言う。その生活の表の舞台に立ちはだかったのが、妻として迎える女であり、この部屋の外の世界であるとも言った。先程は、K・オハラとは似つかない怪物だと女を腐したが、それはこの部屋に侵入した生身の女に驚いた形容でもあり、時間の経過で、怪物はこよなく温かい伴侶となるだろうと彼は思っている。

陽はさらに翳って、妙な雲が出てきたのが、台所の窓から見える。

「でも」と半田は、まだ拭き取れていない指の油垢を、雑巾にすりつけて少うし笑った。

「もしかして僕が、人形と暮らし続けるために、あの人形を打ちのめしていたらどうなりますか」

「それをしなかったんだから、もういいじゃないですか」

「いや、やったかもしれない。実際にのしかかったし、それで、やったらどうします?」

「やれませんよ」

「なぜ」

「それはあなたの持ち物じゃないんですから」

「じゃ、誰のです」

「四谷のでしょう」

「先生は僕にくれると言ったんですよ」

「預けていると言ってましたよ」

「くれたんですっ。それで、やったらどうします？」

「どうして、そうしつこく言うんです」

「あなたの視線だっ」

と彼は台所の床に膝を立てる。

「なぜ、そんな目で僕を見んですっ。僕の顔がおかしいですか。僕は半田です。僕は半田鈴郎です。とるに足りない運送屋なんです」

「分っています」

「分っていませんっ。僕を何だと思ってんですか。僕はすべて話しました。それなのに正座して面と向かって何て顔をしてんです。そして、まだ何を言わしたいんです」

「そんな風に見えんですか」

「見えますともっ。だから僕の方から言いだしたんです。人形を撲ったらどうなるかと」

「人形とあなたは暮らすでしょう」

「暮らさせたいんですかっ」

「それは僕は関知しません」

「いいや、関知している。あなたは僕を誰かと間違えながら関知している」

「誰かとは誰ですか」

「佐川君」だと半田は叫んだ。

この黄色い皮膚も、薄っ毛も、身形も、細作りも、純粋さも「佐川君」だと立ち上がった。湿気を帯びた風が台所の窓から入ってくる。半田は何度も「佐川君」の名をわめきながら、人形と暮らすために人形を壊した「佐川君」と、顔を重ねているのは僕だと言う。

僕は、重ねた顔は「佐川君」ではなく、アレッキイノの人形の肩に下がった東洋人の面だと告白せざるをえなかった。

半田は、腹を抱えて笑い転げながら、黄色い面をつけたアレッキイノは「佐川君」ではないかと畳を叩く。

「その人形店で、その螺子仕掛けを見た時、あなたは気がついたはずです。『佐川君』の喩えを見てしまったと。でも、あなたは、もう『佐川君』の幻影から離れて羽を伸ばそうとしていた。四谷先生が『関わらないでゆこう』と言ったのはそのためでしょう。しかし、あなたは先生が怪奇嫌いのせいだと思ってあえてそれに執着した。執着しながらも、それが『佐川君』の喩えであることに触れないように。その喩えを一番知っていたのはあなたじゃなく、先生です。喩えを喰ったのは先生なんです。あなたが喰うべきだったものを先生が喰いました。つまり、肝臓をやられるべき者はあなただったのに、先生が代りに壊した。そして、あなたは今どうしてるかと言えば、この部屋に上がり込み、その喩えを僕に応用しているんですっ」

半田の舌は螺子が切れたように、そこで止まった。アパートの前に車が停止する音がして、何人かの人が、車の荷台から何かを下ろす気配が聞こえる。アパートの、鉄の階段を昇ってくる靴音もして半田は言う。

「引っ越しの車が来ました」

それから、林檎箱の蓋をずらして覗き込もうとしたが、それもやめて蓋を元に戻すのだった。

ドアをノックする音がして、そちらに駈け寄りながら振り向くと、もう一度、顔を見て、サントノーレの店の面と似ているかどうか確かめてくれと言う。

少うし似ているが、えくぼなど面にはないし、そのうちにまるで似なくなるだろうと僕は答えた。

引っ越しは三十分程で片づき、部屋には林檎箱が一つ残っただけになった。

蓋を開けると、いなくなった主の居所を聞かれるような気がして、箱の前に坐ったままだったが、風が吹き込み、台所に放りだされた雑巾から油臭い匂いが漂うと、あの男の影がまだ部屋に残っているような気もする。その影がいつか箱の中に忍び込み、蒼白な額を打擲しているのではないかと、のしかかって蓋をずらすと、かつらのない横向きの顔は籾殻の中に半分埋まって、傷ひとつなく目を見開いていた。

人形師に言わせれば、「美しく死につづけている」のだ。

その顔に頬を押しつけると、鼻息で籾殻が崩れて、僕のあごまで籾に埋まった。部屋は暗く、転がった雑巾の辺りでなにかがゆっくり回転し始め、「そこまでは誰でもやれる。そこまでは序の口だ」と声がする。

それから何日か経ち、林檎箱は、人形師の教える人形学校に保管された。

六月の半ば頃、人形師が入院してから一ケ月半も経った頃、肝膿の排出手術が行なわれた。医師は、血液の混じったチョコレート色の膿をフラスコに溜めて見せると、「やはり、巴里でした」と言った。

八割程も肝臓を侵食させて、膿を取り除いた跡は、空気を抜いたボールの皮のようになったが、その空洞には、もうサントノーレの人形店の思いはなく、今では、半田が去った赤羽のアパートが、ひっそり控えているような気がする。

そのことは、人形師には話していない。

焼くこともなかった人形店のポラロイドは、半田がどこへ移ったか分らないのと同じく、どこかへ行った。

ただ、螺子に染んだ油と雑巾にこすりつけられた油の匂いは今でも鼻をつく。それを嗅ぐと、人形の死に付き合った「佐川君」と、人形の死から逃げた男の、黄色い面をつけたひと時が思い浮ぶ。

あとがき

「戯曲が情婦で、小説が妻」と書いたのはストリンドベリでなく、アントン・チェホフであることを劇団夜行館の座長・笹原茂朱に指摘された。学生時代に彼は私の兄貴分で、よくチェホフのことを教えてくれたが、新宿のスナックで再会して、私の誤読を「仕様のないやつだ」と笑った。しかも、誤読ばかりか、芝居畑出身であるために、「戯曲を妻」「小説を情婦」と逆用もしている。そう書いた時は自分の立場をうまく形容していると思ったが、またしても芝居もどきというので反感を買った面もある。

あまり関わりもない所での反感ならばどうということもないが、「妻としての戯曲」が春公演に間に合わず、遂に春の芝居は休んでしまったところ、関わりある周辺で、そんなに「情婦イコール小説」は良いのかという声があがった。この時はやはり慌てだしたものである。ただ、私はこの年の二月に『黒いチューリップ』という戯曲を書きあげたばかりで、戯曲の方はいくらか間を置きたかったのだ。こういう言い訳は何の意味もないが、「本妻、情婦」の喩えを持ちだしてから、奇妙な具合になってきた。私は夢中になって、妻（戯曲）と別れたくないと口から泡をとばしているのだ。

それにしても情婦の力は例年と異って、派手なスカートで私の頰を打ったかと思われた。それも「佐川君からの手紙」に由来する。妄想の輪は閉じたが、現実は未だに続行中で、それにまだ関わるのか関わらないかは、小説の作業として残った。

関わったものとして、ここに三つの迂回がある。一つは「御注意あそばせ」だが、巴里で佐川君とすれ違った一人の女性に、新宿の飲み屋で会ったことから始まった。二月の終りの雪の降った夜の産物である。「六神丸」は、平出隆氏と共に長崎に出かけて、その名の薬屋を調べたが、東京で夢想していても何ら変るところはなく、朽ちたその店の前で、どうしようと平出君にこぼしたくらいだ。会社の飛行機賃を使って、なにもないと分り切っている所に立っているのが申し訳なく、百枚の原稿用紙が空白のまま空を飛ぶかに見えた。そして最後は「別れた理由」だが、これは四月に友人の人形師と巴里を訪れたことを思い出し、九月に書いた。初めは「人形の死」という題名にしようと思ったが、人形のメタファではおさまり切れず、人形師の弟子と人形が別れた理由と、人形師が病気と別れた理由、そして、私が佐川君と別れた理由に収斂すれば良いと思ってこの題名になった。

では、執筆中、「情婦・小説」との仲を煽ってくれた平出君のみならず、金田太郎氏、福島紀幸氏に御礼を述べて、三部作のあとがきを終えます。

唐十郎

文庫本完全版あとがき

虚構の縫い針、風にさらして……

平成二十一（二〇〇九）年三月の二十二日、巴里に着いてからサン・ジェルマン通り、ボナパルト・ホテルを見に行く。ホテル内に入り、細い紅《くれない》ジュータンを敷いてある階段を三階、四階まで上がり、勢いつけて七階の屋根裏部屋《ルーム》まで行って、小さなベッドのある小部屋を覗かせてもらう。

（なぜ手指が、こうしてふるえているのか？）さっきまで居た人の汗と香が漂っている気がする。

ベッドに腰かけると

キシギシと鳴る。

あの何日か、私は、このホテルの一部屋に泊まってなにを追体験しようとしていたのか。いや、他者の行為を体験するなどということは及ばずながら届かず、K・オハラという一人の女性を介入させて、〈虚構〉の網目を縫っていたのだ。

部屋のジュータンに座りこんでいると、下から吹きあげる風に窓のカーテンがひるがえる。窓から乗り出し、ベランダの手すりをつかむと、そのまま、ぶらさがってみたくなる。足は宙空の自転車をコグように丸め伸ばすだろう。そして手がしびれ疲れて、手すりを握れず、真下の石畳へと体は向かい、足から腰、背から肩、後頭部は打ちのめされる

そんな横倒れの姿を想像して、「だから、そういうことはやめろよな」なんて、自分を諭《さと》している。

ホテルの入口には、白馬に乗ったボナパルト将軍の絵が飾ってあった。

その白馬の蹄《ひづめ》は、一本、後ろに蹴上げられている。つまり、さっきまでの私の落下する妄像は、その白馬の足に蹴られた為なのではないだろうか。そう思い、ボナパルトの栄光と白い乗りものから、いくらか、離れていようよ。

ほの紅《くれない》のキュートな小部屋で、また他人が残した、香水の空気を深く吸う。

網目を縫うには、毛糸を掛け、たぐって潜る、竹の棒針がなくてはならない。

その縫い針を、今も鳴っているサン・シュルピス教会の鐘の下に行き、鐘影の映る芝生の中から見つけてこようとした。が、部屋から出ようとしたとたんに鐘の音は、とまった。鐘の内側の空洞に、励ましの音は、すっこみ潜っていった。

人さし指をペロリと舐めて、おでこ額《ひたい》に、毛糸針の絵を描いた。

「これでいこうよ」

指でいい。それで網目を縫っていこうと案を替えてる。

そこで部屋の床《ゆか》に膝を落とした。

〈寄るべなき心〉は、この他者の郷《さと》に於て、何かを噛みしめておきたくなるものかと思い、窓に這いずりその窓の枠を、歯に当て、ガリリとかじった。

この実感への衝動が、虚構、浪漫への歩みよりを迫《せ》かしたのではないだろうか。

そこで立ち、階下に降りる。

出て行こうとすると、ホテルのマスターが、「あんた、部屋の鍵は置いていかんのか」と言った。

いえ、ここに今は泊まっていません。ちょいと見させていただいただけで、ごめんくださいと、素早くホテルを出ていった。

振り返る。

網目をたぐったボナパルト・ホテルの何日、何晩かの思いのたけを。

ここに来て、今は、あの縫い針を風にさらしている。

小さなホテルの、ほの紅のジュータンもまだ目に染みている。

◎初出

佐川君からの手紙「文藝」昭和57年11月号
御注意あそばせ「文藝」昭和58年4月号
六神丸「文藝」昭和58年6月号
別れた理由「文藝」昭和58年11月号

本書は、一九八三年一月に刊行された単行本『佐川君からの手紙――舞踏会の手帖』と、同年十二月刊行の『御注意あそばせ』（共に小社刊）を一冊にまとめ、一部編集を加えたものです。また、本書中に、身体や社会的身分などに関して、今日から見ると差別的用語と思われるもの、偏見を喚起する恐れのある表現が使用されていますが、著者の意図や時代背景などを考慮されてお読み下さるよう、お願いいたします。

編集部

完全版《かんぜんばん》　佐《さ》川《がわ》君《くん》からの手《て》紙《がみ》

二〇〇九年　五　月二〇日　初版発行
二〇二四年　六　月三〇日　2刷発行

著　者　唐十郎《からじゅうろう》
発行者　小野寺優
発行所　株式会社河出書房新社
〒一六二-八五四四
東京都新宿区東五軒町二-一三
電話〇三-三四〇四-八六一一（編集）
〇三-三四〇四-一二〇一（営業）
https://www.kawade.co.jp/

ロゴ・表紙デザイン　粟津潔
本文フォーマット　佐々木暁
本文組版　KAWADE DTP WORKS
印刷・製本　TOPPAN株式会社

Printed in Japan ISBN978-4-309-40957-3

青春デンデケデケデケ

芦原すなお　40352-6

1965年の夏休み、ラジオから流れるベンチャーズのギターがぼくを変えた。“やーっぱりロックでなけらいかん”――誰もが通過する青春の輝かしい季節を描いた痛快小説。文藝賞・直木賞受賞。映画化原作。

A感覚とV感覚

稲垣足穂　40568-1

永遠なる“少年”へのはかないノスタルジーと、はるかな天上へとかよう晴朗なＡ感覚――タルホ美学の原基をなす表題作のほか、みずみずしい初期短篇から後期の典雅な論考まで、全14篇を収録した代表作。

オアシス

生田紗代　40812-5

私が〈出会った〉青い自転車が盗まれた。呆然自失の中、私の自転車を探す日々が始まる。家事放棄の母と、その母にパラサイトされている姉、そして私。女三人、奇妙な家族の行方は？　文藝賞受賞作。

助手席にて、グルグル・ダンスを踊って

伊藤たかみ　40818-7

高三の夏、赤いコンバーチブルにのって青春をグルグル回りつづけたぼくと彼女のミオ。はじけるようなみずみずしさと懐かしく甘酸っぱい感傷が交差する、芥川賞作家の鮮烈なデビュー作。第32回文藝賞受賞。

ロスト・ストーリー

伊藤たかみ　40824-8

ある朝彼女は出て行った。自らの「失くした物語」をとり戻すために――。僕と兄アニーとアニーのかつての恋人ナオミの３人暮らしに変化が訪れた。過去と現実が交錯する、芥川賞作家による初長篇にして代表作。

狐狸庵交遊録

遠藤周作　40811-8

遠藤周作没後十年。類い希なる好奇心とユーモアで人々を笑いの渦に巻き込んだ狐狸庵先生。文壇関係のみならず、多彩な友人達とのエピソードを記した抱腹絶倒のエッセイ。阿川弘之氏との未発表往復書簡収録。

肌ざわり

尾辻克彦　40744-9

これは私小説？　それとも哲学？　父子家庭の日常を軽やかに描きながら、その視線はいつしか世界の裏側へ回りこむ……。赤瀬川原平が尾辻克彦の名で執筆した処女短篇集、ついに復活！　解説・坪内祐三

父が消えた

尾辻克彦　40745-6

父の遺骨を納める墓地を見に出かけた「私」の目に映るもの、頭をよぎることどもの間に、父の思い出が滑り込む……。芥川賞受賞作「父が消えた」など、初期作品５篇を収録した傑作短篇集。解説・夏石鈴子

東京ゲスト・ハウス

角田光代　40760-9

半年のアジア放浪から帰った僕は、あてもなく、旅で知り合った女性の一軒家を間借りする。そこはまるで旅の続きのゲスト・ハウスのような場所だった。旅の終りを探す、直木賞作家の青春小説。解説＝中上紀

ぼくとネモ号と彼女たち

角田光代　40780-7

中古で買った愛車「ネモ号」に乗って、当てもなく道を走るぼく。とりあえず、遠くへ行きたい。行き先は、乗せた女しだい――直木賞作家による青春ロード・ノベル。解説＝豊田道倫

ホームドラマ

新堂冬樹　40815-6

一見、幸せな家庭に潜む静かな狂気……。あの新堂冬樹が描き出す“最悪のホームドラマ”がついに文庫化。文庫版特別書き下ろし短篇「賢母」を収録！　解説＝永江朗

母の発達

笙野頼子　40577-3

娘の怨念によって殺されたお母さんは〈新種の母〉として、解体しながら、発達した。五十音の母として。空前絶後の着想で抱腹絶倒の世界をつくる、芥川賞作家の話題の超力作長篇小説。

きょうのできごと

柴崎友香　40711-1

この小さな惑星で、あなたはきょう、誰を想っていますか……。京都の夜に集まった男女が、ある一日に経験した、いくつかの小さな物語。行定勲監督による映画原作、ベストセラー!!

青空感傷ツアー

柴崎友香　40766-1

超美人でゴーマンな女ともだちと、彼女に言いなりな私。大阪→トルコ→四国→石垣島。抱腹絶倒、やがてせつない女二人の感傷旅行の行方は？映画「きょうのできごと」原作者の話題作。解説＝長嶋有

次の町まで、きみはどんな歌をうたうの?

柴崎友香　40786-9

幻の初期作品が待望の文庫化！　大阪発東京行。友人カップルのドライブに男二人がむりやり便乗。四人それぞれの思いを乗せた旅の行方は？ 切なく、歯痒い、心に残るロード・ラブ・ストーリー。解説＝綿矢りさ

ユルスナールの靴

須賀敦子　40552-0

デビュー後十年を待たずに惜しまれつつ逝った筆者の最後の著作。20世紀フランスを代表する文学者ユルスナールの軌跡に、自らを重ねて、文学と人生の光と影を鮮やかに綴る長編作品。

ラジオ　デイズ

鈴木清剛　40617-6

追い払うことも仲良くすることもできない男が、オレの六畳で暮らしている……。二人の男の短い共同生活を奇跡的なまでのみずみずしさで描き、たちまちベストセラーとなった第34回文藝賞受賞作！

サラダ記念日

俵万智　40249-9

〈「この味がいいね」と君が言ったから七月六日はサラダ記念日〉――日常の何げない一瞬を、新鮮な感覚と溢れる感性で綴った短歌集。生きることがうたうこと。従来の短歌のイメージを見事に一変させた傑作！

香具師の旅

田中小実昌　40716-6

東大に入りながら、駐留軍やストリップ小屋で仕事をしたり、テキヤになって北陸を旅するコミさん。その独特の語り口で世の中からはぐれてしまう人びとの生き方を描き出す傑作短篇集。直木賞受賞作収録。

ポロポロ

田中小実昌　40717-3

父の開いていた祈禱会では、みんなポロポロという言葉にならない祈りをさけんだり、つぶやいたりしていた——表題作「ポロポロ」の他、中国戦線での過酷な体験を描いた連作。谷崎潤一郎賞受賞作。

さよならを言うまえに　人生のことば292章

太宰治　40224-6

生れて、すみません——39歳で、みずから世を去った太宰治が、悔恨と希望、恍惚と不安の淵から、人生の断面を切りとった、煌く言葉のかずかず。テーマ別に編成された、太宰文学のエッセンス！

新・書を捨てよ、町へ出よう

寺山修司　40803-3

書物狂いの青年期に歌人として鮮烈なデビューを飾り、古今東西の書物に精通した著者が言葉と思想の再生のためにあえて時代と自己に向けて放った普遍的なアジテーション。エッセイスト・寺山修司の代表作。

枯木灘

中上健次　40002-0

自然に生きる人間の原型と向き合い、現実と物語のダイナミズムを現代に甦えらせた著者初の長篇小説。毎日出版文化賞と芸術選奨文部大臣新人賞に輝いた新文学世代の記念碑的な大作！

千年の愉楽

中上健次　40350-2

熊野の山々のせまる紀州南端の地を舞台に、高貴で不吉な血の宿命を分かつ若者たち——色事師、荒くれ、夜盗、ヤクザら——の生と死を、神話的世界を通し過去・現在・未来に自在に映しだす新しい物語文学！

無知の涙

永山則夫　40275-8

４人を射殺した少年は獄中で、本を貪り読み、字を学びながら、生れて初めてノートを綴った——自らを徹底的に問いつめつつ、世界と自己へ目を開いていくかつてない魂の軌跡として。従来の版に未収録分をすべて収録。

マリ&フィフィの虐殺ソングブック

中原昌也　40618-3

「これを読んだらもう死んでもいい」（清水アリカ）——刊行後、若い世代の圧倒的支持と旧世代の困惑に、世論を二分した、超前衛—アヴァンギャルド—バッド・ドリーム文学の誕生を告げる、話題の作品集。

子猫が読む乱暴者日記

中原昌也　40783-8

衝撃のデビュー作『マリ＆フィフィの虐殺ソングブック』と三島賞受賞作『あらゆる場所に花束が……』を繋ぐ、作家・中原昌也の本格的誕生と飛躍を記す決定的な作品集。無垢なる絶望が笑いと感動へ誘う！

リレキショ

中村航　40759-3

“姉さん”に拾われて“半沢良”になった僕。ある日届いた一通の招待状をきっかけに、いつもと少しだけ違う世界がひっそりと動き出す。第39回文藝賞受賞作。解説＝GOING UNDER GROUND 河野丈洋

夏休み

中村航　40801-9

吉田くんの家出がきっかけで訪れた二組のカップルの危機。僕らのひと夏の旅が辿り着いた場所は——キュートで爽やか、じんわり心にしみる物語。『100回泣くこと』の著者による超人気作がいよいよ文庫に！

黒冷水

羽田圭介　40765-4

兄の部屋を偏執的にアサる弟と、執拗に監視・報復する兄。出口を失い暴走する憎悪の「黒冷水」。兄弟間の果てしない確執に終わりはあるのか？史上最年少17歳・第40回文藝賞受賞作！　解説＝斎藤美奈子

にごりえ 現代語訳・樋口一葉

伊藤比呂美／島田雅彦／多和田葉子／角田光代〔現代語訳〕 40732-6

深くて広い一葉の魅力にはいりこむためにはここから。「にごりえ・この子・裏紫」＝伊藤比呂美、「大つごもり・われから」＝島田雅彦、「ゆく雲」＝多和田葉子、「うつせみ」＝角田光代。

ブエノスアイレス午前零時

藤沢周 40593-3

新潟、山奥の温泉旅館に、タンゴが鳴りひびく時、ブエノスアイレスの雪が降りそそぐ。過去を失いつつある老嬢と都会に挫折した青年の孤独なダンスに、人生のすべてを凝縮させた感動の芥川賞受賞作。

さだめ

藤沢周 40779-1

ＡＶのスカウトマン・寺崎が出会った女性、佑子。正気と狂気の狭間で揺れ動く彼女に次第に惹かれていく寺崎を待ち受ける「さだめ」とは…。芥川賞作家が描いた切なくも一途な恋愛小説の傑作。解説・行定勲

アウトブリード

保坂和志 40693-0

小説とは何か？　生と死は何か？　世界とは何か？　論理ではなく、直観で切りひらく清新な思考の軌跡。真摯な問いかけによって、若い表現者の圧倒的な支持を集めた、読者に勇気を与えるエッセイ集。

最後の吐息

星野智幸 40767-8

蜜の雨が降っている、雨は蜜の涙を流してる——ある作家が死んだことを新聞で知った真楠は恋人にあてて手紙を書く。鮮烈な色・熱・香が奏でる恍惚と陶酔の世界。第34回文藝賞受賞作。解説＝堀江敏幸

泥の花 「今、ここ」を生きる

水上勉 40742-5

晩年の著者が、老いと病いに苦しみながら、困難な「今」を生きるすべての人々に贈る渾身の人生論。挫折も絶望も病いも老いも、新たな生の活路に踏み出すための入口だと説く、自立の思想の精髄。

英霊の聲

三島由紀夫　40771-5

繁栄の底に隠された日本人の精神の腐敗を二・二六事件の青年将校と特攻隊の兵士の霊を通して浮き彫りにした表題作と、青年将校夫妻の自決を題材とした「憂国」、傑作戯曲「十日の菊」を収めたオリジナル版。

サド侯爵夫人／朱雀家の滅亡

三島由紀夫　40772-2

“サド侯爵は私だ！”――獄中の夫サドを20年待ち続けたルネ夫人の愛の思念とサドをめぐる６人の女の苛烈な対立から、不在の侯爵の人間像を明確に描き出し、戦後戯曲の最大傑作と称される代表作を収録。

アブサン物語

村松友視　40547-6

我が人生の伴侶、愛猫アブサンに捧ぐ！　21歳の大往生をとげたアブサンと著者とのペットを超えた交わりを、出逢いから最期を通し、ユーモアと哀感をこめて描く感動のエッセイ。ベストセラー待望の文庫化。

ベッドタイムアイズ

山田詠美　40197-3

スプーンは私をかわいがるのがとてもうまい。ただし、それは私の体を、であって、心では決して、ない。――痛切な抒情と鮮烈な文体を駆使して、選考委員各氏の激賞をうけた文藝賞受賞のベストセラー。

人のセックスを笑うな

山崎ナオコーラ　40814-9

19歳のオレと39歳のユリ。恋とも愛ともつかぬいとしさが、オレを駆り立てた――「思わず嫉妬したくなる程の才能」と選考委員に絶賛された、せつなさ100％の恋愛小説。第41回文藝賞受賞作。

インストール

綿矢りさ　40758-6

女子高生と小学生が風俗チャットで一儲け。押入れのコンピューターから覗いたオトナの世界とは?!　史上最年少芥川賞受賞作家のデビュー作／第38回文藝賞受賞作。書き下ろし短篇併録。解説＝高橋源一郎

著訳者名の後の数字はISBNコードです。頭に「978-4-309」を付け、お近くの書店にてご注文下さい。